听来的故事

小溪流 系列

林徽因选编小说集

林徽因 —— 主编

天 地 出 版 社 | TIANDI PRESS

图书在版编目（CIP）数据

听来的故事 / 林徽因主编. — 成都：天地出版社，2018.3

ISBN 978-7-5455-3308-8

Ⅰ.①听… Ⅱ.①林… Ⅲ.①中篇小说—小说集—中国—现代 Ⅳ.①I246.5

中国版本图书馆CIP数据核字（2017）第269113号

听来的故事

出 品 人	杨　政
主　　编	林徽因
责任编辑	张秋红　孟令爽
封面设计	今亮后声
电脑制作	胡凤翼
责任印制	葛红梅

出版发行	天地出版社
	（成都市槐树街2号　邮政编码：610014）
网　　址	http://www.tiandiph.com
	http://www.天地出版社.com
电子邮箱	tiandicbs@vip.163.com
经　　销	新华文轩出版传媒股份有限公司

印　　刷	北京市十月印刷有限公司
版　　次	2018年3月第1版
印　　次	2018年3月第1次印刷
成品尺寸	127mm×185mm　1/32
印　　张	12
字　　数	192千字
定　　价	49.00元
书　　号	ISBN 978-7-5455-3308-8

钩应夏，沉应冬，钩沉是夏冬，也是春秋；所谓"钩沉"，即是重新挖掘散失的篇章、经典。

本套丛书所选书目包括鲁迅、戴望舒、郁达夫等民国大家的翻译作品以及林徽因选编的民国小说集。在由现代出版业因经济效益而建构的浩如烟海、泥沙俱下的出版景观中，这样一个编辑视角不可谓不新颖、有趣，至少在我们有限的出版视野中是不多见的。

类似鲁迅、郁达夫、戴望舒这样的大家，他们的原创文字，在市面上已有无数版本，但由他们翻译或编辑的文本却少之又少，构成他们文字生涯重要组成部分的这部分工作为何会被后人逐渐忽视以至遗忘？

"我非所爱读的东西不译，且译文文字必使像是我自己作的一样。"郁达夫这样谈及自己的翻译。我们在重新编辑整理这套丛书时也强烈地感受到，这些文字大家在翻译和编辑他人作品时，所遵从的是同自己的创作一样严谨、苛刻的文字标准，而经他们之手流出的文字景观，也同他们自己创作的文字一样，值得后世之人反复捧读。

在这套丛书的编辑过程中，我们遇到了很大的挑战和困难。

一方面多数文本虽非大家原创，但毕竟是经大家处理过的文字，我们不便任意改动；另一方面，民国时的语言表达与行文风格，已经不符合当代读者的阅读习惯，这一点体现在翻译作品中尤其明显，除了编校上的错误，民国原版中的相当多表述会对现代读者造成理解障碍，甚至译者对外文原著也偶尔有理解上的偏差，完全依照民国原版出版，其实是对当代读者的一种不负责任。因此，我们在参照权威民国版本的基础上，一方面尽量保持民国原有的表述及语言风格，另一方面也根据现代阅读习惯及汉语规范，对原版行文明显不妥处酌情勘误、修订，从标点到字句再到格式等，都制定了一个相对严谨的校正标准与流程。最后的修订结果若有不妥之处，还望读者海涵。

凡例

本套丛书以民国影印版为底本进行编校，力求最大限度还原民国原版风貌，因此在编校过程中尽量尊重并保持民国原版行文风格，但考虑到民国时的表述习惯与现代汉语规范已相去甚远，也不符合当代读者的阅读习惯，同时民国原版也难免存在编校上的错误，出于对当代读者更负责任的角度，本套丛书对民国原版文本进行了适当修订、勘误。具体操作遵从以下凡例：

一、本套丛书以民国影印版为底本进行编校、修订，繁体竖排全部改为简体横排。

二、标点审校，尤其是引号、分号、书名号、破折号等的使用，均按照现代汉语规范进行修改。

三、原版中的异体字，均改为现代通用简体字。

四、错误的字词均按照现代汉语规范进行修正。如："狐独"改"孤独"，"磕瓜子"改"嗑瓜子"，"悉蟀"改"蟋蟀"，"和协"改"和谐"，"绉纹"改"皱纹"等。

五、对民国时期的通用字，均按现代汉语规范进行语境区分。如："的""地""得""底"，"合""和"，"做""作"等。

六、语词发生变迁的，均以现代汉语标准用法统一修订，如："发见"改"发现"，"印像"改"印象"，"那末"改"那么"，"斤斗"改"筋斗"，"澈底"改"彻底"，"计画"改"计划"等。

七、同一本书中的人名、地名译名尽量统一；外文书名、篇名均改为斜体。

八、表述不清的语句，在尽量不影响原版行文风格的基础上，进行修改。如："对于这问题，给以解释之明，在内供可惜还没有。"改为"对于这问题，内供可惜还不能给以解释。"又如："可是没有一个人放下报纸时，心里不觉得希望。"改为"可是没有一个人放下报纸时，心里不觉得有希望。"

九、有语病的语句，亦在尽量不影响原版行文风格的基础上，按照现代汉语规范进行修改。如："'真的？'轻轻地反问。"此句缺主语，依照上下文改为"'真的？'她轻轻地反问。"又如："一个老人身上还有破烂的绸衣碎块来求我们的怜悯。"此句句式杂糅，改为"一个身上挂着破烂的绸衣碎块的老人来求我们的怜悯。"再如："那些庭园似乎很久很久有许多年数没有人迹到过似的。"此句语义重复，删掉"很久很久"。

十、引述内容部分，如书信等，统一改同号楷，引文上下空行。

十一、酌情补注，简短为宜，注释方式为底注。

十二、书中各篇标题、落款、注释等编辑元素统一设计处理（包括字体、字号、间距等设计元素）。

题　记　林徽因

　　《大公报·文艺副刊》出了一年多，现在要将这第一年中具创造性的短篇小说提出来，选出若干篇，印成单行本供读者更方便地阅览。这个工作的确该使认真的作者和读者两方都高兴。

　　这里篇数并不多，人数也不多，但是聚在一个小小的选集里也还结实饱满，拿到手里可以使人充满喜悦的希望。

　　我们不怕读者读过了以后，这燃起的希望或者又会黯下变成失望。因为这失望许是不可免的，如果读者对创造界诚恳地抱着很大的理想，心里早就叠着不平常的企望。但只要是读者诚实的反应，我们都不害怕。因为这里是一堆作者老实的成绩，合起来代表一年中创造界一部分的试验，无论拿什么标准来衡量它，断定它的成功或失败，谁也没有一句话说的。

现在姑且以编选人对这多篇作品所得的感想来说，供读者浏览评阅这本选集时作一种参考，简单的就是底下的一点意见。

如果我们取鸟瞰的形势来观察这个小小的局面，至少有一个最显著的现象展在我们眼下。这些作品，在题材的选择上似乎有个很偏的倾向：那就是趋向农村或教育程度低者或劳力者的生活描写。这倾向并不偶然，说好一点，是我们这个时代对于他们——农人与劳力者——有浓重的同情和关心；说坏一点，是一种盲从趋时的现象。但最公平地说，上面的两个原因都有一点关系。描写劳工社会、乡村色彩已成一种风气，且在文艺界也已有一点成绩。初起的作家，或个性不强烈的作家，下笔就容易不自觉地因袭这种已有眉目的格调。尤其是在我们这个时代，青年作家都因自己在物质上的享用优越于一般教育程度较低的民众而难过，便很自然地要认识乡村的穷苦，由此对偏僻的内地发生兴趣，反倒撇开自己所熟识的生活不写。拿单篇来讲，许多都写得好，还有些写得特别精彩的。但以创造界全盘试验来看，这种表示贫弱的偏向，缺乏创造力量。并且写作者为良心的动机而写作，那作品的艺术成分便会使人发生疑问。我们希望选集在这一点上可以显露出这种创造力的缺乏，或艺术性的不真纯，刺激作家们自己更有个性、更热诚地来刻画这多面、错综复杂的人生，不拘泥于任何一个角度。

除却上面对题材的偏向以外，写作者创造文艺的认真态度却是毫无疑问的。前一时代在流畅文字的烟幕下，刻薄地以讽刺个人博取流行幽默的小说，现已无形地被摈出努力创造者的门外，衰灭下去几至绝迹。这个情形实在也是值得我们作者和读者额手相庆的好现象。

在描写上，我们感到大多数作者所取的方式是写一段故事，或以一两个人物为中心，或以某地方一桩事发生的始末为主干，单纯地发展与结束。这也是比较薄弱的手法。这个我们怀疑或是许多作者误会了短篇的限制，把它的可能性看得过窄的缘故。生活的断面，这里少有人尝试，剖示贴己生活的矛盾也无多少人认真地来做。这也是一种遗憾。

至于这里关于短篇技巧的水准，平均的程度，编选人却要不避嫌疑地提出，请读者注意。无疑的，在结构上，在描写上，在叙事与对话的分配上，多数作者已有很成熟自然的运用。生涩幼稚和冗长散漫的作品，在新文艺早期中毫无愧色地散见于各种印刷物中，现在已完全敛迹。通篇的连贯，文字的经济，着重点的安排，颜色图画的鲜明，已成为极寻常的标准。在各篇中我们相信读者一定不会不觉察到那些好处的，那些地方给了编选人以不少愉快和希望。

最后如果不算离题太远，我们还要具体地讲一点我们对于作者与作品的见解。作品最主要处是诚实。诚实的重要性还在题材的新鲜、结构的完整、文字的流丽之上，即作品需诚实于作者客观所明了、主观所体验的生活。小说的情景即使整个是虚构的，内容的情感却全得借力于迫真的、体验过的情感，毫不能用空洞虚假来支持着伤感的"情节"。所谓诚实并不是作者必须实际地经历过在作品中所提到的生活，而是凡在作品中所提到的生活，的确都是作者在理智上所极明了、在感情上极能体验得出的情景或人性。许多人因是自疚生活方式不新鲜，而故意地选择了一些特殊浪漫而自己并不熟识的生活来做题材，然后敲诈自己有限的幻想力去铺张出自己所没有的情感，来骗取读者的同情。这种创造浪费了文字来夸张虚伪的情景和伤感，那些认真的读者，要从文艺里充实生活、认识人生的，自然要感到十分的不耐烦和失望。

生活的丰富不在生存方式的种类多与少，如做过学徒，又拉过洋车，去过甘肃又走过云南，却在客观的观察力与主观的感觉力同时的锐利敏捷，能多面地明了及尝味所见、所听所遇，以及种种不同的情景；还得领会到人在生活上互相的关系与牵连、固定的与偶然的中间所起的戏剧式的变化；最后更得有自己特殊的看法及思想，信仰或哲学。

　　一个生活丰富者不在于客观地见过若干事物，而在于能主观地激发很复杂、很不同的情感，能够同情于人性的许多方面。

　　所以一个作者，在运用文字的技术学问外，必须是能立在任何生活上面，能在主观与客观之间、感觉和了解之间，理智上进退有余，情感上横溢奔放，记忆与幻想交错相辅，到了真即是假、假即是真的程度，他的笔下才现着活力真诚。他的作品才会充实伟大，不受题材或文字的影响，而能持久普遍地动人。

　　这些道理读者比作者当然还要明白点，所以作品的估价永远操在认真的读者手里，这也是这个选集不得不印书，献与它的公正的评判者的一个原因。

目录

美丽的梦 ‖ 蹇先艾

这一向草鞋生意据说要有人做，销路是十分地有把握。因为新近本地开来了不少的滇军，且传言还有大批要从省城陆续开下来。

穿草鞋在贵州太普通了，跑山路的人缺少不得这类东西。行路的轻巧还不算，价钱再低廉没有了，坏了很容易地又可以再来上一双。制造也简易得像"吃根灯草"一样，倘若在木马上把鞋底打好，事情就完了一大半，只等用几根草绳去把它们穿套起来。除了"线儿草鞋"稍微要费一点事，因为它们比较讲究一些，同时还需要好几种别的材料。

华五公便是对这行买卖看得眼红的一个人。他并不曾草率，肚子里盘算了许久才下的决心。把两块门板镶起来摆的干胡豆葵花摊子交给他的外甥来经理，老头自己借了一笔钱便开起一家草鞋店。雇来几个工人成天在屋子里乒乒乓乓地用木槌子打草鞋。从柜台门口一直到他的卧室顶上都幌摇着幢幢的影子，像风鸡。这是他们的最近的产品，没有蒙罩上一丝的蛛网与灰尘。华五公背着手，满面的微笑，在后天井里，驼着背，来回地踱着监工，不肯走进柜台去吃杯茶或者歇一口气。满地都是散漫的谷草，还有木槌、弯刀、木马，把一个小天井占据得没有一点缝。

他心想：要是滇军开拔无期，那是再好没有了，这些鞋不愁没有销路。或者退一步打算也可以，只要他们驻扎的期限稍微延长几天也行，只要他们不马上走事情就容易办。八百双鞋的买卖至少是有的。谷草的钱有限，工人们的工食不妨先借几个钱来垫付。等到过节的时候，再给他们打牙祭。其实华五公他老人家未免太杞忧了，工人数去数来也就只有那么两个，而且都是他的亲戚和街坊。如果他每天能给他们三顿饭吃，便会替他出气力，说什么工食！不过五公天生有这么一种脾气，照例账还没有来，总要先敲敲算盘的。

过了两天，客军的新队伍并没有开到，旧的反倒开走了一部分。同时有人传出一个摇动人心的消息：说是这些军队不是本省的，怕不见得会受约束；临时有什么变动也说不定。前几天有几个绅士已经躲到天主堂去了，恐怕是真的，街上已经有两天没有看见他们的凉轿。有两个常跑省城的人回来了，大家都围着打听。根据他们目睹的经验，说明了来客的确不甚可靠之后，居民心里便正式地骚动起来。不过一般人都还在希望着他们的客人规矩点，需要钱，慢慢地筹，不必着急，担子县长和商会会长一定会分着挑。大商家感到更多一点危险的成分，因为他们的货物多半是"呱呱叫"的，且又时新有用，过客没有法子拒绝引诱，事实上则自己又缺少这样的购买力。小铺子惊悸的心理虽然有，但也极其稀微，他们都断然地相信：军队对于他们十九是现钱交易，因为大家都闹穷，穷人不会找穷人做对头的。

"这回没有弄好，"在灯下华五公拿起一枝何玉明的羊毫笔一路记账，一路向他的女人说，"跟我那回贩烟土到重庆一样的背时，听到的消息太晚，赶起去，价钱已经落了，赔得一塌糊涂。今天从茶馆回来，听见说外面的风声又不好，恐怕尔妈这个生意又做不成！"

卧房里只有一张床，挂着蓝夏布帐子；一张桌子，一把他正坐着的旧太师椅子。桌上的菜油灯结着十分灿烂的灯花。华五公是不相信灯花的，否则他也不会发愁了。华五婆瘦得像猴子精，戴着小框的老光眼镜，盘起腿坐在床沿上，咿咿唔唔地读《天雨花》。

华五公打着呵欠，笔在手里停住了，忽然有一个小菜的名字不会写，赶忙去查他女人镜箱背后的那本《六言杂志》。

"五哥，我想你这回不会背时的。"

华五婆的眼睛抬起来望了她丈夫一眼，咿唔地低唱也随着停了下来。一句之后，视线又移到书上。她正看到"左维明大显才能"的地方。

"这些事情真算不到呢！"华五公把《六言杂志》放回去，也怀疑起自己的"算盘"来，继续写账，摇头说道："我把这回的事情有点看左了。这次来的兵大爷听说是不大讲理的，怕不见得会公平交易地买家事。我们的草鞋，他们如果不给钱，硬拿走，请问你有啥法子想？"

五婆很明白，立刻就发出了质问："一双草鞋值几个钱，我不信他们也要抢！"

抢草鞋铺的史实以前还不曾听见过。这是微乎其微的铺子，不会有什么问题的。五婆是在县城中长大的，这一类的事倒稍稍有点经验。

五公笑："五嫂，你真宽心！唯愿他是这样就好了。"

瘦削的五嫂也跟着笑，脸上的雀斑发出闪闪的光。

五公忽然扯着他的胡子，恨不能把它扯掉似的，说：

"我简直太不行了，像一个老颠懂。老八十，尔妈胡子都白了。你倒还看不出老！"

因为受了太太的安慰，他的心里舒泰了一点，居然说出上面那样闲情逸致的话来。平心静气地说，这老头，看样子，真不像一个草鞋店老板，很有几分面团团富家翁的神气。背上的微峰并不如何有碍观瞻。如果换一个人，也许早已儿孙满堂了。但是五婆很悭吝，结婚几十年，还不肯给五公来一个"爱情的结晶"。

"你今天真不该——"女的想责备男人，吐出了几个字之后，却又嗫嚅着。

"今天我又做错啥子事情了？"

"你不该听了那些不三不四的话回来就关了铺子，又少卖了好几双草鞋。"

"五嫂，我是急性人，听不得啥子话的！"

"明天还是开门吧！"五婆建议道，"不要学得那样吃碎米的胆子！"

"一定开！一定开！我们还有好几百双草鞋，不卖，堆起来做啥子！拿给自己穿，尔妈几辈子都穿不完。五嫂，我听你的话了，我们是不怕的！"

"当然不怕！"

"只要草鞋一卖出去，（嘻嘻的笑声）我们就有了办法了。一定的，包给你做几件时新的衣裳，出门吃酒穿。你要打啥子首饰都可以，等我下重庆的时候。"

五婆把《天雨花》的书页折了一个印，合上了。从头上取下挖耳来签牙齿。站起身，她的头便顶着楼板上挂的草鞋了。鞋子跟着就乱动，在墙上映着好像在演灯影似的。

"五嫂，给我铺床吧，你五哥他一天真累，你应当心疼他。"

华五婆把床上的草席撤下来，丈夫上了年纪，怕他凉了肚皮。枕头给他安好，她还用手在上面来回摸，看平不平。后来她才掀帘子出去。

"五哥，我要打点水去洗脚，一双脚帮汗臭的！"

五婆的足音在门口寂灭以后，便听见厨房的汤罐和水瓢响，还有刷刷的倒水声，像下雨。五公的眼睛又望着楼板上的草鞋发呆了。

第二天，华五公天还没有亮便起来打扫屋子，把草鞋一提一提地吊出去。一只手揉着惺惺忪忪的眼睛，屋里的灯还点着。

歇了一阵气，太阳光才射进窗户来。

"五公，不好了，这里的军队靠不住，开不得铺子呀，今天早上！府台坝尽是兵！"东街的恒娃子将虚掩着的贴着崭新的秦叔宝和尉迟恭的街门推开，神色仓皇地走进来，手里沉重的菜筐子往桌上一放，大声说。

五公站在柜台上拴绳子，立刻就停住手。但是态度很镇静。

"鬼娃儿，你扯啥子诳，也要五公信你才行呀！"

恒娃子在这家里是穿房入户惯了的，忍耐不住五公那种严厉的声色，便走进里头去找五婆，向她报告这个消息。他发了很重的誓，说他是"万人的儿"，如果他的话不真实。因为五公五婆平素待他好，才这样关心，要是换过别人，他早不理了。

"怎么你不给五公说呢？"五婆平地吃了一惊，刚舀起的一瓢水，一歪就泼在脚上，烫得直抖。

"五公他老人家不信有啥法子，我给他说！"

他着急得脸红颈胀的，两条青鼻涕跟着就流到嘴唇上，连忙用手去揩。

恒娃子一走，五公便听见枪响，仿佛他们中间有什么联系。心里的惊慌才跃起来。挂好的草鞋一提一提地又提进屋去。铺板也要重新上起，累得衰弱的心直跳动。五婆一只脚还拖着裹脚便跑去关街门，没有工夫来顾及它的羁绊。

远远的街上轰轰轰地像起了火一样。只听见杂沓的人的呐喊声，和连续而起的砰砰砰砰的敲门的声音。在这些声浪之中，偶尔飘动一声凄厉的子弹的长鸣。

五公搬了一块大石头来抵住街门，深深地自怨着往日五婆劝他做一根门闩而他拒绝了的过失，那时觉得浪费，此刻反而迫切地需要起来了。一块石头搬得他直喘气，躺在地上像一条刚犁过田以后的老牛。

"给老子开门呀！"

"有钱的拿钱来，好打发老子们走路！"

"滚你妈的三十三，你敢顶嘴！"

这些刺耳的、强硬的话语由远而近了，在空气中一度波动之后，接着便是沉重的步伐声。

五婆早已经逃到帐子里去了，用被窝紧紧地裹着自己。雄鸡慌张地在天井里大声叫着，狗也汪汪狂吠，这些更扰乱了人的安定的心。

终于一切又归于沉静了，沉静中有微风带来一两声低泣。

华五公的美丽的梦像一个五光十色的大胰子泡被吹破

了！这一清早县城完全陷在一种紊乱的状态之中。恒娃子倒是小孩口内出真言，钱庄和绸缎铺没有一家幸免。后者货物上的损失并不算很大，歇几个星期也许又可以复业。华五公没有一个大钱的损失，但是他心头的苦闷是无人得知的。草鞋在铺子里挂着遭灰，像走马灯似的乱转。一天顶多卖出两三双，而且只能按成本出售，灰多了的别人还不要。借的款子连本带利，隔几天就有人来铺子坐索。街坊邻舍骂华五公是老糊涂、老颠倒的人真不少，连华五婆都在内。

蚕 ‖ 萧乾

梅刚迈进了门限，滑润的肩头就被正在踱来踱去的我一把抓住，说："这屋里有几条生命？"这突兀劲儿怔得才下午学的她几乎把那双星波的眸子迸了出来。像只胆怯的幼鼠，梅左右盼顾一下，混着应属于给傻子的笑声，由鼻子里哼出："鬼，还不是两条！"

"就不是么，十条！"我挺立在她跟前，差不多拍起胸脯来那么有把握地说。这数目惹得她的头像巷里卖爱国布贩手里的小牛皮鼓似的摇了起来，又像那小皮鼓连续地不信任地哼。"不骗你！"我扯了她的袍襟，像挂火车似的一直扯到床帐口。"干吗呀！"对，这是女人该惊喊的地方了。别忙，一掀帐子，蓝素格的被单上平稳地铺着一个方匣子。匣子里，翠碧平铺的背景上正蠕动着皎白的一堆，盘踞的姿势不比赵子昂的八匹马坏。"什么？呵蚕！"梅也忘了这地方的不相宜了，伏下身去就数："一，二，三，四……别动手！

呵，八条！呃，屋里有几条生命？"她说，"怪不得你不想
我了！早晨也不在窗户口儿那边吹给我爱听的哨子了！"
嘿，女人的嫉妒！可是——这话也不全假。忘掉这位可爱的
邻居是天不许可的，可是像往日那么疯狂却当真已不……今
天早晨冒了雨，撑了把女人用的油纸伞，照例下山到万寿
桥头去买我的十八学士和水仙。穿过仍然叽叽喳喳挤满了赤
脚提着竹篮子的厨子和老妈的鱼市，到桥头时，那被天气打
破了饭锅的花贩，一见我这风雨无阻的主顾，就高兴得由靠
墙根的小凳上站了起来。花选得特别用心，价钱又格外公
道。买妥了一束杏黄色的十八学士，又挑了一束夜来香。当
他拢起选好的花，用麻连缠束的时候，我发现竹扁担的那
头，还装满了翠绿的叶子。以为是野茶呢，就问"那是干吗
的呀？""先生，这是桑叶。"把缠好的花递给我后，他就掀
开盖上的叶子，拿出一个小竹簸箩来。上面爬满了的就正是
蚕，这么多的古怪小生命！

我马上欢喜得恨不得把花抛了。摸一摸袋子，只花了十
个铜板，被允准在几百头身世飘零的肥白柔软小虫里选了八
头。一路上高兴得忘记了这是雨天。我把花挟在肋下，屈屈
身子，借过挟伞的那条臂，捧着我这八头——叫什么好呢？

我是爱兔儿、小猫、松鼠和许多活物的人。这一切我都唤作小乖乖。就暂叫这八个团团罢。

回到家来，俨然获了至宝似的跨进了门，房东太太正在堂地洗菜花呢。白头发洗黄菜花，多冲澹的一幅画！我也顾不得欣赏，也顾不得招呼，就匆匆忙忙地上了楼。攀高一层楼梯这八个团团和我的关系好像就亲密了一层。想想看，漂泊在异地这寂寞的日子，凭空一来便添了八个缄默无言的伙伴。真的还是雨天好！

开了房门的锁，老规矩是用剪刀削齐了买来的花，用清水洗涤瓶子。然后带着些羞愧，把给过我一天一夜欢慰，明白我多少痴处的花，打发出去。把新的花插在换好了新鲜井泉的瓶子里。嘴里还对被抛开的花咕哝着："别生气，回一回土，明年此刻再崭新地来到我这儿。"可是今天这闲心就没有了。

连花带瓶全交给了提着一壶冷水立在门外呆等的厨师傅，自己就下手来安置这八头活宝。把全房子皆瞄过后，我十指交插在胸前，质问自己：把他们放在哪儿好呢？我简直像个好吃懒做的女人，养了孩子却没个小床给他们睡！翻了三四个抽屉，才在那放梅的短笺和偶尔由她袋里抢来的糖果的抽屉里翻出她送给我的那个精致的盒子，上面绣着围在一棵杨柳树下漫舞着的洋人，她说，这是她爹爹由法国带给她的呢！这么珍贵的变成了废物的小匣，做这些小生物的摇篮是再好不过的了。好，意思是把我最疼爱的生命安插在我最疼爱的匣子里。

于是，我把带回来的一束叶子细心加以料理，用小剪子咬去生硬的叶梗，咬去糜烂枯黄的叶边。又选几片葱绿的嫩叶剪成散锦的星和一面缺玦的月。等小匣子给清新的绿氛溢满了，我才小心翼翼地把浮托在几片大叶上的蚕儿们捧出，像慈母卧婴儿似的一条条轻轻地放进锦匣里。有的一放，高兴得打了个滚儿，就驼起背来，一耸一耸地找寻所需要的食料去了。有的一放，还恋恋不舍地，抬抬头，寻觅这温存的主人，似乎想明白一件事情，想知道自己是什么样的一份命运，到了这种地方。

等到这些团团们都卧下了后，我便把匣子由桌上移到枕畔。再不关心堆在窗前的课卷，只忘情地伏在被上凝守着它们。呵，小匣子绿得静得简直像伊甸园。遍地是美味果子，只要一张口就有得吃。头上是无边的乳白的云霄。八个同伴身体光光，在一块儿谁也不害羞，想亲热就磨磨头。有这万能的、慈悲为怀的主宰高踞在半空,用绵柔的眼关照他们游荡在我手造的园里。他们舒服,我也感到做了神仙的畅快。

然而想让这八条生命占去我全部的感情,实际上还是不可能的事。当自己正混在这八个团团群中在乐园里漫游时,陡然记起明天九点的作文,还有一班卷子没有改呢!这俗念马上就把我由乐园中逐到朱红条桌一堆卷子那儿去了。我便又得把自己埋葬在这堆卷子里。

黄昏时分,我才给最后的一本加上了分数。哎,腿盘得酸了,手指也麻了。更糟的,是眼睛看别的东西像隔了层沙玻璃。我吁了一口气,立在窗前眺望由闽西蜿蜒而来的长蛇似的闽江和点缀在那长蛇腰部碧绿的沙洲。几只舢板嘎吱嘎吱地在被苍茫暮色罩满了的江上,挣取最后的几百钱。一只开往上游的电船,尾部曳着白沫,正向洪山桥那边喘去。江边的苍前街"当当"的车铃和"呱嗒儿呱嗒儿"的木屐声还是那般清脆。我低吟着《鲩江月色》。我猜,斜对面梅家的那楼窗一定会有一个淘气的女孩出现,向我伸出纤细的手来作着即刻就来的知会。然后我就该极其知趣地跳到楼门口。去等待,不,去藏躲!然而唱到"庄稼上垛,我俩就结合"时,窗口那黄幔,仍是像给怒气拉长了的脸那么垂掩着。我赶紧用尽了气力吹出《天际线外》的调子。显然地，把我吹成轻气泡那窗幔也不会心疼。我正在测量女人残忍的深度时，忽然那片仅余的落日残晖如末日般地由我眼中逝去，我的头就掩在两只温润的手掌里了。一缕少女的芬香钻进了我的嗅觉部位，痒了我的通身。吓死我了。"梅，放开。"回响又是一个哼，再一个带笑的哼，眼睛才摸到光明。

"鬼诗人！养了蚕却不喂。"蚕？呵，我的孩子们！我的魂灵消失在红竿爬黑蚂蚁的课卷里去了。亏了她提醒，赶紧跑到床前看。呵，我造了什么孽！几条又白又长，长得像南非洲长颈鹿的孩子们，一抬一落地向我眈眈逼视，诅咒我这残忍的人。更可怜的，是两三条已枯瘦得像讨饭老婆子的腮额，软弱无力地蜷伏在仅剩了残梗的枯叶上，如荒年时吃尽了树叶的灾民般等待着长眠的一刹那。我惭愧得心痛了。呵，孩子们，你们想我是全能的主宰，是拥有一切的主人，便将命运交给我摆布。其实我不过是一个大于你们的一个生物。忙得自己都顾不过来。你们信托我，其实我外行得只懂得给你们把叶子剪成月亮，却忘记了准备该接济的食料。这快黑的时分，我可去哪儿寻讨桑叶！问厨师傅，说剪剩的桑叶全倒出去了，还立在黑的角落里，抱怨着自己粗心。他东凑西凑，才凑了不盈把的一些残叶。在清水里洗洗，勉强分给孩子们吃。呵，食料有了，瘦的蚕也用尽那细长身体里所蕴蓄的气力，向叶子这边爬去。健壮的，就尽力排挤它们的同食者。梅赌气把桑叶全挪到瘦的身边，但壮的一耸一耸地又追了过来。谁也不能给他们中立的一个公允的保证呵！

明朝下床一看，果然昨夜残喘的两条，已经死去了。自己还似乎带着害羞的心情，在临死以前把枯瘦成一层薄皮的身子，隐藏在一片残叶底下。活着的六条，因为叶子早已吃尽，也不大有生气了。看见我，有的抬起头来作着向我乞怜的神气。孩子，这不是我的能力，我变不出桑叶来呵！有的，多半就是那最健壮倔强的，忍耐在匣的一角，等待丰年或死亡。我爱它，为那怪样子，固执着充好汉子似的，坚持着它的生命。

匆忙洗好脸，就下山为这些饥儿办给养去了。

既受过一次教训，这一来就买了一大包桑叶。选嫩的洗了一些，散堆在孩子们的身上。立刻，像埃及的五个丰年一样，孩子们都高兴了起来。一个个由盖着的叶下钻出黑喙的头来，各抱一个缘角，沙沙地吃起来了。这头一嘴一嘴地吞，那头的嘴往上一撅，就撅出一块青黑的粪蛋来。吃得那么痛快，再也记不起和他们同来而死在饥荒里的弟兄。

天天我嚓嚓地在桌上写，他们哥儿六个沙沙地在我床上的小乐园里吃。我每天做完了人家的教师，转来再做他们的粪夫。碧绿的叶素通过那皎白的躯体都凝成豆蔻的碎粒。我为它们换掉叶子，又看着它们眠起，到后来，那长长的身子就愈变愈透明，透明得像一个旷世弦乐家的手指。一股青筋，絮云似的在脊背上游来游去。我疑惑那就是我所不懂的潜伏在诗人魂中的灵感。

几天后的一个早晨，当我照例走到匣前查看时，看到的却是非照例的奇事。一个浅黄色的蚕躲在匣的犄角，如欧洲中古弦乐手弹月牙琴似的斜斜地织起丝网来。呵，蚕吐丝，蜂酿蜜。圣人的话不假。我赶紧派大师傅给对面的梅捎了个信去。她喘着气就蹦了进来——像刚穿好了衣服，就等吃完稀饭上学去。梅高兴地拍起手来。"匣子是我的呀！"梅高兴地说。她记起头一堂是陈老师的党义，把听党义同欣赏这小生物算算，索性不去了。于是我们就商量起叫它在哪儿留下这点生命的痕迹呢？忽然，机灵的梅说，我们背着娘在西禅寺照的相呢？好不好叫他们爬到上面去做点事情，织成一幅丝像？主意不错，而且也解决了我的蚕她的匣的难题。

于是她就一腿跪在椅子上，摘下靠窗壁上的镜框，匆忙地扯出嵌在里面的合照。我高兴时总爱逗人。这时又忍不住用初级的闽腔骂她二百五了。她笑着把蚕由它自织的罗网里掏出来，用食指轻轻地，以母亲似的温爱，抚了一下那小虫的肚腹，娇声说："小宝宝，好好地做！"然后仔细地放到相上。回过头来半笑半愁地怜惜那点浪费了的丝络。

两天里，六条成熟的生命，都走尽了他们在绿园里争逐的途程，陆续地施展起一辈子的抱负了。

从此，桑叶在我这儿失却了其宝贵。我的工作也由粪夫而升为监工了。一切，我都像靠田吃饭的农夫或靠儿养老的父亲一般甘心情愿地去劳作。为了怕孩子们在这好容易才得梅的同意照成的相上拉尿，我得随时精心地照顾。经验赐给了我一条定律：只要这东西后部一撅，就赶紧把它捏到外面；虽然多少次捏错了，狠心地硬由他嘴里扯出长长的闪光纤细的丝绪。有时竟会扯断了，害得它毫无主宰，怔忡好半天，才不知由哪点儿的启发又续上端头。

这工作实际是两个人负的责。梅一下学，我就该休息了。

吐丝的蚕和吃叶的蚕可不同了。如果每条生命都有它发展的阶段，那我可以说，当蚕幼少的时候，实在常常可以看得出它那腼腆羞涩处。中年它像"人家人"，外貌规矩，食物却不必同家中人客气。及到壮年，粗大的头，粗大的身子，和运行在粗的身子里的粗大的青筋都时刻准备反抗。握到手里，硬得不服气得像尾龙门的鲤鱼。若是由它嘴里夺去它正咬着的叶子时，它会拼死地追，直追到嘴里才肯干休。它爱竞争，纵使叶子有敷余，竞争也还是免不掉的事。如今，这暮年的蚕可不然了：身子柔软得像一泡水，黄而透明得像《钓金龟》里喊"吾儿"的老旦。那么龙钟，那么可怜，那么可爱！生活在它们成了可有可无的事，所以谦和温柔，处处来得从容。

有时，梅和我迎着窗并肩坐着，守定工作的孩子们，一条蚕在我嘴角的痣上织来织去，总也不走。最后是把一根丝拉到同一位置的梅的痣上去。我俩相顾都笑了，笑这淘气的蚕。那个又在梅的眼睫上一来一去地铺，铺得像欧洲贵妇的面纱。梅怕把眼珠铺瞎了，就骂声讨厌，挪了开去。然而死心眼儿的蚕偏又转回了头来铺。

有的蚕东织西铺地不在乎成绩，也没有一定的方向，我们唤它作浪漫派。有的缩在相角，如图案画家似的安排就绪地铺，铺成齐整的丝边，我们叫它作古典派。我们利用浪漫派装饰相心，利用古典派建设相边，各派的孩子们在我们的调度下，便按着个性认真地做去。私下也许是报答那养育之恩吧！他们或者会把那漾着星波的梅的眼当成柳塘，把睫毛当成荻岸，把眉当成青嶂，把新剪的头发当成旷古的森林。发间插的那朵玉兰也许成了深林里的古井或是廉洁的一饼圆月。我的鼻子也许成了长城，嘴也许是无底的山洞。我俩坐得那么紧，简直把蚕全忙在一堆了。

　　日子过去了多少，看看这张相片绣的厚度就可以知道了。几天的工夫，一张雪白柯达纸已织成金黄色了，灿烂得可以比晚霞。但是，可怜的蚕呀，却消瘦得比才生育完的妇人还惨凄。一张欢愉的相片上蠕动着几条枯瘦老暮的生物，真是如喜宴上奏起哀乐来一样地煞风趣。

　　一个黄昏，梅握着两只给太阳吻过的蜜柑，披着一身晚霞看我来了。落日的一抹余晖正洒在案头的相片上，梅一眼看见蚕肚里的丝快吐净了，动作一天比一天迁滞，身体一天比一天瘦小，就唏嘘起来。她带点鄙夷地说："得了罢，也该让他们歇歇。看，活儿做得多好，你真狠得叫他们一寸丝不留地死去吗？"这是一个母亲型的女人的真话，但这却冤枉了我。因为我原想叫他们各尽所能呢。想想看，把一个未吐尽丝的蚕埋葬到永息的地方，还不是跟把一个充满了热烈理想的豪杰塞进棺材一样？然而梅的话终于打动了怕做吝啬鬼的我，于是我们计划起蚕的养老问题。

有的心理学家说，一个人童年干的事长大了还会重演。这话在我身上可就不假了。幼时被我喂养过的蟋蟀，身后都曾享受过我安排周道的葬礼——一具填了花纸的丹凤火柴盒制的小小棺材，一些食物，一星儿水，有时，还不能吝惜一点点眼泪！如今，商量到蚕的养老问题，我马上隔山一跃就跃到棺材问题上去了。梅说，傻瓜，他还要变蛾子呢！于是，又回到养老问题。鉴于动物眷恋故乡的本能，我们的决议便以为把原有盒子作养老院最为得体。梅自荐处置这件事情。

一阵愈来愈微的楼梯声——停一下——又一阵愈来愈响的楼梯声，梅蝴蝶一样地又飞回到我面前了。一手握着一团新棉花，一手是些枯了的叶子。我问，她斜睨了我一眼，说："你不得过问。"我只好看着，看着她把棉花舒舒坦坦地铺在匣子里，周围撒上剪碎的叶末。然后把六条懒懒的老蚕——这时我已丢掉了团团，甚至孩子的感觉，而且没有资格那样称呼他们了，因为他们比我还老迈呢！轻轻地安置在棉花上。它们也就像在医院住三等病房大屋子里的病人一样，不作声地躺下去了。梅伤感地搓搓手，屈下身子向它们说，安心地做梦罢！你们唯一心爱的东西，我都堆在你们身边了。愿这气息洗去荒年的印象，使你们的梦境丰满。放心，我们要好好待你们的子孙，把你们一代一代都埋在一块儿。

然而身子弯成齿形的镰刀似的老蚕们却毫无动静，只酣酣地睡去了。

夜，由山边、由江上，波涛似的袭来了。

我俩如黑袍长髯的神父似的围立在他们的死床畔，守着这六条无可责贬的生命，直到夜色顺便带进来一个老太太的声音时，梅就被叫回家吃饭去了。

廿二年九月二十九日

一点回忆 ‖ 宋翰迟

这是一个使人感觉舒服的早晨，阳光在人身上，古怪的温暖。

同样一个早晨，太阳的光照到各人身上也暖暖的，正有一支小小队伍在中国南部×省边境旷野里蠕动。狭小的山路，只能作单行前进，一连人挪成了很长的一条线，像一挂爆竹。一挂爆竹头上的一端触着火时，立刻就会爆炸起来，一直爆炸到最末的一颗；军队要是尖兵接触了敌人，全线也马上受了影响，在顷刻之间，每一个单位便各具有一种强大的破坏力。

这一支队伍的尖兵离开了队伍，向前搜索。一片泽沼，一个小山，一个接连一个，皆过去了。远远的落过木叶的树梢上冒出了青烟。队伍接近了村子，接近了树林。

尖兵之一发现了林子外面有人惊慌的样子，料定是敌人无疑。于是就喊：

"站住！"

乡下人碰到了大兵，副爷们在另一时的一切行为，还好好的保留在记忆中，温习起来，心里就有点发慌。小兽物样子，敏捷地，偷偷摸摸地正打主意想逃，听到有人叫"站住"便更着了慌，伸开腿，拼命地向林子里蹿去，一会儿就消失了。

"土匪！土匪！"

"啵——曲……"出自土匪方面一声枪响了后，一切依然那么静寂。

尖兵选择了隐蔽处卧下了候着，并无什么动静。

"不行！"

"追上去！"

但一过前面，枪声又响了。

大曲队因枪声在对面小山后，村子里却静静的，路旁还有妇人正在晾晒青菜，便进了村子。村子里的人家皆大开着门，瘦瘪瘪妇人和一些肮脏孩子，皆堆在门前的石级上，很安静地玩着。忽然见兵队进了村里，许多双眼睛皆带着惊讶出神的样子，望着这些不常见的人，没有一个人知道应说什么话。

"你们的男家都往哪里去了？"

"他们都下了田，在田里做活！"

"怎么田里没有一个人！"

"不会的。老爷！"

"这里安静么！"

"没有什么事。土匪老早过去了！"

"为什么有人报告这里有土匪呢？"

"不晓得，要问我们当家的。"

一部分兵士向竹园跑去，即刻又退回来。

"呼……呼……呼……曲……"一粒子弹从瓦背上飘过。"唔！唔！妈呀！……"妇人小孩嚷作一团，挤进门去，嘭的把门合上了。

"来了！他妈的，撒谎！烧尽这些房子！"

"谁说没有，留点神，兄弟，他妈的都是一伙儿！"

大家皆乱着，向村外跑去。

一个兵士跑来，这人脸上发青，喘着气，报告连长，说是前面发现了敌人，人数似乎很多，开了火，一排人因地势不熟，已经退下来了。

这时候，枪声在左前方密密地响，愈响愈近，连长很忙促地把腰边那支连槽枪取出，把丝绦套在颈项上，带着队伍匆匆地出了村子上前方去了。

到了前面小山边，退下来的兵士，卷起袖子，撑着枪，张开口，坐在地上。帽子挂在脑后，帽檐朝天，汗珠从额角淌下来，黑红色的脸上发光。看见连长援队到了，各人脸上皆现出欢喜神气。

排长报告着山前情形，众人且胡乱说着。

"妈的，他们会有这么多的枪，把我们赶了两个坡，真危险！"

"可不是，现在的土匪不比从前了。从前的土匪见了军队就逃，哪里会像如今这样大胆地抵抗呢，不但抵抗，一个不留神还要被他们缴枪咧！"

连长见事多，为证明隔山那方面究竟是不是敌人，就令司号兵吹号发问，号兵走上一个堡子，爬到石墙上去，向着前方，号嘴刚触到嘴唇，"曲……曲……"这号兵把手中的放光短喇叭远远摔去，人从堡子高墙上滚下来了。

两方不久便开始了激战，枪声密密的响了一阵，子弹打在面前土地里，便垒起一堆土，打在树上，叶子一片片的乱飞。连长拿着战旗，偷偷地带了几个人，溜下山，抄到右前方，能够看见前面的人了，就把战旗放开，高高举起，先绕了一个圈子，然后向左右各摆两下；对面的人也竖起了旗子，半红半白的旗子在空中摆动。于是知道自家人了，枪声也停止了，听到的全是咒骂。

在一个小山边破庙前，两连人都集合了。问明了冲突的原因，原来彼此都是看到两个向导引起的误会。为耳边枪声所骇从高墙上摔下的号兵，懒懒地躺在一株树下，没有一个人受伤。兵士们连笑带骂地嚷着，表示着亲昵。两个青年连长互相也笑着，交换着纸烟，离开了队伍，过庙后一处商量什么去了。

太阳上升得极快，晒得人身上发热，黄色的原野同天空打成了一片。各人望到这无尽的原野，皆知道还应当前进，还应当穷尽头上的日头与脚下的土地，被折磨一整天。

连长回来后，把向导叫过去，照地图询问图上所载村落的人数。向导说了一阵，又用树枝在地下画着。

一会儿，这队伍又上了路。

……

这队伍一九二六年九月某日里的黄昏中，在一个山谷里，随同落日已完全消失了。只一个记忆还留在一个活着兵士的印象中。让黄昏来时，我再说那另外一个黄昏的一切。

避　难　‖ 祖文

　　四外乡村的男女都逃到矿局里来。大皮箱，小皮箱，大包袱，小包袱，也都随着向里边跑。商人，农人，不常迈出大门半步的年轻姑娘，装束奇特的女学生……他们能和局里的员司或工友联上一点亲戚或是仅是一面之交的，没有一个不带着热望来投奔。房屋的狭小，天气的燥热，人多的拥挤，主人的招待不周，都是他们意料中的事；然而，即使是这样，他们也没有什么不满意，而且还要感激主人的厚恩：这种情形真是以前所没有的。

　　几天来，人们竟像流水般的向局里流，像蚂蚁般的往来奔走、扰攘，先来的人找得过夜的地方，心里便觉得像酷热的天气里忽然落了一阵倾盆大雨，于是悠闲地在各处走着，直到看见一个神色仓皇的人时，才似乎感到一些不安，便问道："从哪里来的？兵多么？"那人所从来的地方距他家越近，所引起的不安的程度也越高。

矿局似乎也知道近日的情形有点吃紧，就在门上和井架上高高地悬挂起英国旗来，旗在半空中经了风吹，便不停地摇摆起来——这更增加了人们的信仰。进来的人也越发多了。

施娄到矿局里避难，已经有了三天。除去他自己，还有他的太太和他的女儿。他们借住在一位朋友家里，这朋友家的房屋虽然不多，却还够住。自从施娄开其端，接踵而至的竟有三四家之多，于是炕上地下都挤满了人。主人深恐得罪了亲友，时时对客人说："在这样紧急的时候，真是没法；我知道大家饮食起居各方面都不舒适，但是我真没有办法！……一个不相识者来到这里，如果办得到，我们也要给他点东西吃，给他个睡觉的地方；何况诸位亲友呢？……我们绝没有讨厌的意思！绝没有讨厌的意思！……无论怎样，都请各位……"客人不待主人说完，都齐声说："没有的话！没有的话！"

施娄当然也是其中的一分子，他承认主人的话很诚实，丝毫没有客气与虚伪；但他立刻又想起大家挤在一处过夜的情形，这个本分小乡绅，有一点儿道德的观念使他便不大自在起来了。……但是还有比这更难堪的事呢：日本军队的可怕，本国军队一点也不想打仗，只知道抢，抢，抢，讹索，杀戮。跑出来的总算侥幸，跑不脱的还不知有多少，被杀害的还不知有多少，跑出来而没有投奔的又还不知有多少呢。……在这离乱当儿扮演这些人事悲剧的角色他全无份，而是另外的一些人，说来他真有福！

但这个人究竟不能完全泰然坦然。三个又高又肥的棕色骡子，无缘无故地被兵牵去，这便使他损失了五六百块钱。想起骡子，他不高兴起来了。便低下头去，很想找出个所以然来，但终于没有。一切是命，他明白他命里注定有这件事，便不再思索了。

他是一个胖子，夏天的蒸郁常常使他出汗，晚上总是睡不着，汗滴一个一个地从毛孔里钻出。他热得无可奈何，便用扇子用力地扇着。睡不着时他想到他个人。当大家谈着避难的时事，提及某某人不能入局里来，他必说："一个男子，没什么要紧，逃得脱，很容易！"但当他想起女儿来便有些发慌，他明白十八九岁的姑娘常常是副爷们抢夺的对象，胡闹的对象。他听人说过张家的姑娘怎样被兵玩弄，挣扎的结果是还没有保持住伊的清白；李家姑娘怎样被兵轮奸，后来又因羞投了井。某家姑娘刚爬上墙头想逃，却被兵拉到小脚拖下去……把这些事一一加在自己女儿身上，比较，思考，便得了一个结论："娘儿们遇兵灾，危险！"

在廊中摊地铺睡觉的共七个人，各人皆有扇子，皆依次入了"黑甜乡"，停止了扇拍，施娄却眼睛光光的，同猫头鹰一样。

当他打听得他的亲家母也逃到局里，已住在某司事的家里后，便不告知家里人，决意到那里去商量件事情。

他穿上一件绸子大褂，一条很肥的裤子，头上戴一顶巴拿马草帽，更戴上一副眼镜，手里拿一把扇子——这样，便颇有富翁的气概了。他蹒跚地沿了矿局的住宅边小路走着，逃进来的人依然很多，许多人皆把箱子行李搁在路旁边。他别有心事，没闲暇去看旁的东西。他一路上盘算着开头怎样对他亲家母说话。他想他必须从旁的闲话入手，以后再折入本题，唐突之弊当然就没有了。

那家的门旁栽着两三棵槐树，树阴下有好些人在搬移桌椅大瓮，显然这些东西是被逃难的人挤出到露天下来的。那人家门儿开着。他看看没狗，便一直走进去，一面喊："这里有一位董太太么？"

应声而出的是一个四十多岁的妇人，脸皮作暗褐色，眼珠呆滞，稀疏的头发上搽着很光亮的油。照这小城市看来，这装扮是爱好的方办得到的。妇人衣服虽不华丽，却极干净，出来时把手按在腹部，站在门边。

看了一看来人后，于是发问：

"找谁呀？"

"董太太！"施娄想不到亲家母是那么一个时派人，故只是那么答应着，一时却说不下去。

但妇人却已明白来人是找她的，就说：

"董太太是我，你贵姓？"

"哦，董太太！我姓施，我们是亲家！"

那妇人笑了。

"哦，亲家，我知道。请屋里坐！"

施娄被让到一间全是杂乱行李的屋里，屋里先就有一个老头儿，正在屋角隅对着镜子用镊子扯胡子，见客人进来了，害羞似的赶忙想藏躲，却被妇人指定着："这位是我们亲家！这是我叔叔！"

那老头子只好不再躲。

董太太介绍完毕，便让坐。

老头儿看了施娄一眼，心中有个数儿，不说什么，却拿起一根旱烟管吸起来了。

施娄坐在椅子上，右腿搭住左腿，一只手扇着扇子，一只手摸着眼镜，开始他那预备好了的一盘闲话。

"亲家母，几时逃出来的？没受损失么？我丢了三个大骡子！"他伸出三个手指，用力地点点头，扇子拿在手里，暂时忘记了扇；但不久工夫却又大扇起来。

"我们昨天逃出的……谁家不受损失呢？我们的东西多半没弄出来！……丢了三个大骡子！吓！"伊说得很简单，态度也很镇静。那态度全不像逃难人的态度。

"真不成样子！中国兵就会挖战壕！好好的平地弄得七乱八糟！他们打的仗在哪里？就是个抢！……看见日本人，竟像老鼠见猫……"

说得似乎太激昂了一点，自己便兴奋了，用手挽挽袖子，两只多肉的手腕显露出来。他后来又说到骡子，有点气忿了。用扇子在桌上猛力击了一下。

老头儿吸了一袋烟，把烟灰在鞋底上敲下来；他合拢眼睛，不说一句话——他正在想念他那到前线去挂电线的儿子呢。

施娄觉得这老头儿是个寡言寡笑的人，但也许是对他不满意的表现，因又向这个叔叔敷衍了一阵，那老头子却只是哼着，表示"是的""对的""我承认的"等意思。

施娄把预先安排的话说尽后，还似乎无从说到本题，便只好沉默了。

过了一会儿，那董太太向前挺挺身子，做出发言的预告，仿佛同亲家说，又仿佛自言自语："哪一天才是平定的日子呢？"说完了，轻轻地吁了一口气。

施娄关于这个问题，平时似乎就很留心。他采纳了旁人的谈话，更加上自己的意见，便做成一个答案。这答案他一向藏在心里，从没有发表过，现在机会来了。于是他说："很难一定！这次比旁次不同：旁次是国内战争，这次是对外战争！就以往看，国内战争从来不会延持很久；但对外战争就不同了。三年五年是它，十年八年也是它。……有人说，这次中日战争或将引起世界第二次大战，如果真是那样啊……"

他说得得意扬扬，刚要继续下去，忽然想起来此来是为什么事了。这个离题太远，便把那快要吐出的话，硬咽下去。一心想折入本题，但一时竟不能想出个比较合适的方法，于是连连扇着扇子，很希望扇子帮个忙，把来此要说的话说出。

那亲家母平时会说话如今却不想说话。如今对于施娄所说的话，颇感生疏：怎么对外战争就不同？世界大战都是哪一些国家？明明是日本来打中国，怎能和世界大战连在一起？……现在见他不说，便也乐得不再深究。

然而伊业已觉得施娄此来的目的，一定不只是随便看看或谈谈的，必有些别的事情，但伊这时却不愿开口问个明白。

后来伊忽然想起一件新闻，于是说："听说一个妇人抱着一个包袱和一个孩子从家里跑出来，后面一个兵追着她；她吓坏了。想把包袱扔掉，仅抱着那孩子，免得太沉重。及至兵没有了，她定一定神，看看抱着的孩子，谁知却是个包袱！原来她扔错了！把孩子扔了！"

施娄心中一动，"机会来了！"他把压在下面的腿提到上面，高声说："岂止这个！未出阁的姑娘竟有好些自尽的！事情多，我们听过许多！原因当然是被那些大兵胡来乱为了一阵，怕见不起人！"

他一面说一面把两眼注视着董太太，董太太因为他用了一个粗鄙字眼，故不搭理。

他又接着说："但是父母也负着这种责任，他们为什么不早早把女儿嫁了？嫁了便不会有这类事发生了！"他更解释说："被奸的姑娘谁还要？如果给了婆家，便是婆家的人了！不论奸淫不奸淫，他们能说出不要么？负责任的已经是他们！"

于是他折入本题："所以，父母真是想不开！……譬如，我们的姑娘就很是出嫁的时候了！"

董太太愕然地看着施娄的上下唇。

施娄恐怕伊会误解他的意思，于是两眼睁得更大，厚的唇向左右一动，作出笑容。他告给亲家母他并非不能养活女儿，实在这个兵荒马乱的年头，不得不这样做。他说这主意是为了他自己的好，同时也是为了对方的好；又说有好些人家是这么办的。选择吉日良辰本属迷信，如今文明人皆不着兴这件事。不过如果亲家母乐意，也可以就近选择一个比较合适一点的日子，也未尝不可以。嫁妆他没有预备，实在也不能预备；但当平定之后他一定照数补给。按眼前这样情形看来，还不致大乱，时局恐怕就要这样延宕下去，彻底解决必得再过几年；并且，这种办法还可以省钱，亲友可以不必劳动……他也觉得这种说法颇有几分"财迷气"，为了挽回这小枝节的过失，必得证明刚才所说是个笑话，他的意思并不在省钱这点上，说到末后于是他哈哈大笑起来。

亲家母那方面，因为他说得太明白，反而把事情利害弄不明白了。

老头儿虽然闭着眼，可是耳朵并没有闭着，他完全懂得施娄所说的意思；同时想如果这主张一旦成了事实，过几天老董家一家四口一定要回家去了。他暂时放弃了想念他儿子的心思，对于这种事得表示出他自己的意见。他慢慢睁开两眼，用手摸着胡子说道："这种办法是个办法！"他的声音有些沙。

施娄吃了一惊。他惊讶这木头般的老头儿居然说出一句话来，而且还是偏向于他这方面的一句话。正想捕捉下一句话，但老头子只说了一句又不说了。

董太太还是没有说话。这妇人正在打伊自己的算盘呢：儿子还在城里第七中学念书，办喜事不请客人吃吃，似乎减少光彩，迎娶期不择个最合宜的日子，对于伊的儿子必不利，女方没有嫁妆，成个什么样子？施娄说平定不在近期，伊也不以为然。就过去的例子看，每个战争都不能持久，这次也当然不能例外。如果平定之后再办喜事，那就绝没有这些弊害了。于是她明白她到了应当说话的时候了，于是向前挺挺身躯，两手按在炕沿上，用很客气的调子，说了二十种以上不宜于草草迎娶的意见，话说得又明白又婉转，其实还只是一句话：她不答应。

施娄没有料到董太太的心眼竟是这么不活动。他满心想把他对于女儿的责任移交婆家，免得将来有许多危险和许多麻烦，所以来时他很带着几分希望。现在一同这亲家母对面，希望便变成失望了！他有点儿后悔不该来。一种仿佛羞耻的心使他局促不安起来，他搔着光亮的头皮，用手摸着嘴角。他平时在镇上原被称为智多星，每有什么打架斗殴之类的事，都要请他说合；结果常常是把两方调排得极好。现在他连董太太——一个妇人都说不服，那很显然的是大栽特栽了。他有点儿不平，有点儿气忿，心想说："是我的女儿，也是你家媳妇！爱怎样就怎样！这回只当没来！"但是当他必须开口时，他却说："亲家母，好，照你说的，慢慢地商量，日子长咧。"

他站起来，正正帽子，向外走了。

董太太把应分说的话说完后，就不开口了。

老头儿又想起他的儿子来了。矿局把他儿子派到田庄去挂电线，那里现在正开火，炸弹爆炸的声音，炮子划空飞去的响音，机关枪扫射的声音，从矿局里某一处敲打铁筒的声响，皆联类想到。这一切在半空里飞窜的钢铁，他儿子都有轮上的份儿。"如果他死了，那就……"他不能想了，眼前只有一片黑色的帐幕。

施娄回到住处时，见着了大姑娘。

"爸爸，你到什么地方去老半天？"

施娄说："我在厂屋南面看狗打架。"说后却想到自己所说的谎话好笑，便笑着。

报　复　‖ 李同愈

　　站长板起铁青的面皮，坐在那把有大窟窿的旧藤椅子上，为了七次车的误点，心上暗暗生气。随着这七次车来的，有一个站长的少年时的好友，说是这一回到泰山旅行，路过 ×× 这小地方，想顺便看看老朋友。这当然是使站长高兴的事情。他在自己的房内预备了招待朋友的床铺，又预备了一顿丰盛的晚餐。七次车该下午五点半到站，此刻已过了二十分钟，邻站还不曾来要路签。这突然的误点，好像故意要站长生气似的。

　　站长就想象这朋友的神气，那猫头鹰脸，一副偏圆眼，一个短下巴。这人爽利清脆的口音还仿佛留在耳里，计算起来却已经十年不见了。

　　邻站的电话来了，说七次车的车头坏了机件，所以迟了半小时。站长把路签发了过去，随手摸了一支烟，照例把白粉装上烟头，做高射炮姿势，用力吸了一口，耸耸肩膀，露出一丝苦笑。

一刻钟之后，站长迎着那位十年不见的老友，走出了站台。在灯光之下，各人凝视着对方，脸上都显出了惊讶的表情，好像说："怎么变了这个样子？"

这是的确要使人惊讶的。那里猫头鹰脸已变成胖子神气。而原来有胖子神气的站长，此刻瘦得成了一层皮绷在脸上，而这脸色又青得怕人。

然而他们一坐下来，胖子神气的人可耐不住沉默了。他放开了爽利的口音，问他的朋友：

"老管，怎么回事儿，变了样子？"

"那还不是当然的！十年啦，谁不变？"

这名为老管的站长，自从学来了烟头上装白粉，三年以来一切嗜好兴趣全消磨净尽。他不曾娶女人，他没有父母，来去是一个人。而吸这烟头上的白粉成了他生活中最重要的一部分了。

这是件不光荣的事。可是，老管就怕听人说到这。

"我爱这个，我高兴，谁也管不着。"

一生气，他就给人家一个钉子碰。他不愿意听人家好意的劝。他高兴这个，明知要伤害到自己的生命，但为了他高兴，就从不曾想到戒除。

"为什么要戒除？做人总有一件高兴的事！不高兴这个，高兴那个，不是一样？"

所以，谁都不去劝他了。

可是今天来的朋友却不知老管这执拗性情。老管就怕他来劝，如果照例给他碰回去，则不适宜于款待远来的朋友。他就先把话说在前头："大生。你看这个。"

他从衣袋里又摸出那包粉，随手装在一支烟头上。

"那是什么？老海？"

"对啦！这是老海。我告诉你，人生于世，总要寻一件自己认为高兴的事情。这个，我，高兴了三年……"

老管用火点着，使劲吸了一口。

"嗳！你怎么弄起这个来？"

老管不回答，若无其事，笑着。

"嗳嗳！我说老管，我劝你不要玩这一手。你不知道啦！这东西，害人……"

"我全知道。知道而且明白。谁也不能比我再知道得清楚。可是我不已经把话说完了？我爱这个。"

朋友大生还想说下去，老管可有点生气了。然而老管没有法子禁止他。他说："笑话笑话，哪有这样甘心堕落的人！这简直拿生命开玩笑！"

老管不再说话了。他是生了气，生了大气。虽说朋友是好心说的，但说得太过分了。这真是不可恕的侮辱。他不再说话，心里盘算，怎样报复朋友一下。

吃过一顿特备的晚餐以后，在这个小车站，没有地方好去。他们谈一点过去的事情，随后，朋友似乎有点疲倦，就各自在床上睡着了。

第二天早起，朋友大生说昨晚吃多了菜，肚子有点痛。上了两次茅厕，还是不舒服。

"那么，你不要怕，尝一点儿这个。"

"不行不行。我没有吸过。"

"你别怕，尝一回肚痛就好，上不了瘾。"

于是老管装了少许白粉在烟头上，朋友大生也信了尝一回上不了瘾的话，递过来点了火，使劲吸着。

可不是？比药还灵。肚痛立刻好了。

在这小车站附近，除了几家做车站客人生意的小食店，什么也没有。四周是田野。顺道来玩的朋友住了一天，有点无聊。好意招待的主人就提议请几个人来打麻雀，这倒中了朋友的意。

"赞成。打一天小牌玩。"

于是把副站长和电报司事全邀了来。四个人坐下去，劈劈啪啪打了半夜。结果是朋友大生一家输。不知是否为了有"抬轿子"嫌疑，老管又提议接八圈，打一个通宵。大生虽输得不甘心，可是精神已有点支不住，就说："算了，倦得想睡。"

"那不要紧，你吸一口，就来劲。"

老管后来让朋友大生足足地睡了十多个钟头，把多少天来不够睡的时间补回去。醒来时，夜饭已预备在桌上了。

爬起床来洗脸，大生周身都发软。鼻子眼睛全不对味儿。不知怎么的，像还没有睡醒。

"怎么，今天一准动身么？"

"想夜车走。回来再来看你。"

这可见鬼啦！大生眼里滚出眼泪来，老是打呵欠。他像饿又不是饿，像渴又不是渴，反正想吃一点什么似的。一下子，他可想起来了。

"老管，来一点儿。"

老管微微一笑，把那包东西（不再替他装在烟头上了）

给了他，若无其事地说："这东西此地买价钱公道得多，你要，我跟你托人买一点，你带回去，反正用得着。"

大生坐了火车回家，他可没有去泰山。他觉得泰山没有什么趣味。他的趣味已改变了。

箱子岩 ‖ 沈从文

十四年以前，我有机会独坐一只小篷船，沿辰河上行，停船在箱子岩脚下。一列青黛崭削的石壁，夹江高矗，被夕阳烘炙成一个五彩屏障。石壁半腰中，有古代巢居者的遗迹，石罅间悬撑起无数横梁，暗红色大木柜依然好好地搁在木梁上。岩壁断折缺口处，看得见人家茅棚和水码头，上岸喝酒和下船过渡的人皆得从这缺口通过。那一天正是五月十五，河中人过大端阳节。箱子岩洞窟中最美丽的三只龙船，皆被乡下人拖出浮在水面上。船只狭而长，船舷描绘有朱红线条，全船坐满了青年桡手，头腰各缠红布，鼓声起处，船便如一支没羽箭，在平静无波的长潭中来去如飞。河身大约一里路宽，两岸皆有人看船、大声呐喊助兴。且有好事者，从后山爬到悬岩顶上去，把百子鞭炮从高岩上抛下，鞭炮在半空中爆裂，嘭嘭嘭嘭的鞭炮声与水面船中锣鼓声相应和。引起人对于历史发生一种幻想，一点感慨。

当时我心想：多古怪的一切！两千年前那个楚国逐臣屈原，若本身不被放逐，疯疯癫癫来到这种充满了奇异光彩的地方，目击、身经这些惊心动魄的景物，两千年来的读书人，或许就没有福分读《九歌》那类文章，中国文学史也就不会如现在的样子了。在这一段长长岁月中，世界上多少民族皆堕落了，衰老了，灭亡了。即如号称东亚大国的一片土地，也已经多少次被沙漠中的蛮族，骑了健壮的马匹，手持强弓硬弩，长枪大戟，到处践踏蹂躏！（辛亥革命前夕，在这苗蛮杂处的一个边镇上，向土民最后一次大规模施行杀戮的统治者，就是一个北方清朝的宗室！）然而这地方的一切，在历史中也照样发生过不断的杀戮、争夺，以及一到改朝换代时，让人民担负种种不幸命运，死的因此死去，活的被逼迫留发、剪发，在生活上受新朝代种种限制与支配。然而细细一想，这些人似乎根本上又与历史毫无关系。从他们应付生存的方法与排泄感情的娱乐上看来，竟好像今古相同，不分彼此。这时节我所眼见的光景，或许就与两千年前屈原所见的完全一样。

那次我的小船停泊在箱子岩石壁下，附近还有十来只小渔船，大致打鱼人也有弄龙船竞渡的，所以渔船上妇女小孩们，精神皆十分兴奋，各站在尾梢上锐声呼喊。其中有几个小孩子，我只担心他们太快乐了些，会把住家的小船跳沉。

日头落尽，云影无光时，两岸皆渐渐消失在温柔暮色里。两岸看船人呼喝声越来越少，河面被一片紫雾笼罩，除了从锣鼓声中尚能辨别那些龙船方向，此外已别无所见。然而岩壁缺口处却人声嘈杂，且闻有小孩子哭声，有妇女们尖锐叫唤声，综合给人一种悠然不尽的感觉。已经入夜了，吃饭是正经事。我原先尚以为再等一会儿，那龙船一定就会傍近岩边来休息，被人拖进石窟里，在快乐呼喊中结束这个节日了。谁知过了许久，那种锣鼓声尚在河面飘着，表示一班人还不愿意离开小船，回转家中。待到我把晚饭吃过后爬出舱外一望，呀，天上好一轮圆月！月光下石壁同河面，一切皆镀了银，已完全变换了一种调子。岩壁缺口处水码头边，正有人用废竹缆或油柴燃着火燎，火光下只见许多穿白衣人的影子移动。问问船上水手，方知道那些人正把酒食搬移上船，预备分派给龙船上的人。原来这些青年人白日里划了一整天船，看船的皆散尽了，划船的还不尽兴，并且谁也不愿意扫兴示弱，先行上岸，因此三只长船还得在月光下玩个半夜。

提起这件事，使我重新感到人类文字语言的贫俭。那一派声音，那一种情调，真不是用文字语言可以形容的事情。向一个身在城市住下，读读《楚辞》就"神往意移"的人，来描绘那月下竞舟的一切，更近于徒然的努力。我可以说的，只是自从我把这次水上所领略的印象保留到心上后，对一切书本上的动人记载，皆看得平平常常，不至于发生惊讶了。这正像我另外一时，看过人类许多花样的杀戮，对于其余书上叙述到的这件事，同样不能再让我如何感动。

十四年后我又有了机会乘坐小船沿辰河上行，应当经过箱子岩。我想温习温习那地方给我的印象，就让管船的不问迟早，把小船停泊在箱子岩。这一天是十二月七号，快要过年的光景。没有太阳的酿雪天，气候异常寒冷。停船时还只下午三点钟左右，岩壁上藤萝草木叶子多已萎落，显得那一带岩壁十分瘦削。悬岩高处红木柜只剩下三四具，其余早不知到哪儿去了。小船最先泊在岩壁下洞窟边，冬天水落得太多，洞口已离水面两丈以上，我从石壁裂罅爬上洞口，到搁龙船处看了一下，旧船已不知坏了还是被水冲去了，只见有四只新船搁在石梁上，船头还贴有鸡血同鸡毛，一望就明白是今年方下水的，出得洞口时，见岩下左边泊定五只渔船，有几个老渔婆缩颈敛手在船头寒风中修补钓网。上船后觉得这样子太冷落了，可不是个办法。就又要船上水手为我把小船撑到岩壁断折处有人家的地方去，就便上岸，看看乡下人过年以前是什么光景。

四点钟左右，黄昏已腐蚀了山峦与树石轮廓，占领了屋角隅，我独自坐在一家小饭铺柴火边烤火。我默默地望着那个火光煜煜的树根，在我脚边很快乐地燃着，爆炸出轻微的声音。铺子里人来来往往，有些说两句话又走了，有些就来镶在我身边的长凳上，坐下吸他的旱烟。有些来烘脚，把穿着湿草鞋的脚放到热灰里乱搅。看看每一个人的脸，我都感到一种奇异。这里是一群会寻快乐的乡下人，有捕鱼的、打猎的，有船上水手与编制竹缆的工人。若我的估计不错，那个坐在我身旁，向火伸出两只手，中指节有个放光顶针的，一定还是一位乡村成衣人。这些人每到大端阳时节，皆得下河去玩一整天的龙船。平常日子在这个地方，人们按照一种分定，人们很简单的生活。每日看过往船只摇橹扬帆来去，看落日同水鸟。虽然也有人事上的得失，到恩怨纠纷成一团时，就陆续发生庆贺或仇杀。然而从整个说来，这些人的生活却仿佛同"自然"已相融合，很从容地各在那里尽其性命之理，与其他无生命物质一样，唯在日月升降寒暑交替中放射、分解。而且在这种过程中，人是如何渺小的东西，这些人比起世界上任何哲人，也似乎还更知道得多一些！

听他们谈了许久，我心中有点忧郁起来了。这些不辜负自然的人，与自然妥协，对历史毫无担负，活在这无人知道的地方。另外尚有一批人，与自然毫不妥协，想出种种方法来支配自然，违反自然的习惯，同样也那么尽寒暑交替，看日月升降。然而后者却在改变历史，创造历史。一份新的日月，行将消灭旧的一切。我们用什么方法，可以使这些人心中感觉一种"惶恐"，且放弃过去对自然和平的态度，重新来一股劲儿，用划龙船的精神活下去？这些人在娱乐上的狂热，就证明这种狂热，使他们还配在世界上占据一片土地，活得更愉快更长久一些。不过有什么方法，可以改造这些人的狂热到一件新的竞争方面去？

一个跛脚青年人，手中提了一个老虎牌桅灯，灯罩光光的，洒着摇着从外面走进屋子。许多人皆同声叫唤起来："什长，你发财回来了！好个灯！"

那跛子年纪虽很轻，脸上却刻画了一种油气与骄气，在乡下人中仿佛身份特高一层。把灯搁在木桌上，坐近火边来，拉开两腿摊出两只手烘火，满不高兴地说："碰鬼，运气坏，什么都完了。"

"船上老八说你发了财，瞒我们。"

"发了财，哼。瞒你们？本钱去七角。桃源行市一块零，有什么捞头，我问你。"

这个人接着且连骂带唱地说起桃源后江的情形，使得一般人皆活泼兴奋起来，话说得正有兴味时，一个人来找他，说猪蹄膀已炖好，酒已热好，他搓搓手，说声有偏各位，提起那个新桅灯就走了。

原来这个青年汉子，是个打鱼人的独生子，三年前被省城里募兵委员招去，训练了三个月，就开到江西边境去同共产党打仗。打了半年仗，一班弟兄中只剩下他一个人好好地活着，奉令调回后防招新军补充时，他因此升了班长。第二次又训练三个月，再开到前线去打仗。于是碎了一只腿，抬回军医院诊治，照规矩这只腿用锯子锯去。一群同志皆以为从辰州地方出来的人，"辰州符"比截割高明得多了，就把他从医院中抢出，在外边用老办法找人敷水药治疗。说也古怪，那只腿居然不必截割全好了。战争是个什么东西他已明白了。取得了本营证明，领得了些伤兵抚恤费后，就回到家乡来，用什长名义受同乡恭维，又用伤兵名义做点生意。这生意也就正是有人可以赚钱，有人可以犯法，政府也设局收税，也制定法律禁止，那种从各方面说来皆似乎极有出息的生意。我想弄明白那什长的年龄，从那个当地唯一的成衣人口中，方知道这什长今年还只二十一岁，那成衣人尚说："这小子看事有眼睛，做事有魄力，蹶了一只脚，还会发财走好运。若两只腿弄坏，那就更好了。"

有个水手插口说："这是什么话。"

"什么画，壁上挂。穷人打光棍，两只腿全打坏了，他就不会赚了钱，再到桃源县后江玩花姑娘！"

成衣人末后一句话把大家皆弄笑了。

回船时，我一个人坐在灌满冷气的小小船舱中，计算那什长年龄，二十一岁减十四，得到个数目是七。我记起十四年前那个夜里的一切光景，那落日返照，那狭长而描绘朱红线条的船只，那锣鼓与呼喊……尤其是临近几只小渔船上欢乐跳掷的小孩子，其中一定就有一个今晚我所见到的跛脚什长。唉，历史。生硬性痈疽的人，照旧式治疗方法，可用一点点毒药敷上，尽它溃烂，到溃烂净尽时，再用药物使新的肌肉生长，人也就恢复健康了。这跛脚什长，我对他的印象虽异常恶劣，想起他就是个可以溃烂这乡村居民灵魂的人物，不由人不……

二十年前沣州地方一个部队的马夫，姓贺名龙，一菜刀切下了一个兵士的头颅，二十年后就得惊动三省集中十万军队来解决这马夫。谁人会注意这小小节目，谁人想象得到人类历史是用什么写成的！

报　复　‖ 振声

　　小翠也如其余岛上的女孩子一样，虽是长到十五岁了，所最熟识的还只是一些鱼的名字和哪一家的船头上画了两只老虎眼睛。她最快乐的时候，是扇着一双扁鱼脚，从东邻踱到西舍，找同伴要石子，在王二娘的磨盘上。见了生人，她也只会把食指咬在口里，瞪着两大眼睛呆呆地望。

　　当她妈把她许配给高二，她知道见了高二害羞——这是她第一次见了男人害羞。在街上见他，她不敢咬着指头望他，扭身就跑，回家来关上门。若是同伴问起高二，她就狠狠地在人腿上扭那么一把。"穷根子嚼舌！"口里还如此咕哝着。

　　以后刘五多给了她妈一些礼钱，她妈又把她许配给刘五。这一来，她有点为难了。她不知道再见了高二，用不用跑。

　　刘五要娶她的头三天晚上，半夜三更里，高二约了一群好汉来抢亲。把她从妈的炕上拖下来，她只吓得哭。高二把她困到家中，教她不要哭，她就不哭。过了几天，她就那么做了高二的媳妇。可是她又不知道见了刘五，用不用跑。

高二与刘五的渔船在海上碰着头，刘五瞪眼看高二，又用力摇那橹，还骂那橹是强盗的儿子。高二是坦然，慢摇着橹唱渔歌。

一次刘五从高二门前过，小翠正在门前晒满太阳的空场上补网。刘五站住脚，两眼钉住小翠不放，小翠红了脸。只低头补网。网是补糟了。幸亏对门张大嫂子带出孩子到场上玩，小翠才敢喘出一口气，刘五才歪歪扭扭地转过墙角。张家的黑狗见他走了，也才放开嗓门，汪汪地叫个痛快。

在海边的小酒店里，刘五有时闯进来，要四两白干，坐在墙角上独酌。一个短短的身子，紫红脸，像只矮虎蹲在那里。谁的头要往他的方向转，他的眼便往你这边瞪。旁人的眼光都避着他的，对着其他的人笑。有时碰到高二也在酒店里，刘五的目光便更亮，他桌子上的酒壶酒盅也更摔得响。高二与旁人说话，声音也更高起来，笑的次数多而嘹亮。他听旁人说话也像更从容，一手捺了腮，一手用指头敲着桌子，在眼角上瞟着刘五，脸上挂一种轻蔑的笑——那是表示"你能把老子怎样"的笑。他是个宽膀子，高大身材，配上脸上的微笑，更显得堂皇。

二更初下，高二就站起身来要回家。这惹起大家的笑。高二满不在乎地从笑声中走出去。刘五的酒壶在桌子上一摔，喊声"再来二两"。大家的笑声停止，眼光都向他射。刘五在这种高烈的情调之下，二两白干一仰脖颈便下去，站起来似将有所表示。

"你也早点回家，搂着枕头睡罢！"酒店里一个连腮胡子顾客不等到刘五开口先放火，咧着嘴吓吓地笑。

"强盗，咱们白刀子进去，红刀子出来！看罢！"刘五说完，曳着腿向外踱，门砰的一声，他出去了。

小翠有一天下午去山里挖菜，慌慌张张地跑回来，头发蓬松，两腮红涨，脖子上还搔了几道血痕。人问她是"怎么啦？"她不说，只是哭。到家里关上房门，半天不出来。

高二后来听见了。用何种威吓，逼出小翠的口供来，至于口供的内容如何，外面具不得而知。只是高二的样子变了。有几天两眼灯亮，像疯狗一般地到处找寻刘五，怀里还藏了一把渔刀。到海边的小酒店里，拼命喝酒。进门先用眼四处搜刮。坐下两眼盯着门，这似乎是在等刘五，但刘五连影子也没有。

高二本是个外面粗硬，心里细软的汉子，他不怕硬只怕软。一句好话会使他像绵羊般驯柔。可是你若撞翻了他的脾气，他就不同你客气。哪怕你是块石头，他也拿头撞你个粉碎。这块得罪他的石头，他若找不到，他会去撞墙，撞石碑，找一切石头的本家来出气。

他的性子变得这样坏，谁见了他都得赔小心，特别是姓刘的。他吃了酒后，四处找架打，就是不姓刘也得躲远点。碰到旁人有不平的事情，不用你找他，他就会去找你的敌人，打一个落花流水。

他回到家来常是带了酒，性子像烈火一般。听到他的声音，小翠的两只腿都发软。她不敢问他一句话，因为一问就会出岔。她侍候他吃饭、睡觉，就像一只猫去侍候狗那样畏怯。但他对她只有怒视，或是吼骂几声，从未打过她。

他有时酒喝多了，会哭，那样一条大汉子，在个弱小的女人跟前哭！她不敢过去安慰他，因为她一安慰，他的悲哀马上会变成暴怒，像雨后骄阳的猛烈。她又不敢不理会他，因为哭，总留着小孩子当日对付母亲的一套，不理会，他会越来越凶，像春雨变成夏雨，有时还来个暴雷。她几番经验里得来的最好的方法是陪着他哭。这样，他的悲哀就像多出两只眼孔作泄道。不久他会安静下去，爬到炕上乖乖地睡。小翠就蜷在一边，一声气息也没有，像母亲怕惊醒她的小孩子。

岛上的人，心中都为此事有点紧张，头顶上像要打雷。

好歹挨到渔忙，没出乱子。各人悬在空中的心，一忙便好似有了交代。

春天的太阳底下，无数的女人孩子在海滩上补网，男人在海上捕鱼。日里满海的白帆，夜间满海的灯火，海岸上晒网的、捡鱼的、修船的、补帆的，男人，女人，孩子们如开庙会的热闹。全岛在忙碌中，现出活动与快乐。

但海风吹不散高二的怒，笑容盖不住小翠的愁，太阳也照不见刘五的影子。

一日黄昏，太阳特别红，天气也格外热。风是一丝不流，海面上碧澄澄的一波不起，像青天万里，并无一缕烟云。满海的白帆在微红的夕阳里，往来像溜冰一般。入夜后渔船上都掌起灯火，千点万点，与天上的星光上下映照。鱼在海里浪漫起来，打得水面乱响，这是渔家的快乐！

将近二更，西北方忽然起了乌云，渔人知是风头，便快快落帆收网。但鱼多网重，一时不及收完。那乌云已到半天。一阵风起，吹灭了渔灯，掩藏了星斗，海上漆黑。不到几分钟，海浪如山起谷落，那些渔舟也如沸锅的豆子一样，在水里乱滚。海上一片哭声、风声与涛声。

岛上的女人孩子，一群群地跑到海岸，提高了风灯，向海上乱叫，又是一片的喊声、哭声与涛声。

在一片混杂不清的声音中，有多少舟子的喊声是消失了，人与船也消失了！

有两只渔船离岸只有一箭地的远近了。一起高浪赶来，把一只船摔向一峰乱石上。浪花卷回，借着岸上的灯光，看出来飘着几片碎板里一个尸身。岸上起了一片哭喊。又一冲浪头把那尸身泊近了那另一只船的左近。岸上卷起一片"救人"的喊声，接着又是一片"不要救"的喊声。那船上立起一个高身的舟子，一头撞下水去，浪头过处，见一人已经一手捉住那具尸身，另一手向船上挣扎。但浪起浪落，那船已离开一丈远近。挣扎有十分钟光景，人力已尽，那船却更远了。再不到一分钟，只见两个尸身出现在水面。

几番浪头，把他们泊近海岸，已不到三丈多远。岸上几个汉子，在大家催促声中下水将他们打捞起来，一群风灯围照在他们的脸上。在大家惊异的眼光下看出了救人的是高二，被救的又恰是刘五，他们俩却都已死过去。

几个人把他们抬向高二家中，小翠吓得只跟在后面哭。

屋子里生起火来。几个人用干布在尸身上搓擦。

擦过几个时辰以后，高二先苏醒过来。他睁开眼向屋子里扫视一周，明白这是他的家。头在枕上动了动，大概是表示感谢大家救他的意思。又把眼闭上了。刘五是在高二苏醒过半个时辰以后才醒转过来的。他吐出最后的几口水，又昏沉一阵，再睁眼看一看，想要坐起来。大家按住他，他说不要紧，已经好了，要回家去，大概他已经明白他是在谁的家里！

高二也听出这是谁的声音。他不相信他的耳朵，睁开眼向声音来处望。此时天已放亮，窗纸都发白了。这又清清楚楚看出躺在另一个床上的，不是别人，正是他的冤家！他要他死，但是他死了，他又把他救活了。并且是自己死过一次才救活的！他不相信他的眼，他挣扎起来，探着身子细细看，从他眼里射出的怒光来判断，你可知道假使他手边有一把斧头，他会拿起来一斧砍死这个被他救活的人！

大家因为他们俩在一起，都没敢离开。见此情形，就把高二按着躺下。高二在炕上滚来滚去，像心里有火在烧着。

刘五呢？大概一切都清楚了。眼也不敢瞧高二。只说要回家。

小翠先是看到他们俩死在一屋里，吓得哭都不敢哭；后来看到他们俩都活过来，又吓得笑也不敢笑。她早已躲藏起来了。直至大家把刘五扶走了，她才敢进来侍候她丈夫。

高二睡过一长觉之后，睁眼已是下午时分了。太阳从窗棂斜射进来，飞尘在一道道阳光中游泳。屋子里不知怎的那般沉静。小翠坐在床脚边小兀凳上低头缝旧衣，只听得一丝丝拉线的声音。她见高二醒了，抬起头望他一望，像似想问他要不要吃东西，但又像似有所畏怯而不敢开口。只是把头低下去，一声不响地继续她的缝纫。一线阳光正射在她的脸上，映出她长长的睫毛与一双怯怯的眼光。她不是以前咬着指头看人的小翠了，生命的艰苦已经把她磨炼成一个女人了！

高二在炕上翻动一回，又安静下去。两眼大张着望一回顶棚，又望一回小翠。他确是在想些什么，他由烦躁渐入安静，脸上的风云也渐渐地开霁了，他的心境分明是起了一种变化。

他叫小翠去盛碗稀饭来。小翠忙放下针线去取饭。赶小翠捧着饭进来，他已经背靠着墙，坐在床上了。他吃着饭，又很温和地问小翠："一夜不睡不累吗？也上炕欹着歇会儿吧。"这在小翠，真是受宠若惊。自从她上山挖菜之后，久不见这样的声音笑貌了。"为什么他忽然变好了？"她在想，在莫名其妙。

不错，不独高二不同从前，刘五也有点奇异。他不像小翠被抢后的刘五了，因为他不是那样凶；也不像小翠挖菜后的刘五了，因为他不是那样险；更不像好久好久以前的刘五了，因为他又不是那样浮。那么他像什么呢？他像一只挨了打的狗，用怯懦的目光看人；又像一头驾在犁上的牛，终日低了头工作。总之，他是变了。

刘五似乎怕见高二而又心想见着他。高二呢，救人以后，也不到酒店吃酒，也没人听见他在背后再骂刘五。有一次他们俩在街上碰了头，刘五远远望见对面来的是高二，他不由地望望左面的一条岔路，但是他却没有走那岔路。他又不由地脚步放慢了，但仍是低了头往前走。走到高二跟前，他又不由地抬起头来望望高二，像似想说话，但是他又没有说话。高二望见刘五之后，没有把脚步放慢，却也没有放快。没有把头低下去，却也没有把头扬起来。他仍是一样地往前走。刘五望他的时候，他也转过脸来看看刘五。当他看见刘五眼光中所表现的意思，他似乎想对刘五点点头。但是忽然他又硬了脸，仍如以前不快不慢地走过去了。他们俩对背的时候，刘五又不由地回过头来望望高二，又低下头走了。高二呢？并没有回头。

小翠呢？渐渐也恢复到她被抢后挖菜前的常态。但她也不敢过分高兴，有时高二还会来一阵风云，无缘无故的。不过那样的坏天气一日比一日少，她也长得一日比一日好看点。

海边的小酒店里，一盏昏红的煤油灯，照出几个粗皮大手围坐在一张桌子上的汉子。他们几两白干下肚，常是争吵式地议论这两个人——高二与刘五。他们争论的焦点，不在刘五的改变，这个他们都了解；却在高二的异常，这个他们不明白。有人以为他是教海水灌"瘪"啦。又有人以为他是教小翠"媚上"啦。黄胡子李大比他们有了点年纪，也多了点知识。他的左耳朵动了两动——这是他要发表高见的预征，嘴咧到耳朵边，"哈哈！"他笑道，"你们说的都是瞎子相面，摸不到头脑！你们见过高二同罗小黑打架吗？罗小黑打他不过，这小子，狗尾巴失火，急啦！咬了高二一口。高二一气，猛一个老虎翻身，把小黑扑倒在地上，擎起拳头就打。你猜，罗小黑怎么样？这杂种，磨坊的驴子带眼罩，不要脸。他说'你打罢，我反正躺在这里，你打死我，我也不回手。'高二的拳头头在空中，棺材进了坟，老停在那儿！"

"罗小黑，他偷我的鱼。这小子就真该揍！"一个粗眉大眼的渔子敲着桌子说。

"谁说不是？"黄胡子李大接道，"可是他碰的是高二，王大娘的鞋底，怕软不怕硬。"李大停了停，又睁圆两个小小的黄眼睛说："刘五就好比躺在地上的罗小黑，高二的拳头打不下去。"

"那么他饶就了刘五吗？"又一个在怀疑。

"不饶怎么样？刘五现在是软皮蛋，高二下不得口！"黄胡子说罢，眼睛眯成两道线。

"也真他妈的凑巧，他偏偏救了他的冤家！"又一个在叹息。

"就是这个作怪，"黄胡子说，"你自己救活的人，你就不忍得再打死他。长虫总够歹毒，它也吞不下自己的蛋！"

酒店的人们是如此议论着。

快到端午节了。在渔家的日月，春天渔市一过，各人腰包里都有几个大子，也正如农家过了秋收一般。且感觉松闲得像金鱼一样。高二收了渔账回来，肩上一个钱褡子沉甸甸的。路过海边上的小酒店。酒店红脸掌柜的陈老兴正坐在门前夕阳里喷闲烟。一群鸡在他的周围刨食吃。一只大锦鸡咕咕在唤母鸡，他是找到了个虫子，很有武士风度地让母鸡来吃。一群母鸡跑过去，刚争着伸嘴，大锦鸡却一低头，先把虫子吞下了。又弓起脖颈来，对母鸡们行个遣散礼。

"久不见啦！新到的好营口，来上一杯，试试这劲儿。"陈老兴在逗引高二。高二摇摇头，却站住脚不动。

"得啦，钱多了要压坏箱子底。就算我请你，桂子，打四两给高二叔。"

高二坐下了。三杯之后，是不在乎再来三杯的。酒喝多了，忘记的心事也会找上门来。心事一来，酒是不计较的。他喝到一更以后，晃晃荡荡地捎着钱褡子往家里走。刚一出门，碰见罗小黑走进酒店。

钱褡子很重，他走得发热。那酒力便似火上加油一般，涌将上来。他望着人家窗前的灯，一盏变成百盏，千盏；身子也荡荡的像在船中，正似那次刮大风的样子。他忽见前面一个人影，"是刘五这小子，这次不救他了！"他心想。但心里忽起一种回忆，像火点炮门一般，他举起钱褡子，望那影子摔过去。扑的一声，那钱褡子掉在龙王庙的旗杆底下。他蹿过去，没有人，蹲下摸那钱褡子，摸着了，放在平地上像个枕头。他就把头放上去，睡着了。

一觉醒来，太阳已红红地照在旗杆顶上。他浑身发板，头皮也杠地痛。他坐起来一看，枕的是自己的钱褡子，方想起昨天收账吃酒的事。又见钱褡子上滴滴点点的血，他摸摸头再摸摸鼻子，都没有血。放开钱褡子一看，钱也没有动。"也怪，哪里来的血。"想想昨天的事，出了酒店以后，又都不记得了。他掮上钱褡子抱着一肚子疑闷回了家。

有人传说罗小黑包着头，教人打得鼻青眼肿的。谁问他，他也不肯说是怎么回事。"这与我的钱褡子有血无关。"高二这样想。

端阳节到了。家家门旁插着香艾，贴着各色花纸剪的老虎、蝎子、守宫、蚰蜒、蜈蚣之类。小女孩子们都换上绿衣，红裤子，辫子上插上香艾，耳垂上抹着雄黄。穿着新绣的老虎鞋，一歪一扭地聚集到海滩上去拣蚌壳。

黄胡子李大听了点奇怪的消息，便去找高二。进门见小翠擦了一脸红粉在那儿包粽子，高二也穿件新蓝布小褂坐在对面抽烟。黄胡子接过高二送来的旱烟袋，抽着烟，理着他那短而粗硬的胡子说："你那天告诉我你那钱褡子上面有血，你猜到了是哪里来的血吗？"高二摇摇头。

"量你猜不到！"黄胡子咧着嘴得意，"你那天一出酒店，碰见罗小黑？"

"那个我记得很清楚。"高二点头说。

"你走到龙王庙前，见过什么人吗？"李大很精明得像个法官。

"那我可不记得了。"高二说。

"你在龙王庙前碰见了刘五。"胡子不慌不忙地说。

小翠手里的粽子米撒了一地，忙得用脚去压着。

"怎么？"高二跳起来，眼里冒火道，"是那小子！"

"你别急！"李胡子道，"顶风驶船，急也没用。我刚说刘五在庙前碰到你。见你醉了，他想过去扶你。你知道这小子现在变成好心眼了！你用钱褡子摔人，他就躲在庙门洞里。后来你睡了，他不放心，坐在那里看守你。你不信？你摇头！老鼠拉车，大的在后，你听着罢。不久罗小黑这王八蛋偷偷摸摸地跟来啦。作贼眼快，他知道是你躺在那儿，过去偷了钱褡子就走。你猜怎么啦？刘五跳过去从后面一把揪住他。两个人就滚了屎蛋。小黑死也不放手那钱褡子，教刘五打得头破血出，他才放手跑了。这教作贼遇到路劫，一户欺一户。刘五把钱褡子又放在你头下，他还不敢走。直在庙前等到天亮，才回家睡觉。这小子心眼真不错！"李大一气讲完，胡子都竖起来，两个黄眼睛瞪得溜圆。又点着头，足上一句："你现在信不信？"

高二听了低下头，又在地上踱来踱去。黄胡子的两个眼睛像猫头鹰一般望着他转。高二忽然停止了脚步，对小翠说："咱们今天就请刘五来过节，好不好？"

小翠红了脸，一声也不敢响。

黄胡子把脚一跺说："好。真痛快！"

高二转身对李大道："就劳你驾去请他，回头你们俩一块来。"

李大像炮弹一般地飞出去了。小翠的粽子却老是包不好。

高二急得跑到门外去等他们。小翠把粽子包完，蒸在锅里。加上柴火。听到门外一阵笑声，吓得跑到房里去了，他们三个人进门，高二叫她出来，半天她才露面，脸上红得像鸡冠子一般。刘五也红着脸站起来，问一声："高二嫂你好。"她连一个字也吐不出口，一直跑到锅台，低下头去做菜。

他们吃起酒来，小翠上菜，手脚都不听调动。她越想安安静静的，那盘子里的碗碟越响得厉害。往桌子上放汤，碗也歪了，汤都洒出来。

几杯白酒下肚之后，变成他们脸上的绛红。李大脖子上的筋都跳起来，像渔网的错综。高二与刘五见面都说不出话来，现在有酒蒙着羞，也都不顾忌地说出他们的心腹话。刘五先不济，话渐多也渐不清楚。但谁都听清楚他对高二说了这个："大哥，我不能再喝了，尿鳖子不是盛酒的家伙，哈哈！"他忽转庄重道，"嘻！自从你救过我之后，我也不知道怎么说好啦！我觉得我这条命是你给的。你就像我的亲哥一样！"他说过，酒像清醒一点，心里也像似去掉一块积痞地轻快了。

高二听罢，又喝上一大杯，嘻嘻地笑。把身子向前一扑，扑在桌子上，眯着醉眼望刘五："唉，唉！兄弟！你那脸上多了一块疤！哈哈！"

他们的快乐传染给李胡子，勾成满脸的笑纹——那干枣红的脸。他用半欣赏的声调说道："报仇不忘恩，冤家变成亲！"这是他们粗人的哲学。

也怪，粗人倒比细人明白！

小翠坐在屋角上，半天木木的。见他们这般傻笑，她也禁不住笑了。她又想往嘴里插指头，但手到半路又放下来，她确是一个女人了！

阴 影 ‖ 芦焚

人究竟是脆弱的，也许基于某点看是那样。

两年前，在一个县里供职。那个小小的城很巧妙地被太行的连山包围着，形势看起来有着一倍于它本身的险要。设若真打算看见它的面貌，委实算不得一件难事——只消找一幅山水画来就得了。那幅画的作者，能在其一角的险峻的栈道上添涂一匹送文书的马，那就更好。况且由驰骋的马，定当更清楚地窥到这小城塞的精髓。

唯其在山里，也就来得和平原不同。譬如平原的人，总爱对着外乡人夸张自己本土异常富裕，学校如何多，生意如何茂盛以及缙绅的势要。尽管他一不是商人，二不曾读过书，家世也从不曾荣耀过。这里却以枪支多寡作光荣的标准。反面，也就恰恰地表明——这儿的人不是好惹的。

以武器诱耀着的地方，是多么可怕的简陋和愚蠢，自不难想象到。作客的人，总很容易惹起土著的反感，常在外面谋生的人都知道。日常行为受着限制以及自发地拘谨，也自是意中事。况且做事远非养生，所谓痛快不痛快是谈不到的。不过，到一个眼生的处所，总有几天好玩，就以这个小县城里说吧，女人头上的大白布巾，男人的辫发，还有"梁山泊"式的战带，以及难以形容的含着某种意味的褡裢。但是这些东西，初看本很别致，久而久之，就有如一挂红纱灯，渐渐减了色。又老是无变化地沾在人身上，犹如曝干了的游鱼，经不起玩味就会令人生厌。况且生活在我们这一代的人，多少都有些不幸，也就是心境很易于起变化，持久性薄弱。加之，机关只是机关，并不如字的表面，带几分阴森的活气。它完全是死的。我们供职的人，也就跟着整天死一般地闲。

忙得死去活来的人，老梦想着：上天赐福，得一个空儿休息一下吧！——其实，一天二十四小时都是空闲的人，反而感着一天的时间太长，而所有的空儿太多，想到有事情做比较幸福了。于是消闲的花样，在这死的日子里很容易地觅到了，如下象棋、打麻将。但这些究竟是困在一个所在的玩意儿，而且来得也太费心机。弄到再也无以排遣之际，有的人连抽鸦片的事情也干起来了。

这其间，同事中我最熟识的，就是那被称为粗中有细的周天成，河东籍，人个子高得出众，几乎是个百事通。他曾经混过十多年的行伍，会划各种各样的拳，会赌三门五行的博，还会做"生意"。所谓做生意，在他有两种解释：一是当土匪，一是真正地做生意，那就是卖鸦片了。

这两种行业，他都干过。

当了十几年的兵，他曾抢得过一个排长，当日混营头很捞钱，只要能握得一个火夫头，都有烟抽。后来因为自己爱"热闹"，就率性摆了几盏灯。看他烧烟泡的技术，就不会怀疑——据他说，烟有两种烧法，自己吸的不算，单只"行龙"，第一掺灰，和着来又不成，必须外面泡一层膏子；再一手儿，就是兑少许的红糖和面粉，烟要烧得嫩。合计以上得另外酌量羼入若干花椒。

他拿起烟签，是如此顺手，仿佛女人用她们的绣花针。烧出来的泡子肥大，而且吸着上口，黄得像枣瓤，能扯成一条线。但是他自己却不能多吸，大约三五筒就可过瘾。

他是个"老粗"，就是说不识字，但很爱耍斯文，更爱发牢骚。

"小红姐儿，您瞧？"

"哪里话，俺这井底的青泥蛙，怎就敢褒贬周大爷，又没吃猩猩胆！"

"哼！老子不是吹牛，这行头干过好几年咧！"

周天成满意地笑着，用手拭净枪嘴递给我。这时他已过了瘾了。要说"瘾"，未免冤枉他。如同我，不过玩玩而已。生活在这儿的人，哪个不会玩玩！

这个化外的世界，确有八分神仙气。就在数十里之遥的深山里，海洛因公司据说有六家之多，最大的一个设厂在东山。有枪千棵以上，谁也无可奈何他得，实在谁也不奈何他。这恰恰反映了中国二十年来的缩图。不过周天成绝不抽"老海"。一因为太损人，多半为着那东西太没味儿。这话我了解。

小还的悲哀 ‖ 叔文

小还在一阵杂乱的语声中走出了教室，满心里蕴着说不出的难过，转了弯，仍然觉得有二十双令人难堪的眼光钉在脊背上，热辣辣的，老扯不断。心里越急，脚下就越走不快，汗水直打头发窠里往脖子里流，本来瘦削不健康的脸，到此也愈见苍白了。

你说小还准是犯了过，给老师罚站一点钟；做学生的，左不过是这些事：书背不出了，打了人了，骂了人了，然后又挨了老师的骂——哈，你这么想，你错了，全不是，全不是。

然而究竟为什么呢？小还今天有些异样。别的不说，走路丧魂失魄的总很明显。你瞧，走出校门，已撞过两次洋车了。第三次撞在一架卖鲜枣的担子上，把篮子里肥肥的一些大红枣滚了满地，害得那个卖枣子的一面歪下身子捉捕灰土里的枣子，一面就睁起一对大眼向小还叱骂："小砍头的，瞎了眼啦？干吗走路不瞧着走！赶杀也——"

　　小还撞泼了枣子，心里慌，本想为那人捡了起来，不想被那人一骂，就骂糊涂了。心里又羞又急，拔起腿就跑，在人丛中跑了一阵，书包在背后把大腿打得生疼。跑着跑着，耳朵里听得轰隆隆仿佛响雷的声音，已到巷口大街上了。他站住，心里通通地跳，脸上火一样烧着。一列电车在他面前开了过去，司机人把铃子踏得叮叮叮乱响。大街上有数不尽的车子，数不尽的人。马路两旁摆了无数摊子，卖水果的、卖鸡毛掸帚的、卖花的、卖瓷器的、卖橙黄色柿子同花生的。馒头铺小伙计把热腾腾的蒸笼盖一掀，就拉长了嗓子喊："噢……现出笼的热包子啦，三大枚一个。"于是就有一个夹着空车子慢慢走来的车夫被这声音吸引了去，放下车子，从腰间板带里掏出六个大子，换来两个热热的包子。一边吃，一边又夹着空车子走了。

　　小还脑子昏昏的，望着街上人来人往，热热闹闹。汽车走过去，扬起了一阵尘土。他定一定神，举起袖子揩一揩额上的汗水，他想："敢情是在做梦？"

　　可是立刻就知道不是做梦，他倒希望当真在做梦。唉，这么多的人，这么坏的天气，闷热，不下雨！

　　他耸一耸肩，把行将滑落下来的书包带子置在原位上，于是越过马路，向对街一个小胡同走去。

胡同尽头倒数第三家，有两扇久经风雨颜色剥落的朱漆大门的，是小还的家。望到那个大门，仍然仿佛带得有点害羞神气，小还踌躇了。他怕进那扇门。就从今天起，他说不分明地对那个门有多少憎恶。只觉得有满肚子的怨愤，却不晓得该埋怨谁。

是的，说是从今天起，一点也不错，而且就是从末一堂课起。上末一堂历史课，吴大头吴老师把鸦片战争的正史讲完以后，照例把手中最后一小段粉笔向痰盂里投去（他投粉笔同吐痰同样准确，在五尺以内全不作兴），大家挺直了腰杆，把书合上，准备来听听大头老师的牢骚了。吴大头最爱发牢骚，发起牢骚来总是把那个呆头呆脑的大脑壳左右乱摆，兴奋到极点时，会突然把头停住，瞪着一双带有红丝的小眼睛，呆望着前面，就仿佛他那个不可知的仇敌，就在他眼前似的。这么样约有半分钟，然后又才像猛然有所醒悟的样子，无可奈何地把头摇摇，结束了自己的宏论，说："总而言之，中国是没有办法的，最要紧的是强国强种，而强国强种的根本方法不能靠政府，要先能各善其身，靠自己！"

这一套话，正同总理遗嘱一样，在班上每个学生的脑子里记得烂熟，也正因为烂熟，就不再有意义。但他们对大头老师的兴味却从不因此消减，那又为的是他那个头，正同庙会时卖的大头和尚的假头一样：一样大，一样呆气，一样傻得可爱。小孩子对假头总是爱好的。

在平时，吴老师在讲台上发着牢骚时，底下总有学生互相咬耳朵，互相低声窃笑，也总有个把好事学生，善意地为他在自己本子上留下一个体面的肖像：扁的脸，大的脑壳，眼睛是两弯细线。下课铃一摇，老师的脚刚一跨出课堂门，大家就一条声唱起来："大头先生，独善其身，吃着面条，想着馄饨。"

可是今天不同了，我说不同，是单指学生方面而言。至于那个先生，仍然同平时一个样子，仍然是牢骚，仍然是摆头，结束仍然用的是"总而言之"，然后"强国强种"，然后"各善其身"完事。但是下了课后，大家用眼睛把那颗大头送出课室门以后，大家喉咙皆好像有什么东西呃着，那个编排的歌也无人唱了。

他们沉默在那儿，不像往常先生一出门，大家都乱嚷嚷地理书包，同猴子开了锁似的往外跑。今天他们不，他们心里像有个铅块弹压得动不得。王纯亮平常最善淘气的，今天也异样。他只用铅笔在本子上画着"鸦片亡国""鸦片鬼""亡国奴"。他又全是机械地那么写，像中了魔术似的。李文辉先气闷不过，回头向王纯亮做鬼脸，照例王纯亮会回报他一个的。今天李文辉一个鬼脸没做完，看见王纯亮那严肃样子，他把半个鬼脸又收回去了。

小孩子们到底不会在闷空气里活下去的，渐渐地班上起了不安，起了骚动。最初是在低语，后来终于有人叫了："我们听吴老师的话，我们要打倒一切鸦片鬼！"

周连第竟爬上老师的椅子，在黑板上写了五个大字："打倒鸦片鬼！"

于是大家喊："打倒鸦片鬼！"声音闹起来了，大家理书、理笔、寻橡皮、找本子，台板哐啷哐啷地乱响。

魏金宝说："我爷爷就抽大烟，可是他管得我好凶，没法儿劝他戒。"

"我有法子！我有法子！"刘家荣这么说着，夹了书包，就嚷到魏金宝的座位上去了。魏金宝是他表姐。

这期间，小还把书包理好，挂到肩膀上。他白着个脸，走到刘家荣的空位上坐下来。他牵一牵同刘家荣同座的那个大学生的衣袖，怯生生地问："赵民德，我问你一句话。"

他脸红了。

赵民德把一管亮亮的铜铅笔插到自己胸襟前口袋上，问："什么事？"

"我说，假如一个人生了病，生了病才抽上大烟，那算不算卖国贼？"

赵民德为这一问问住了，不知如何作答，这人是一向不苟言的，是班里的老大哥。

"自然是卖国贼啦！"正在同魏金宝讨论如何摆布她烟鬼爷爷的刘家荣，听到小还的话，就掉转身来插上嘴，"一切的烟鬼都是卖国贼！是害群之马！是禽兽！病？病不会找大夫治吗？抽上瘾，就得戒，不戒就是卖国贼！"

一口气把话说完，看看小还脸上神气，刘家荣知道自己说错了话，把红红的小舌头一伸，扮个鬼脸，又缩到魏金宝座位上去了。

刘家荣一段理直气壮的讲演，颇引起一些同学的注意。大家都团了拢来，听这故事。坐在赵民德前一座的王兴安，他是自始至终听得明明白白的。他知道小还有点什么隐衷，很想弄个明白，于是掉转头来问："李小还，你爷爷抽大烟吗？"

"我没有爷爷。"

"你爹爹？"

小还摇头。

"你母亲吗？"

小还不言语了，羞愧地垂下了头。

事情当然一看就明白，一些先前高叫"打倒"的人，到此反倒无话可说了。大家挤鼻子扭嘴地互相交换着眼色。间或有一个刚刚走来还不知道底细的人问什么事，同学中就有人代答："李小还的娘抽大烟。"于是问的人叫喊"打倒……"，话还未喊完，刘家荣从人家肩膀上探出个头来，高声说："李小还，别难过。又不是你自己抽大烟，我们打倒的又不是你，你难过什么？"

"你别多话！"刘家荣一下子又被他表姐捺到座位上去了。

大家你一句，我一句，窘得李小还无处存身，猛然又听见一个声音："难怪李小还那么瘦，血管中毒！"声音中带有无限怜悯。

"血管中毒，对啦，血管中毒！"另一个人和着说。

小还再忍不住了。他站起身来，恨不一下子冲破了屋顶

飞出去，永世不再回来。最后他逃出了那个屋子，在走廊中
了。走过二年级教室时，里面有一群小孩子的声音在唱"功
课完毕太阳西"那个散学歌，声音嫩嫩的，听到"见了父母
行一礼，父母见我笑嘻嘻"，小还感觉这是在讥笑他，更
难受。

　　一路昏昏沉沉，走到自家胡同里，心绪更加烦乱起来。
他不欢喜这个家！自然他不怪他母亲。往日里，见到自己母
亲与人家母亲不同，成天蓬着个头歪在烟铺上，从不把衣服
穿得整齐一点，带他去中央公园走一趟。他心里不自在，忍
不过了时，就问："娘，你为什么要抽烟？"

　　回答是一声长叹，然后："小还，你哪里知道！娘有病，
没有法子！"

　　听着那说话声音，再听听那声叹息，小还心软了，他同
情他的母亲。

　　遇到这样时候，小还总不愿即刻离开母亲。小小心灵为
一抹忧愁所笼罩，轻轻地在他娘对面躺下，守望着那张干枯
灰瘦的老脸，觉得母亲十分可怜。明知道母亲吸足烟后，精
神一来，那个说过无数遍的父亲的故事，又该唠叨着了。这
种谈话在小还实在不能算一种幸福，简直可说是受罪，可是

为了可怜母亲，他总静静地听，耐心地听，一遍又一遍。也就是由这种谈话的机会，他更接近了他母亲，却对那丢弃了他们母子在河南另娶了三个妾的军人父亲感到深深的怀恨。

想到这些事。小还急于要回家。他心头一阵明亮，下了决心，他要向母亲请愿，请她莫再吸烟！

于是小还到家了。

在堂屋里，赵妈接过他的帽子同书包，他兴奋着，那么一股劲，把母亲的门帘一掀。

"娘！"他喊。房里黯黯的，一股闷热的烟味冲着他脸扑过来。他习惯了，不在乎。床上点一盏幽幽的灯，这盏灯，在小还有生以来各样天气里，从未见它灭过。他走近床铺前，又叫了一声娘。那个被小还称为娘的正口含烟枪专心一意吱吱地在抽着，淡淡的青烟从鼻孔里冒出来。她动了动头，含糊地应了小还一声，仍然抽，顶开心。

小还跪到床前踏板上，望着那烟雾中的母亲发呆。

抽过了五个烟泡以后的母亲，迷过一回，半睁眼睛望一望小还，露出两列黑牙，接连打了三个大呵欠，说："小还，你干吗那样呆头呆脑的！你找赵妈玩玩去。"说完，闭上了眼。

“不，我不去。”

小还爬上了烟铺，在他娘对面躺下来。他心里计算着，等会子母亲醒来，怎样第一句开口劝她戒烟。他满有把握，心里怪高兴。他想，母亲疼他，会听他话的。于是他望了母亲一眼。母亲蓬松的乱发下面，一张灰色的皱脸，正张着大口在打鼾。他数着：“一，二，三……”大襟同脖子底下三粒扣子总不见钮好，焦黄的手指不时痉动一下。唉，这样的人就是小还的母亲。等等还不醒来，不耐烦了，小还轻轻地叫：“娘。”

不动。

再叫。

小还他娘怪吝啬地把眼睛开一个缝，嘴唇动动，又睡了。

忽然一个声音在小还耳朵里响：“鸦片鬼！害群之马！卖国贼！禽兽！”小还愤怒到极点，他使劲在他娘膀子上摇了几下：“怎么还不醒？”

“祸害！闹什么？睡都睡不安。”他娘这才睁开眼，随手又捡起烟签。

小还生恐把千钧一发的机会失去，赶紧伸出两只小手，紧紧地把那只捉烟签的手抱住，哀求说：“娘，不要抽！你为什么老抽烟，老抽烟！"

"唉没法子……"

小还不再为这声音打动了，心想："抽饱了睡，睡饱了抽；精神一来又骂父亲，总是这一套！"但口里却轻轻地说："谁说的，许多人都戒掉了。"

"放屁！你娘吃了二十年烟，还戒？戒你的奶奶！"他娘说完就挑起烟膏在灯上烧，烧得顶专心。

第二次抽足了烟的母亲，见小还半天不言语，就伸出那只焦黄手指的手来，摸摸小还的手，摸摸小还的头，摸完了，就哑着嗓子喊："赵妈！赵妈！关照你话总不听，早晨上学总不给少爷多穿件衣裳，又着了凉！"

赵妈来了，一手白白的面粉。那母亲对赵妈使个眼色，故意说："给少爷加件衣服，带他到厨房玩玩。"

赵妈会意，笑着拉小还："少爷，到厨房看我包饺子。"小还正一肚子怨苦，无处诉说，赵妈一拉，顺势就挨下了床沿。

走到房门口，他撒开赵妈的手，把着门框硬不肯走。他想起大头先生的话，他想起在课堂上同学们的讥讽。"烟鬼都是卖国贼！""病？病不会找大夫吗？"这类的话又在他耳边响着。回头看看他娘，仍然在烧烟，仍然很专心。

赵妈第二次拉他时，大颗的眼泪从他眼角里流了下来。

"你这孩子怎么啦？"赵妈不耐烦地说。

二十二年二月一日为龙弟作，在北京

疯 子 ‖ 杨宝琴

"她们到底干什么呢？"

猜疑多日的米尔女士，这次真是忍无可忍了，好奇心使她忘了他们洋人最忌讳偷看人家私事的习惯，蹲下身躯，左眼闭着，右眼贴近门上锁钥的窟窿，向里望去，正看见学生张素兰和她同住的校医洪宝珠在接吻。米尔女士吓了一跳，中国人除了夫妇哪有接吻的？莫非她们正在实行同性恋爱？难怪洪医生一见张素兰来，就把她拉到自己的书房里去，原来做着这样的丑事！想到这里，四十余岁老处女的脸上，竟发起烧来。但为想看个究竟，她依然贴着锁孔张望。这时她看见洪校医的脸正对着她，慈母般替张素兰揩着眼泪。张素兰也小鸟依人似的靠着洪医生正在抽咽。洪医生替她揩完泪，又把预备借她看的三册书和她自己带来的讲义夹子叠在一起，交给她，挽着她的手臂，像是要送她出来的样子。米尔女士赶紧站起来，躲到沙发上去翻杂志，果然洪医生和张素兰并肩走出来，送到客厅门口，还听见洪医生对张素兰嘱咐道："有工夫常来这里玩玩，不快乐的事情别闷在心里，那是会成病的。"

一直望到张素兰走出院子，她的背影为垂柳遮住，洪医生才转身回到客厅，看见米尔女士还在翻阅杂志，她不去搅扰她，轻捷地走到案头去整理正在盛开的芍药。米尔女士偷偷地抬起头来，望到她高高的个子，潇洒的举止，飘逸的态度，心中不免又跳了起来。假如给她穿上一套男子的西服，准没人敢说她是女的。天生男子的身段，自然免不了会有男子的性格。难怪她爱张素兰这样的女子，一个温静娇弱的女子。

这时洪医生已插好花，抬起头来，发现米尔女士正在呆望她，不觉大方地一笑，眉峰向上微竖，口角向下微弯，这种笑态也完全是男性的。再看她那宽大的素罗的长衫，轻盈地随着步子飘动，这风度也是中国男子特有的。米尔女士无名地害起羞来，几乎不敢再抬头望她，但洪医生却已闲逸地走了过来，同坐在沙发上，叹息道："张素兰真是个可怜的孩子！"

说完两手抱着头，倚在沙发背上。米尔女士随着叹息声，眼光扫射到她的脸上，见她素白的面庞，呈着两颊的红润，不觉暗想道，方才在书房里和张素兰不知做了多少兴奋的举动，脸都涨红了，现在又来掩饰什么？但这些话怎好说出口来？米尔女士假同情地问道："是不是她的出身很苦？"

"可不是吗？"洪医生点头答道，"她的母亲生下她不到几个月就死了，她的父亲在她五岁时又死了，她既没有亲姊妹兄弟，又没亲叔伯，不得已被寄养在一个远房的叔叔家里长大。"

"但她还能上大学，总算不坏了。"

"这都仗着她父亲给她留下的一点遗产，可也就因为这点遗产，她那远房叔叔的儿子，要霸占她那有限的产业，她觉得这于情于理都说不过去的，所以她请了律师，非要和她的远房哥哥力争不可，可是她正在读书，又要惦着故乡打官司，这怎能使她不着急呢？方才又在我的书房哭了许多时候，可惜我不能帮她忙，也不知怎样安慰她。"

"我觉得你们很要好的，你应当多多给她安慰。"

"是的，"洪医生坦率地答道，"我起头也不认识她，今年春天才认识的。你还记得今年春天有个学生因为学骑自行车，把胳膊摔断了，这学生就是张素兰，是我把她送到××医院去医治，我得空总到医院去看看她。后来她出了院又回到本校的疗养院来休息，我也时常进去看她，陪她谈谈。因此她好了，非常感谢我。她说要是没有我帮她，她不死掉，也许会成残废的，所以很信赖我，把家里的私事都告诉我了，并且直到现在，她还常来看我，送我东西。其实治病是医生的责任，我对谁的病都一样留心在意，她真太好心了。"

洪医生说完，耸了一耸肩，表示她博施济众的胸怀。米尔女士表面上点着头，骨子里却在盘算，若是真个没有什么特殊情形，为什么每天来这里一趟不够，一得空还要到医院你的公事房去呢？并且一来这里，总是不坐在客厅里的时候多，两人关在书房里，有时大声说笑，有时又寂然无声，谁知你们在干些什么秘密的勾当，还拿什么好听的话来掩饰？反正你们两人接吻的光景已落在我的眼里了，这是不道德的行为，无论如何，总得报告校长，消灭这种耻辱，以维持优美的校风。

晚饭后，米尔女士果然颤危危地到校长住宅去访校长，报告她日来观察所得。校长不及听完，便已勃然大怒。中国人真是没出息，为着解决生理的要求，也应找条正当的出路，为什么做出这种不道德的行为？假如风传出去，岂不丧失了学校的体面？校长有心要把洪医生辞去，一则顾念她平日对于病者尽心治疗，看护有功；二则，她是教会介绍来的，不为她个人设想，也应顾全教会的面子，在这学期当中，万万不能更动职员的。那么就把张素兰开除了吧？但是四年来她在学校里总是第一等的好学生，教员同学没有不喜欢她、钦佩她的。她自己的功课几乎没有一样不列在甲等，而课外她还加入着许多活动。学生自治会里，她当过主席，运动场上她是个健将，音乐队里，她也是个中坚分子，现在还正当着基督教团契学生部干事。她的一举一动，从来不曾有过差池，要想开除她，真比拔年轻人的牙还不容易。这真是个难题，急得校长浑身出汗，苍白的头发，蒸笼似的直冒热气，还是米尔女士有主意，提议她把校内有实权的几位外国职教员都约了来商量个妥善的办法。

几个电话之后，几位职教员都到了，说也奇怪，出席的尽是老处女。老寡妇校长当主席，秘密地讨论起来。这十来位独身者的内心究竟如何，当前没有心理学家给她们分析，谁也说不清楚，但她们的外表却刻板似的严肃、冷淡、残酷、无情、猜忌、疑虑。一经校长报告，大家都咋了舌。想不到慈眉善目的洪医生，原来心地是这样的不纯良。中国人真是靠不住，大家都怒气冲冲，久久不能作声。半晌一位白发苍苍的数学教员发言道:"这是莫大的羞辱,我们为保持学校的神圣,不能不重重地惩治!"

"我也知道这是一个严重的问题,"校长应声道,"不过我不知道应当用什么方法来处理这件意外的事变。"

大家似乎都在搜索枯肠想办法,一时又寂静了。最后一位生物学教员建议道:"为两全计,不如先警告洪医生,从此不许和张素兰往来。好在暑假快到了,那时候张素兰也毕业了,自然要离开学校的,如需要时再把洪医生也辞退了,岂不依然可以保全本校纯洁神圣的风气?"

大家觉得这真是一条尽善尽美的妙计,于是公推米尔女士去警告洪医生。洪医生听了,不觉哈哈大笑——外国人真是看不起中国人,疑神疑鬼地一下子又疑心到同性恋爱上去了。同性恋爱在外国原是一种极平常的现象,为什么一到中国人这里,便会变成这样严重的罪恶呢?何况真相不明,无故加个罪名,未免太欺侮人了——便坦白地解释道:"事实胜于雄辩,我不愿为'同性恋爱'四字作辩护。不过我要声明的是张素兰是个孤苦而要强的孩子,她为家事常到我这里来哭诉,我不免生了怜惜的同情心,尽力安慰她,开导她。因为青年人血气方刚,稍受打击,最容易陷于悲观绝望之境，所以我可怜她，常常叫她来玩，仅此而已。"

米尔女士觉得中国人真滑头，明明自己错了，还敢狡辩！但碍于同住，不便深究，只要她不再理张素兰，也就没事了。

洪医生为表明自己清白高尚的人格，果然当张素兰再来访她时，便拒绝了，不再见她。张素兰碰了几回钉子，还是莫名其妙。连着来了几封信，询问不见的理由，洪医生回了一封信，照直地把事实叙了出来。张素兰看完信，真个青年人沉不住气，何况她的个性特别倔强，脾气也特别暴躁。她周身血液沸腾起来，好像自己的个子膨胀得顶住了天花板，力量也像增加得两个手指可以捻死一个大人。啪，一巴掌打在墙上，却不见白墙有何动静，她更恨了，握紧拳头叠连捶打，一直捶到筋疲力尽，才觉得一口怨气出了半口，接着又放声大哭起来。她觉得外国人真是太会欺侮中国人了，四年来，无形中受的压迫，都隐忍过去了，想不到这次竟敢明目张胆地诬赖好人！她为中国哭，她为中国人哭。同时她又想到她自己，幼失怙恃，不知道父母的爱是什么样的滋味。廿年来都在自怜自惜中生长，今春一病，才遇见了这位仁慈的洪医生。在病中，她肯像大姐姐般看顾自己，照应自己，这怎能使她不感激，流露了赤子爱母的心肠？然而昏聩的外国人，哪里能了解她的苦衷，她不禁又为她自己的命运痛哭。

当她啼哭的时候，左右前后围满了同学，但她们早已知道她哭的原因，所以谁也不过来劝慰，却像看热闹似的，挤眉弄眼地流露着睥睨和不屑的表情。张素兰知道有许多同学在看她哭呢，于是揩干了眼泪，举着信站起来，向着大众数落校长的罪状，要求她们召集临时自治会，驱逐校长，平日服从惯了的学生们，哪里还有反抗的精神？唯恐树叶掉下来，碰破自己脑袋似的抱头鼠窜而逃了。孤掌难鸣，她一人的力量，哪里能驱校长呢？但她不能隐忍的，一定要消极地抵制，提起笔来给洪医生回信，叫她不可怯懦气馁，偏照常往来，让她们看看是不是同性恋爱。可惜洪医生已是三十出头的人了，早已把少年的锋芒消磨殆尽，绝不愿为这点事来怄气，这使张素兰更失望了，但她还不甘休，一天几趟地到洪医生公事房和她的住宅去找她，却都见不着她。回归宿舍，一肚皮的怨气，无处发泄，便躺在床上，放声大哭。同学们听见的，都把口角向下一拉，鼻端哼的一声说道："她失恋了！"

却没一个人了解她，她也不求人家了解她、同情她，只是愈见不着洪医生，她心里愈气愤，哭的机会也愈多，半夜三更想起来，也要哭一通。这个消息早由同宿舍的同学传到校长耳里，校长不敢当面来起冲突，挽出几个平日和张素兰说得来的职教员和同学来劝止她，吓恫她，张素兰一见她们走来，知道她们来意，不等开口，先就溜走了。

有时在校园里偶然碰见洪医生，她像发狂般飞奔向前，抱着洪医生的颈项乱摇乱吻，于是大家又说她是"花癫"了，校长极为忧虑，托人替她找异性朋友，又托人来劝她出嫁，她冷笑道："哼，我才不忙着嫁人呢！即使要嫁，也用不着老处女、老寡妇来操心，谢谢她们，叫她们留着自己要吧！"

说完一溜烟跑了。

在教室里听讲，每逢教员讲到国际情形，或中外民族性之异同，或基督教之势力时，她一定站起来，臭骂外国人一顿，教员觉得她打断自己的话头，自然不高兴，同学也觉得她讲来讲去老是那一套，又与本课毫无关系，徒然白费时间，所以去报告校长，要求停止她的听讲权利。校长也觉得她近来在宿舍里、校园里、教室里都是个扰乱治安的分子，这样下去，对于全校，一定很有妨碍，于是有意把她开除，但她自己一人又不便做主，于是召集一个全体职教员会议，校长首先发表意见道："我们学校职教员连学生共有五百多人，却被她一人所扰了。我们不能因为一个人，牺牲五百多人的安宁，所以我想把她开除了。"

"开除！"米尔女士直截了当地应道，"像她这样的疯子，早就应当开除了！"

"疯子？"国文系主任咬文嚼字地起立道，"说她个性倔强，言语激烈，行动失当则可；说她疯子，未免过甚。你们看她近几月来在《东方杂志》《大公报》《国闻周报》上登的那些《批评现代教育之得失》，以及《中国所急需的教育》等文章，哪篇不是写得鞭辟入里，一个疯子能作出这样好文章来？所以依我个人的意见，不如先警戒她一下，叫她好好地遵守校规。只有一个月她就毕业了，顾念她平素是个优秀的学生，何妨这次对她宽些？"

"宽些？"老处女数学教员狠狠地答道，"一个月的日子虽然不长，可是我们再纵容下去，她会把全学校毁了也说不定，所以我赞成为了众人牺牲她一个，开除！"

"不过开除也得有理由。"一个西国的男教员公允地提醒这一句。

"说她疯了，不能再继续读书，这理由还不够强硬么？"米尔女士振振有词地回答着。

"那得有个证明，"法律系主任黄女士郑重地提议道，"不然，我们怕应付不了社会的攻击。"

"那倒不难，"校长自信地说，"我们请洪校医写个证明就行了。"

洪医生见校长她们神经过敏、庸人自扰的态度，本想向她们解释一下，无奈自己是有嫌疑的，不便多说，只跟着同事们出席旁听罢了，现在叫她无故捏造证明书，她可不能屈服，平和地站起来声明道："我的职责只管检验生理的病症，心理的病象应当由心理病学家来检验，来给张素兰写证明书。"

校长听了，瞪洪医生一眼，却又无法驳她，全场哑了半响。还是教育系主任司梯芬打破了沉闷的空气，他说张素兰是他本系最优秀的学生，他也不忍见他将要毕业的学生被开除了，所以请求校长先生找心理病学家来替张素兰检验，如果真有病，开除了才不冤枉，不然，还得另想方法，劝导她，叫她好好上课。会议便这样没有结果地结束了。张素兰一见心理病学家要来检验她，不觉大怒。校长真是太岂有此

理了，一会儿诬赖她同性恋爱，一会儿诬赖她疯了。有心要
把来检验她的人连踢带打赶出去，但她为证明她自己并未疯
狂，于是对着来人，操着极流利的英语，述说校长的糊涂和
师长同学的不谅解她。检验者听她伶牙俐齿有条不紊的话
语，已断定她并未疯狂，但为慎重起见，又做了各种试验，
也没找出疯狂的征象，最后他向校长负责声明道："你的学
生并未疯狂，不过这一两月来，也许受了几次强烈的刺激，
神经有点过敏，感情容易被激发，叫她好好休息两星期，一
定可以复原的。"

　　校长没有法子，只得接受了他的建议，把张素兰送到
疗养院休养。张素兰听到自己并未疯狂的忠实报告，对于外
国人倒不完全疾首痛心了，自己的心境也平和了许多，觉得
这些日子真是太兴奋了，身心两方面都感到过度的疲劳，好
像百战的兵卒，得了些许胜利，也想暂时躲一下懒，于是听
凭校长摆布，静谧地一人住在隔离的病室里，看看书，写写
文章，倒也自在。有时走到院子里，看看花，散散步，想和
护士们谈谈话，但护士们一见她走来，都搭讪着走开了，把
其他在养病的学生病室的门也锁了。即使在院子里晒太阳的
病者，见她来了，也都曳着睡衣，踏着拖鞋，逃了进去。张

素兰心里不免起了疑惑，她们见了自己，为什么像老鼠见了猫一般的恐慌？继而一想，不觉哈哈冷笑三声，大声嚷道："我既不是老虎，又不会吃人，你们怕我做什么？"

大家听了她的笑声和嚷声，更加畏惧了，能够不到院子来，总是不出来了。连每天必来病院办公的洪医生，自从她来住院后，也把办公室搬到住宅去了，只叫她的助手到病院来巡视病人，所以张素兰想和她见见面的机会都没有，不免连洪医生也看不起了。常常走到洪医生从前的办公室旁边，指着窗子骂道："卑俗的中国人，怯懦的中国人！"

没有回应，她自觉无趣，退回隔离的病室，又觉空空洞洞，毫无着落。软禁一个星期了，又没机会和人谈话，她怕天长地久她的说话机能离她而去，或者她会忘了她自己说话的声音。所以不时地自己在屋里高声读书，或大声独语。

这些举动印在病院里护士和工友的脑中，又传入校长她们耳里，她们确定她一定疯了，于是大家更有了戒心，不敢见她。可是张素兰走动的范围却更扩大了，她离开了病院，夹着书和笔记簿等到教室去听讲。米尔女士正在预备讲授教育哲学史，见她走来，合上书，走下讲台和气地对张素兰发言道："奉了校长的命令，在你休养期间，不叫你来听讲！"

"我又没病没灾，"张素兰也温和地答道，"本来不用休养的。再一个月我就要毕业了，怕我功课赶不上所以先来上课，人依然住在病院里，不是很好吗？"

"你的办法很好，"米尔女士唯恐得罪她，顺着她的意思答道，"不过最好先和校长声明，然后再来上课。"

张素兰知道校长向来是刚愎自用，不通情理的，和她商量，毫无益处，所以她赶紧解释道："我来听讲，并不违法，用不着小题大做。"

说完，就坐下来，准备听讲。米尔女士却不允许，边拉她，边喝道："这是校长的命令，我们不能不服从！"

张素兰以为米尔女士要来打她，她得抵抗，用尽平生气力，一把把米尔女士推过去，米尔女士站立不住，几乎跌在墙上，边退，边晃摇，活像不倒翁受了揿按的光景。她看着她那狼狈挣扎的情状，不觉哈哈大笑，胜利地兀坐椅上问道："校长是你的什么东西，要你这样口口声声地惦念她？她叫你去死，你也听她的吗？哈……哈……"

米尔女士晃摇了半天，才喘过一口气来，挥手向其他学生们命令道："你们快把这个疯子赶出去！"

学生们还没动手，张素兰早已气得两眼发直，眸子里直冒火星，两个拳头握得紧紧的按在膝盖上。泰山似的稳坐那里嚷道："你们谁敢来动我一下，我就把谁的头摘下来！"

真的，谁也不敢向前半步，这意外的事变早又轰动了邻近的各教室，师生们都跑出来围在米尔女士教室门前观望，却谁都不敢向前来多一句话，还是校长肯负些责任，率领着五个壮健的男工友来，死拉，活拉，才把张素兰架到病院里去，校长怕她又出来闹事，叫人把她的房门锁了，饭从窗子递进去。

张素兰遭了这种压迫，无边的怨气没处发泄，两手使劲捶墙。连骂带哭。叫人来开门，却没人回答。她一切都失望了！原想毕业后，回家去，亲自和堂兄弟谈判，一定不许他们霸占自己的产业。现在一切都完了，不能上课，不能听讲，自然不能毕业，哪里好意思回家？更不能理直气壮地和叔叔他们理论了。本来叔叔他们早就说过，女人读书，毫无用处。不许她进中学，不许她进大学，她偏进，叔叔他们没法，只好说她父亲的遗产都叫她当学费等用光了，但她一计算，绝不是，一定要从叔叔手里把尚未花尽的钱要出来。可惜冷饭已入死人肚里，哪里还吐得出来？谁叫自己父亲把钱交给叔叔经管呢？她像恨父亲，又像恨叔叔，又像恨学校，

她简直被浸在恨渊里了，不知怎样才能出气！在屋里，跳，
嚷，捶，喊，还是没人理会。

忽然一手捶过去，恰巧打在玻璃窗上，哗啦一响，玻璃
碎了。她想不能从门里出去，可以从窗里出去。她一定要听
讲，一定要毕业，然后才好理直气壮地和叔叔他们打官司。
当当几下，玻璃都碎了，她从窗户跳了出来，脸上手上，腿
上，叫碎玻璃剐了好几道血痕，她也不觉痛疼，一径跑到图
书馆去读教员指定的参考书。图书馆里阅读者一见她浑身血
污地撞进来，吓得一个个伏在案上。图书馆管理员们怕她又
到这里来捣乱，硬着头皮围上去，把她按住了，她挣扎着，
抵抗着，纵身一跳，跳到阅览桌上。演说似的向阅读者骂学
校，骂校长，骂米尔女士，骂图书馆。但终于寡不敌众，当
她正说得慷慨激昂的时候，一不留神，被图书管理员他们用
粗绳捆了起来。校长也赶到了，觉得她这般凶狠，再纵容下
去，一定会拿把刀子杀死几个人，或放把火把全校舍都烧了
的。她为着全校的安全计，不惜牺牲几百元盘费，托个护士
先给张素兰打一针安眠针，叫她睡熟了，然后偷偷地她送回
故乡。

乡 约 ‖ 沙汀

丁跛公是穆家沟的乡约，还是一个青年时，他便跟着老丁跛公，见习这惹人嫌厌的职务了。这父亲才是一个名副其实的跛子，拐了右腿，走起路来脑袋一点一点的，仿佛一匹被山路和重载磨坏了的驮马。他像尾巴一样跟着他，替他担上蓝布褡裤，"扫荡"似的在这山沟里穿梭着，整有七年之久。直到老头儿的眼睛合拢了，他就代替了他，并把他那响当当的诨号，也一同接手下来了。

在起初一些日子里，因为任职也不久，他自己又不是适宜于板着面孔说话的人，一到收款或派款时，他总像"过殿"一样难受。因为不但那些稍有势力的家主揶揄他，就是一个毫没眉眼的农夫，也不把他当成一个"上头派下来的"看待。"什么，"有一次他竟十分愤怒了，嚷叫道，"什么，唱小旦也是人干的呀！"可是当他送上几两银子和一些"响头"给泡水大爷承认了他是一个哥老会的会员以后，情势就全然两样了，那些泥脚杆再也不敢多和他啰唆了，他们只是斜着眼睛想道："好哇，你现在给撇了眼睛了哩！"

从那时起，他在职已十多年了。在这长长的岁月中，他凡事都办来顺手。他是一个十分乐观的汉子，身体又好，虽说是四十六七的人了，看来却还只四十岁的光景。并且倘是跟旁人开起玩笑来，甚至显得连四十岁的年纪也不到了，他对人也很和气，不管怎样的玩笑，他那松弛而宽大的嘴唇，总是嘻开着的。仅仅是碰到那些太野蛮的作弄，或在许多人对他一个时，他才会生起气来。但即使这样，也无非瞪了眼睛，嘟着嘴喝道："龟儿子！我要毛脸了哇……"于是又忍不住笑出来了。

那些玩笑对手的范围，在他，是颇为宽广的。起先不过是几个同沟居住的光棍私赌徒，不多久，竟连县城里的一些表面人，也发觉了跛公是一个浑身充满趣味的人物了。待到末后，就是两三个时常跟父亲登茶馆的孩子，一望见他那老是半张开着、留神着什么似的阔嘴，也会做出一种告哀的神情，用乳声叫道："您，老人家，怎样咯……"

这句话包含着一个如下的故事：在一个春天夜里，那个住在沟头的屠夫老王，用了他的屠刀，把一个从城里跑来的逃兵阴销了。早晨时乡约一面扣着纽扣，一面跳到那大汉子的面前追究道："枪哩，枪哩！"他出了十元钱，把那军火在苔窖里藏起来了。但是不久明白了这事的团总，却并不生气，仅只冷笑道："好哇，你藏起好了哇。"于是丁跛公立刻软了半边，后来自动地把那凶器献上了，并且还连连地赔笑着，说话格格不吐；直到背过身子时，才很连贯地嘟哝了一句："我们是听水响的啦。"

"什么？"周三扯皮立刻生气了，喊叫道："你说清楚来！"他接着宣言说，公事已经放在他的荷包里了，上头正在追究这件案子。他不让丁跛公插嘴，也不想再从他身上找出一点趣味，他老是挥着手道："你把它带转去！你把它带转去！"这时候那位可怜人，竭力地微笑着，好容易才吐出一句十分重要的话来："您老人家怎样咯……"于是他得救了……

但是这件事足足有一个月使他不舒服。他一点儿也提不起应付玩笑的趣味，即是看见过火的作弄，他也只好袖统了手走开去。自然，在末后，他也终于把它想通了。然而不知道怎样，自此以后，每当他一人独自时，他老是会不知不觉地贴念起他的景况来，想到和他同齐出世的几个人，他们差不多都已翻身了，几乎只有他，还依旧住在一排长五间的破屋子里面，穷得和下台后的木偶一样。他脸上罩上一层黑气，独语道："×的，有些人还讲我吃肥了哩……"他突然感到人世间的不平和没趣了。

然而在那一年当中，从开春以来，丁跛公的命运却随时都显露着转机。二月里，仗着团总周三扯皮的情面，他把独生子小跛，送到一位驻防外县的同乡那里，当马弁去了。这青年人烂酒烂赌，放荡得像一条野马。但去后不久，似乎另外变过一次人了，他时常请人写信回来，说是那位营长很信任他，不过要做大事，总得先寄点钱去联络一批朋友。乡约常常把这些信搁在抽屉里，去和所有的熟人碰头，并且一点也不脸红，他让人们称他作老大爷了。

到了收鸦片烟的时候，运气也待他不错。他很便宜地收买了八分地的烟苗，出浆很多，一个"揉桃子"也没碰见。但最使他感到"运气像来了呀"的，却是那件三月尾勒派奖券的工作。那些奖券是州里司令部发行的。当他把自己区域里的一份领下时，还说："又给我们蜡烛坐呀！"因为在十多年中，在这奇怪的省份里，他仅仅勒销过两次烟土，劝人发财的事，却是做梦也未曾梦见。然而靠了他的经验和历史，那结果，竟连乡约本人也觉得太意外了。

那些泥脚杆，在起首自然咬定说："我们不想发财呀！"后来看出强不过，便大多自愿白出一条奖券的半价，奖券只有五个号码，一共二十多条，而这沟里的住户却超过它三四倍。因此，他不但到手一笔现款，且把那些发财的机会也捞住了。事后跛公讲这经过是秘密得很的；见了人还故意抱怨这差事的繁重，希望不会再有。但是不多久，从团总到摇单双宝的老八，都气骂他道："这龟儿，就是中了头奖，什么人还想沾你一文么！"于是他只好憨笑着，把自己的运气向他们承认下来了。

然而扫兴的是，奖券并没有依照预定的日期开奖。到现在已是冬天，消息反而更沉寂了。倒是认识跛公的一批朋友识趣，他们一看见他那用白线密钉过的蓝布褡裤，就提起这事来谈，似乎非常关心。这当中有三四个光棍，甚至还冷不防抓去他茶碗边的钱柱，买了烧酒和落花生来，预祝过两次他中奖。第一次他是很高兴的，在吵嚷的打趣中，快乐和害羞起来像一个新郎一样。但在最近一次，当大家有了几分醉意时。他却突然横了眼睛喝道："我要毛脸了哇！"于是把刚才举起的酒碗，又还在茶桌上了……

这一天丁跛公起身得很迟。因为昨天在一家边界酒铺筵席上，一个不提防，给两三个熟人，灌醉来梭桌子了。他坐在被窝里大大地打了个呵欠，便披起衣服，向着堂屋里走去。两个雇来给烟田耘草的短工，早已下田工作去了，乡约娘子在烘屋里搅猪合食。那个诨号"干黄鳝"的青年人，站在柱子边干膈着，还不时用食指搔一下上颚。他是乡约的内弟，细眉细眼，鼻梁瘦得和刀背一样，穿着一件油污的单衣。他在这屋里算是一个跑腿的用人。当跛公走近门槛时，他讨好似的报告说："说是已经开奖了哩。"

他偷着瞪他一眼。

"又是从八娃子嘴里听来的罢！"

"可是老八，"内弟胆怯地回答道，"是邓布客说的。昨下午进城打油，我在烧房边碰见他。他才从州里办货回来；他说：'干黄鳝……'"

第一分钟，跛公几乎相信下去，但一想到布客和老八是好朋友，而且和他自己新近也有了玩笑的往来，便立刻松了一口气，截断他，道："见你娘的鬼呵！邓，布，客，说的！……"

他长长地瞪了一眼，重新扣起纽扣来，慢腾腾地回转到堂屋里去了。但随即又走出来，指摘了一番干黄鳝那可怜的装束和相貌，说是他不知道在城里损伤了乡约多少的脸面。他对外人虽然和气，可是一回到家里，他总立刻记起他的身份来了。他觉得又无聊，又不耐烦。吃过饭，向田坝里看了一会儿烟苗，还是不能把一些杂乱的想头忘掉，从烟田边走回时，他又横了干黄鳝一眼，道："邓布客说的哩！"

可是一眼看见那藏着奖券的板箱，他觉得内弟的话，或许有几分可靠，也说不定。他叹了一口气，掏出钥匙，把那些红红绿绿的花纸头取了出来，借着从"亮瓦"上漏下来的光亮翻了一会儿。他在屋子里转来转去，一时间不知道怎样才好了。干黄鳝还在柱子面前站着，好像要数清那上面的虫伤一样。他走近他去，做出一副恶心的神情，用眼角扫着那个可怜人，沉吟道："你看你那烂眉烂眼的样子呵！——他是不是才从州里回来的。你都没带眼睛么！"

"是罢，我看他穿的草鞋哩。他说：'干黄鳝，已经开奖了呀！'你还不赶快回去……"

不让他说完，乡约吁出一口气。半气半笑地嚷道："玩笑开多了真不好！"

他随手把雪帽往眉毛边一掀，跑进屋子里去了。他从床架上拖下条项巾，向颈子上几绕，决心上城去问探一下。这里离城只有七八里远近，除了快近市街时有一片沙场，其余都是山沟路。路上行人很少，各田里的积水静来像镜子一样。有的屋顶上，已经冒着炊烟了。在木牌坊，一个捎着一捆松树杆的农夫，见他那矮而肥扁的身体，笑道："老太爷，上城？"此外便再没有碰见一个活人，一直上城了。

这城是很小的，只有两条大街。并且小得来如那些刻薄嘴所形容，立在南门城楼撒泡尿，就会撒进北门城边的茅坑。但它却有着十一个以上的茶铺；其中有名的 ×× 轩，和那没有牌号的半边茶铺。前一个是正经人的巢穴，后一个位置在南门城边，茶客的分子很复杂，也有绅士，也有歪戴帽子的赌徒。当跛公走上半边茶铺的阶沿时，五六个茶客们都忍不住嗤的一声笑出来了。

"把屁股磨在外面了哇，笑什么！"乡约笑嚷着，一面红着脸掏荷包。

"笑什么，"老八回答道，"昨天下午，我们就煨起烂膝等你哩！"这人脸孔白净，嘴角上有两个艾火巴。

"哑！你以为我是听了邓矮子的话才上城么？哎呀，笑话，笑话！"

"好罢，布客，你就不要给他说！"

"哪个龟儿子才想问他什么。"

他仰着身子大笑了一会儿，便俯下脑袋喝茶去了。他一连喝了五六口，每喝一口，又拿眼角睄一下左右的茶客，发出一声干笑，好像他是给滚茶烙伤了一样。别人也都停了嘴，但皆微笑着，挤眉弄眼地注视着他的一举一动，仿佛是说："看你这宝贝今天怎样？"当一仰起头，接触着这些眼势时，他又不住发出一串不自然的笑声，挣起身来，向老八的肩头上打了一掌，骂道："碰见你这龟儿就不吉利！"

他抓上自己的钱柱，在一片笑声里面，摆开肩头进城去了。他想倘是真的开了奖，三扯皮总会知道得更清楚一点。但那坐在公铺门口的奶母告诉他，团总已经上衙门搓早麻将去了。同时那个五岁的少爷，一只手抱了桂子，挖苦他道："你老人家怎样咯！"在别处，他也没有嗅出关于开奖的真实消息。于是在衙门口读了几张告示，他又依还转到半边茶铺去。那些茶客们都已经吃过午饭了，但结果他们还是摆布他买了两个大铜板的糖食。待到只剩一张包糖的草纸时，老八抢去最后一片"米花"，笑骂道："宝贝！想发财谨防想疯了！"

乡约转到家里，短工们已经吃过晚饭了。他在场坝上踢了一脚那只瞎嗥着的黑狗，骂了一句，便一直朝堂屋里的油灯走去。他坐上椅子，又立起来笑一声，骂道："又上他娘这一当！"干黄鳝把夜饭搬进来了，乡约娘子叹了一口气。一屁股坐在门槛上面，她瘦来像干柴桠一样，贴着两枚太阳膏，时常淌着眼泪，并且叹着气。当丈夫作磨干黄鳝时，她总是叹息出这句老话来："你一点也不争气呀。"

现在她又为她的兄弟伤起心来了，她一面包缠着黑头巾，一面嘟哝道："还要怎样说呀，自己没娘没老子的，多争一口气……"

乡约探着饭碗喝道："城隍庙的鬼给你说，你也会相信的哩！"

"他是那样讲的……"

"'他是那样讲的！'——看看你自己那烂眉烂眼的样子呵！"

乡约十分闷气地离开了食桌，在一张圈椅上坐下。他呼出一口气，拿一只脚勾了张长凳来，把腿搁上去躺倒在椅靠上面了。乡约娘子还在淌眼泪。从远处不时飘来一两响步枪的嘧声，狗懒懒地啃吠着，好像出于无聊，跛公忽而挣起身来，叫屈道："×的，旁人都摆端正了！"他又想起他的景况来了，他老是向他自己："我的命运就这样坏么？"许多连他不如的人，在这扰乱的岁月中，都已经走上正路了，他们建筑起"四水到堂"的新屋了，有的还讨了小老婆。只有他依旧穿着粗布大褂，守着一个贴着太阳膏的女人。他有一个"拜弟"早前还不过是一个掏锄把的，但现在却腆着肚子，在××轩出进了……

那些奖券——很明显地跳上他的意识，他耐不住生气道："我真想撕掉它们！"

但是一眨眼，五十八军的粮票又下来了。他兼了两个粮会的粮董，每到下粮的时候，他就没有工夫来想这些了，他只是不停息地瞎跑、争嚷，逼得小粮户上吊。他得隔一天上一次城，缴掉那些零碎收来的粮款，因为这时候已经是土匪出世的季节了。在这带点惯性的忙乱中，他只有一个机会对他的运气发牢骚。这是在一个教书匠家里，不知怎的，那老先生忽而感慨起省城里男女同校的事来了。不过谈到文化，对手又是正经人，乡约是只会"是呀，是呀！"地应声的，然而当蓝布褡包搭上肩头时，丁跛公却很明白地拿出他的意见来了，他嚷着道："老先生！我们中国人的事情都闹得好呀……一点儿不顾信用！"

可是当次一日上城时，要是他的记性好，他一定为他的胡说八道红过脸了。他一走进棚闸子，那个烧房的胖老板，便在路上拦住他用吊在纽扣上的手巾揩揩胡子，道："嘻，昨天号单就寄来了哩！"此后没走上十家铺面，一个剃头司务又给了他一次同样的报告。在半边茶铺的门口，那些朋友们的通知，要算是来得顶认真的一次了，直到他们重新承认了万一中奖后的应酬，然后才让他通过，他们没有骗他。而且令人高兴的是，他竟有半张奖券碰上尾奖了。在征收局的大门外，在那张红底粉字的号单面前，他呆立着，反复地去默读那一串幸福的号码；有一次还不知不觉地读出声来。要不是一个司书的出现突然使他红了脸，他简直会连缴款的事也忘掉了。

退出来的时候他又看了它们两遍。他打算立刻回家去，赶一点路，把奖券取来兑现。但八娃子们在南门口把他拦住了。"中个屁！"他很失望地回答他们。可是因为性格关系，同时也经不住人们的逗引和逼迫，他终于把他的幸运承认了。但他随即叹了口气，向那些道贺者造出一篇开销来，而且冒失到多过他所得的数目半倍。他拍衣兜嚷道："过胖年？连还账都不够哩！"

"我们没有人借你的，狗宝。"人们骂他。

"呀，我骗你们吗！单是张寡母一笔账……"

"你不是说连本带利都还清了么！"老八指着他的鼻子问。

乡约红着脸笑出声来了，他忸怩地笑道："好好好，我不同你们辩嘴……我们去喝两杯罢，我会账！"

他一直胡闹到夜里才回家。这一天晚上，他再也不像平常在家时那样严肃了。只是当干黄鳝给他送上酸汤时，他却例外地要他从床上扶他起来，并且像喂孩子一样地喂他，虽然他醉得并不厉害。喝了两口，他忽而带着同情睄他一眼，沉吟道："你看你那烂样子呵。"于是他对那把黑布头帕缠得很低，坐在油灯边的老婆说，她早就该把他那件短棉袄取出来，交给她的兄弟了。他随即又和她说笑话，问她可不可以让他给他的小跛讨一个"小妈"。对这问题，乡约娘子充满爱娇地回答道："只要你养得起，哪怕讨十个哩！"

她已不叹气了，仿佛突然间胆大了似的，她老是谈着儿子的亲事谈着家庭里的亏损和添补。"不管你答应，还是不答应，"她说，"开了年，我借债也要买一槽猪来养。培修房子？这样的年岁，还讲究什么外表呵⋯⋯又不是住在露天场里的⋯⋯"

但她停了一会儿嘴，忽而胆怯地问道："明天该还领得到奖么？"

乡约拍着大腿笑道："你一开口就笨得撒牛矢！"

因为夜里太做多了好梦，乡约醒来时，太阳已经爬上阶沿了。但他出门时还和那两个短工开了几句玩笑。他把奖券在那老的一个鸡子边摇荡着，笑道："花纸头？给换成铜板。你一个上还驮不回来哩！"于是做了一个鬼脸，嘻开嘴上城去了。这一天正当集期，时候又近年终，街市上显得十分拥挤。那些索债者大声地恐吓着，在旧蓝布套头的黑云上，已经飘荡着各色的喜神壳了。丁跛公还没挤进城门，就给几个"中间人"拖住密谈过两次。但他都很巧妙地把他们回复了；心想："年终岁尾的，三分息我还要借呢！"他以为不如把运气搁在买卖烟土上好些。于是，为了避免熟人的眼睛，当走过城门时，他把身子向一担稻草担子边一闪，溜进一条僻静的巷道里去了。他决心先背街到征收局去。

他一个人行走着竟有三次忍不住笑出声来，自言自语道："现在倒请求我哩。"他只碰见过三四个提着篮子上市的老妈子，但他把她们看成空气一样，一点也不因此检点一下自己的行迹。然而当他正要穿出孝子巷的巷口时，后面忽然来了一声招呼，把他留住了。因为这正是团总的声音。周三扯皮是一个三板子人，满脸骨头，门齿凸出，好像老鼠一样。他是举人的兄弟；但在反正后，他又兼上一个"大爷"的头衔了。他正走出门上衙门去。他冷声冷气地问乡约道："你是进局领奖的哇？"

跛公的嘴唇嬉笑开来。

"哼，好哇，你进去等我一下再说。——领奖，嘻！"他看也不正看他一眼，就把跛公剩下在大门上了。

乡约一时间失神了。他伸出颈子张望了好一会儿，然后才定着眼睛嘟哝道："这才怪！……"他的脚脖把他带进大厅里面去了。在那里，只有那个生着撇长胡子，长就一副马脸的账房在。这人抱着水烟管，一看见他就竿弯了腰。于是在吹了几口纸枚都失败了之后，他忽而停下来，腾出右手，抹了一把胡子，闪着眼睛，笑问道："你是来领奖的哇？"

跛公动了几下嘴唇，然后低下视线，叹息道："我又没得罪过什么人……"

"快算了，这笔钱你都吃的下来呀！"于是他说明这事早就有人向县控告，钱已给征收局扣留起来了。

"那三爷早就该说一声呀。"乡约叫了出来。

"'早就该说！'像你这样讲，还是三老爷的错哩——那才怪！想一想罢，不是全县的人出，你一个人倒得奖，三老爷不说话，别人也不说话么？我给你说！缝不缝得好，还要看三老爷上衙门同来才清楚哩。"

"我清楚！我们是听水响的……"

"好好好，我不同你讲；我两个讲不通！"

可是当三扯皮拟过十六圈麻将回来时，丁跛公终给他讲"通"了。"我一辈子就给人变牛。"乡约很阴暗地肯定了自己的命运。但他的嘴里还连连地赔着不是，强装出笑脸。他有气没力地退出来了，这时已是夜间，有几家人已经关上大门了，城门只有半扇是敞开的。在半边茶铺里，老八正在大声地骂："这龟儿，一发了财，就连人影也看不见了！"乡约忽而清醒起来，他嘟哝了一句"见鬼！"。于是赶紧背转身子，从茶铺的侧面，顺着城墙溜掉了。

失望和饥饿，已经打击得他十分疲倦了；因为在长久的守候中，那账房催了他三次吃饭，他都推说"我不饿"。但他的脑筋却很兴奋，充满着种种的念头和幻象。这是一大堆亮晶晶的银圆。他又看见鸦片烟和新房子了，他的女人正在喂猪。一想起"小妈"他几乎快要笑出来了；带点羞愧，也带点忏悔。但是当那张有着老鼠门齿的瘦脸，忽而在他眉毛下"扩大起来"时，他又振作起来了，叫屈道："就是一条猎狗也得有一副肚肠吃呀！"

"倒是做土匪好些！"当走近木牌坊时，他突然向自己这样地叫出来。他又想起几个早年的朋友，和他那"拜弟"来了，那是一个土匪出身的绅士。他起初路劫，后来抢多了就"打门"。待到有了号召能力，便又做司令官了。不久虽然给缴了械，但他现在却拥有四五个老婆，留着一堆胡子，就是那个以正绅自命的周三扯皮，也和他打上儿女亲家了……他觉得这倒是一条正路。他挽着袖子申言道："就是当裤子，我也要买两条枪来烂一手！"

一听见狗噍，干黄鳝便赶急把煤油照子，由堂屋里照出来了。他已经穿上那件短袄，虽着臃肿得不成人形，但却暖和。他笑嘻嘻地拿着灯向场地上走。然而他没有料到他的姐夫会向他喝道："走开！我看不得你那烂样子！"

"你在喜欢些什么？"乡约又把他叫近来。

"我又没有哩……"

"你穿暖和了是不是？你给我脱下来！我要几爪撕掉它！"

"叫你争口气呀！"

"这年岁只有做土匪！"乡约的声调带点悲哽了。

他整整有两天没有进城，也没有继续去扫解剩余"粮尾"。他几乎把所有的时间，都花费在那条静僻的干堰沟上，想着倒不如做一个匪徒有望一些。但在第三天夜里，他忽然听见狗场，地上亮出把火，随即是打门声和叫嚷声。他赶快跳下床，可是十多个脸上涂着锅烟，头上插着油纸枚子的汉子闯进来了。"兄弟们，都是自家人呵！"他打着江湖话。因为他已被缚在柱子上了。末后他更吞着眼泪叫屈："我一文钱也没得到手呀！……"

这一夜他并没有失掉什么银钱，虽然连茅坑也被搅捞过三次。可是当匪徒们临去时，他们用石块把他右脚的踝骨打碎了。这使得他两月后只好跛着脚走路。也许原因就在这里，他并没有去做土匪，他依旧捐上他那用白线密钉过的蓝布褡包。他突然间变得很苍老了。但半年以后，他又重新在半边茶铺里开起玩笑来，而且比先前更粗野了。有一回，老八摸了一下他的臀部，他便剩势躬下身子去，跛着脚车了个半圆，用手拍着臀部，弯转头颈嚷道，"来呀，你来呀！"

　　然而虽是粗野，却也新添上例外了。那就是，要是有谁提起奖券的事来打趣他，他便立刻连颈项也气粗了，凶神恶煞地喝道："你另外说点什么哇！""你就肏我七祖八代都行！"他又喘着气加上一句。

一九三五年一月

享 福 ‖ 前羽

　　炉子里的煤火爆着微响，老太太从沙发靠手边捞着了那个铁签子，把炉子的门打开了，红的火头上飔着碧焰，浮动的微弱的火光映照在老太太的脸上。天已晚了，屋中还无灯光。

　　老太太看看炉里的火焰，觉得自己像是浮在水上，晚饭时吃下的"卫生"的东西老是鲠着在心上，总似乎还有些气味，怪不好受。

　　小孙六六充满了快乐跑进屋里来，她望着炉边的老太太说："奶奶，你真像个菩萨，像个贴了金的菩萨。嘿！天黑了，我来开灯。"她走去扭电灯机关，踮着脚那只手还仍然够不着。"唉！我开不着，奶奶，我六岁了怎么还不长高呀，我去叫妈来开。"

　　老太太望着六六出去后，她一手扶着沙发背，想站起来去开电灯。这时节六六的妈妈却进来了，一眼看见老太太站起来了，赶忙又扶着她坐下，顺手把灯扭亮了。屋子里陡然一亮，老太太只觉得眩目，赶忙闭着眼睛。六六看了看老太太的座位，然后说："奶奶，太近火炉边不合卫生，老这样坐着也闷了吧，您坐过这边来，换换地方新鲜些。"说了就把另一大沙发上的锦垫拍着，安置停当，来扶老太太。

老太太微笑着换了个座位，除了灯光刺眼，她觉得和坐在那边一样。

外面屋子里的无线电收音机放出了抑扬的歌声，六六的哥哥携着六六从外面屋子里进来了。

"奶奶，这时有好音乐，八百银子一点钟，快到外面客厅里听音乐去。"

"奶奶快去呀！我来替你拿烘笼。"六六随即提起了烘笼。

老太太记起"音乐是助消化的东西"，且记起别的话语，只得站起身来。

老太太起身扶着六六的哥哥后，六六赶忙跑上前开了门。到了大客厅里。

"奶奶坐在这里吧，六六把烘笼放在这里。"六六的嫂嫂说着扶着老太太坐在一把新派怪不好看的矮沙发里，老太太把脚蹬在烘笼上，觉得这烘笼连脚全都是累赘。

收音机随即放出尖嗓子的歌声，客厅里全是快乐的面孔，老太太假笑着，仿佛是这歌声把她刺激得这样的。在她那皱纹的笑容里，好像表示了一千个不愿听，然而还得勉强听下去。

六六的侄儿青青和聪聪进来了，后面还跟着进来一个白而胖的客人。客人一进门就俯身问候了老太太，接着又说："老太太，您真是好福气！这么些个子子孙孙。"

客人即刻转过头去和六六的哥哥谈起来了，老太太听见些什么"政治经济""公债地产"，她不懂得。她在想：都说好福气，什么好福气？

聪聪和青青走到她身旁，把小手搁在膝头上，为老太太述说日里出去在马路上看见的事事物物。老太太觉得好听。她想跟着他们的话，假设一道马路，把那些事事物物全摆上去，但是热闹的马路在她的印象中很模糊，总摆不真切。于是她便想起她所熟悉的小镇市那一条窄窄的街道，那里住的有朱乡约、王四癫子、刘寡妇。她不管这街道已住了多少人，仍然还把聪聪青青说的那些事事物物搬上去，于是那小街完全改变了样子，显得热闹起来了。她觉得真的好看，真的热闹。可是青青和聪聪不管奶奶脑子里想些什么，却把话说到别的方面去了。他们说一本童话。两人为童话的内容和寓意意见不一，即刻争吵起来了。老太太的幻景被打断后，抬起头来茫然地望着他们。"聪聪，闹什么！"想那么问，却并未开口。

那位白胖客人留下一屋子雪茄烟味儿，打着哈哈走去了。六六的哥哥关闭了收音机，老太太清静了许多。但她觉得这清静不是她所要的。她要的是一家中人大大小小皆不注意她，尽她自在地消化消化吃的食物。

青青和聪聪仍然在争吵，他们的父亲因此便要考他们的功课，聪聪的英语说得很流利，父亲满脸的"虽记起《颜氏家训》上一段记载"，仍然高兴，夸奖聪聪有本领将来做大事。屋子里人都觉得聪聪不过是十二岁的初中一年级的学生，能说这样好的英语，也都显出得意的笑容，老太太低着头。肩膀骨头有点疼，耳边嗡嗡的。她也要说这样那样，她可是同谁说？说什么？

"青青，你唱个渔光曲，六六，你跳个蝴蝶舞给奶奶看。"六六的嫂嫂注意地望了老太太一下然后说。

两个小孩子当真就唱唱跳跳起来了，把地板弄得轧轧响。

老太太抬起头来，茫然地望着她们。

六六的母亲又把收音机开了，六六跳完后又要哥哥和嫂嫂跳舞给老太太看，两个大人也在尽孝意义下做起老莱娱亲的玩意儿，老太太立刻觉得耳边一阵哄，灯光下的人影错杂起来，她把身子斜倒着，她觉得眼前怪不舒服，然而她又不敢说不要这个，又不便说要什么，不得不茫然地望着他们。

跳舞停止了，六六的嫂嫂就大声在老太太耳朵边说："奶奶，开心不开心？……唷，您喝点茶吧，下半天还不喝茶！"

老太太于是喝了一口茶，腹中咕咕响了一阵。

大家接着又谈起来了。老太太看见他们笑，看见他们争论，但始终就没听清他们说的是什么，为什么笑，为什么争论。她自己做些什么，想些什么呢？她成天就是这样儿，没做什么，没想什么，她的眼睛皮到晚上就不大能够尽开，现在更垂下了。

一阵哄然大笑，吓了老太太一跳。把眼皮打开了，她看见些一堆大小不一的快乐的脸在面前转动，做什么？她一个一个看去。这些儿孙还是笑着。

笑声终于止住，谈话转了方向，他们谈到家乡，六六的哥哥说起在乡下的那个老屋，屋后一片竹园，那块菜园，菜园边的几株大枫树，他说他年幼时候常爬上那几棵树。那时枫树还不怎么高,现在真不知有多少高了。他又断定那几株枫树定然老了,树腰必已长了疙瘩,如一切老东西一样,因为他已经三十几岁了。

听着他这么说,满屋子的人都安静下来了,大家的眼睛都凝视着,仿佛看见了那老屋,那枫树,眼前的情景与他们好像离得很远似的。老太太的脸上堆上了快乐的微笑,眼里射出了光芒,她仿佛已回到了老屋,她想起她初来到那老屋时,她还是一个小姑娘,那时屋角的枫树还只是一棵很小的树,她开口了。

"奶奶人老了,枫树自然也要老了。记得我来你们家时,枫树不过是我这么高,那时你们老太公欢喜栽树,屋前屋后都是树,夏天我们在树底做活,又凉快又荫爽……"

青青不等老太太说完,插嘴问道:"您多大出嫁的,太太,您怎么会嫁到我们家来的?您说,您快说罢!"

"我怎么来的?我和你太公是表姊弟,你太公的妈说我相貌端正,长得有福气的样子,一定要我做媳妇,我就坐花轿到你家中来了。做新娘子时候我十七岁,那时家里不是财主,全家的人都没个闲着的,做媳妇的织布、绩麻、喂猪,那些猪……"

"奶奶从前累了，现在正是享福的时候。"

六六的嫂嫂有机会插嘴说话时，六六、聪聪、青青已把头搁在母亲身边睡着了。娘姨进屋子里把他们带去睡觉，六六嫂嫂跟着照料去了。六六哥哥也躺在火炉边沙发上打哈欠。老太太眼睛光光的毫无倦容，就自言自语地说："什么都不变，什么都得变……"

这老太太被扶扶牵牵上了床，躺在那大雕花床上白被单里时，好像年轻了许多，因为她已回到家乡，回到那个"过去"生活里，仿佛正卷了衣袖，用花布裹了头发，忙匆匆地在菜园里追赶吃菜的小猪，她快乐了。

失　业　‖ 徐转蓬

　　做酒的龙水，从二十岁进酒坊做伙计，守在大缸边看火候接酒，吃人家的饭，拿人家的工钱，到了四十岁。今年，他没有进店，没有店家肯收容他，只好留在家里吃"死食"，吃自家的了。他好像生长在酒糟里的虫，喜欢喝那么一碗，现今离开了酒坊，穷在家里，想到酒，他的干喉咙就痒痒的需要一滴那个东西来润湿它；甚至于他的鼻子也渴望能嗅到酒的气息。

　　好几回，店东从他的床下搜查出他私下偷藏着的货色——一坛酒被捧出来放在他的面前，他受着审问。

　　"龙水，这是你的货色吧？"店东仍装着笑脸平和的神气。看透世故的人便知道那种笑法可怕到何种程度。龙水自然不知如何是好。他说话的技巧并不能掩饰他作伪的行为。

　　在店中当伙计，每餐照例可以喝酒，但喝的酒是有个分量规定的，龙水的酒量却超过所规定的分量十倍。于是方便时，他就不能不背着店东的眼光，用家伙把酒偷藏起来，在晚上睡觉的时候喝个痛快。

看见酒被店东搜查出来，他因为羞辱，面孔青一阵红一阵，像蚯蚓一般粗的太阳脉急跳着，眼睛也发花了。

"怎么说呢，龙水？"店东反问他。

"错处在你手上，叫我有什么话可说，那——那只有听你处分了——"

"听我处分？那便是一条大路！"

龙水会转圜，这事还有可商量处。如今店东把他的工钱结算清楚，辞退了他，要他滚蛋，把他的被铺和箱子远远地投出店外。

"龙水，你到别的地方去发财吧！"

龙水常常因为这件事，被询问，被辞退，龙水因此也就从这家酒坊到了那家。龙水被人问到时，就解释说："这是命运。"到后来，命运益坏，××地方所有酒家皆拒绝这个人上门，没有店家敢再收容他了。

龙水失业闲居在家里，头发长长的毫无光泽，面孔青灰色，颧骨突出，眼圈深深地陷落，蓬头垢面，什么事都懒得做，半死半活，偶然洗一次脸，已算是最大的努力了。

　　想跑出圈子外奔活路可不成。他，被一个家庭牵累着。他有个扁脸短身的老婆。以前，妻子儿女完全依靠他的工资生活，自从失业后，生活没有把握，前途的可怕是料想得到的，他明白自己。他记得一句话，说是船漏了就得下沉，他明白自己似乎就如一只破漏的船，不久会沉落海底去的。但有一种奇迹，他却始终不沉，闲荡半年，家中可以换钱的东西，都变卖掉了，单单只剩下几个"人"，一个女人，一个八九岁的孩子，还有怀孕数月行将出世的孩子。他们两夫妇同许多上流夫妇一样几乎没有一天不吵架，因了口角，眼睛就突出，举起拳头来解决，有时在半夜吵闹了，两人便从床上打到床下揉成一团。完事后一个鼻中哼哼响着，一个鼻涕眼泪大把大把，两人还得上床睡觉。

　　老婆把他看作"恶鬼"，孩子把他看作吃人的"野兽"。

　　龙水在家中威风不失，在别人面前，却是十分可怜的样子。俯着头走路，眼睛不敢直视，说话也不响亮。人瞅不起他，狗瞅不起他，当他经过街上，狗就追在他背后吠叫。双手找不着工作做，显然成了一只断翅膀的鸟，即使有力也飞不起来了。

　　他又托人各处来询问工作，又亲自去找寻门路，跑了路，混一些日子，看店东们没有表情的脸，丝毫没有结果，才吐一堆口沫垂头丧气地回家。

老婆每次见他回来时必问他："有没有门路呢？"

他沉重地摇头。

不熟稔世故的女人急了，发出怨声："世界上哪有比你再无用的？以后叫我们靠什么？我们总是人，人是要吃饭……像你，先前简直不必讨老婆，生儿子，多害一批人……"

说着那妇人重重地拍着怀孕四五月的膨胀的腹部，要把胎儿打落下来似的，恐吓男人。

龙水受了刺激，怒吼了。

"你这个婊子，那么糊涂！我喜欢不做事？喜欢饿肚子的吗？"

他埋怨女人不体量他的苦衷。刚从外面碰了钉子回来，又不给他一点家庭的温暖，一些同情，反而说些有刺的话刺伤他。

于是，拳头对准她的鼻子挥过去，并未落下，他笑了："婊子你真是天日不知。"

老婆就说："你不管，我当真做婊子去。"

当他去询问工作时，店东们照例都用同一的话拒绝他。

"龙水，到别家设法去吧，我们的伙计早就定了，够了。"

"再添雇我一个好吗？"

"人多了，有什么用处？"

"不拿你工钱，就是吃你的饭，糊糊口，好吗？"

"就是你自己带饭米来也不成！"

坚决地被拒绝，在这时刻，龙水搔着头发，抽动着眼皮，悲苦地反省一下："自家简直一个小钱也不值了！"

天注定劳苦到死的龙水，在家闲了三个月，手脚便绵软无力，好像病后一般的萎靡，对一切感到虚无、空洞；每天在沉，却总不到底。到底，大约是死了罢。

他渴望着工作。他卜课，卦中说子牙八十遇文王。自己年纪也并不大。

当他在店的日子，把喝酒的意义看作比吃饭重要，到四十龄的今日，才体味着吃饭的难处。

他近乎疯狂，整日整夜想着想不通的问题。本是一个沉默寡言的人，现在却呶呶不休。吃饭的时候，突然地，他放下手中的碗。

"人为什么天天吃饭？而又天天大便？不吃饭，不大便，和一株树一样不好吗？啊，啊……天生人，它就特地和人作对，折磨人。"他以为他在受折磨。他因此叹息了。

这种古怪可笑的思想不断地发生，他且毫无罪恶地希望一个做酒的同行死去。他就常常诅一个林九索。那是个在本镇上一家酒坊工作的老伙计。他们二人生平没有丝毫恶感，这真如俗话说的：你莫吃它，它就吞你。有九索就无龙水。

龙水只单纯愚蠢地想着："他死了，我就补他的缺……"因之，龙水便无端地怀恨了他，甚至于真用木人头去诅咒老朋友及早翻天。

有一次龙水晚上做梦，梦中那酒坊里的伙计，果真死掉了，可是那店家雇了另外一种人补了他的缺位，并没有雇用龙水，于是在梦中他不知羞耻荷荷地哭将起来。

老婆一巴掌打在脸上，把他弄醒，问他："为什么哭？"

就说："林九索死了。"

"林九索死了关你什么事，他又不是你的干爹娘舅，你哭！"

"能糊口就行了。"近来这句话几乎成为他生活和工作的一句口号了。

最终龙水在离家十五里的大别镇，一家酒坊住下了，只吃饭，不拿工钱，替东家做工。贪小便宜的店东，虽明白龙水手脚，觉得一切小心，但想着龙水进店帮忙吃闲饭，算起来并无损失而且有利，就说试试看，试试看，收留了他。

他怕失业，怕被店东辞退，做事比从前勤奋了许多。把不好的习惯戒除掉，很方便时，也不敢再偷酒喝了，只小心谨慎地做事。

他把长长的蓬乱的头发剃去了，便好像年轻了许多，做工十来天，大概因为饮食安定的缘故吧，脸上便光润起来，尖削的下巴，似乎缩去了一段；晚上也不做那古怪荒诞的梦了！——同时呢，家里老婆小孩子全忘掉了。

店东看看，小子不坏，觉得他容易欺侮，于是常常把两个工人才做得了的事，推在他一人身上。

"龙水，你做得好，你去做！"

龙水强压地执行着。他喘着气，疲乏地倒下来。晚间，睡在床上骨骼也发痛，当他追忆到往日，便用力地搥着床板。

"从前拿八九十块钱一年的工钱，事做得并没有这么多，现在没有工钱，只吃白饭，他妈妈的……"

自己的肚子虽然不至于饿了，但他还有一个"家"跟随着。

妻带了孩子赶来缠缚他。

"我以为你投河了，还托乡约放信，看各处水塘有没有你。谁知你自己有了好地方吃饭，甩下我们！叫我们吃石子，没良心的！"

妻子眼角挂着泪，一面说一面用袖子擦眼睛。

龙水慌张无措地说："有良心，无良心，叫我有什么办法呢！"

"那么，将孩子交还你，我不管。"她神气似乎要把孩子当场就摔死在男人面前。

龙水可不知怎么说下去了。

瞪住八九岁的孩子失神地看了一阵：眉目清秀，圆而大的脸，黑的瞳子；只是面孔贫血，老是合着嘴巴，浸透了人生悲苦似的。

他心痛地紧紧把孩子抱在膝上，又在喉底下说话："苦命的孩子！"

无可奈何地，龙水把他的孩子牵到店东面前去哀求，希望能够得到点怜悯。

"老板，譬如修善，救救孩子，借给我一点工钱……"

店东听明白了龙水的意思后，怒气冲冲地站起来，蹬着脚。

"什么话，你口是干什么的？不是一言说定，只有吃饭，不拿工钱吗？哼，在我这里，你的肚子吃太饱了，又该让你饿些日子。好，就滚你的吧！"

龙水结结巴巴地说："老太爷，我没有说别的；我说，譬如修福……"小孩子这时正咬着指甲，龙水把孩子头上拍了一下，轻轻地吼着："嘘，杂种。"

店东望望龙水望望天，不再回答他。第二天龙水又被辞退了。

龙水咬住牙齿，怀恨回家去，他明白这一次被辞退，问心无愧，完全因为是有个家跟随着的缘故。如果没有他们，不靠他的工钱养活，不向店东拿工钱就行了。

"婊子狗杂种全该死……"

他准备回家去出气。到了家里，老婆正在院子里砍柴，一柴飞起打在龙水的眉头，"天有眼。"龙水想想，什么气皆消了。

龙水又闲在家里了。头发长长地留着，蓬头垢面，荡来荡去，街上常看见他悲惨的影子……不知他从谁学来一句话："一只漏底的船，不久会沉落到海底去。"他大有尽它沉罢的气概，再也不找寻机会了。

一九三五年二月

一九三四年一月十八日　｜｜　沈从文

　　我仿佛被一个极熟的人喊了又喊，清醒后那个声音还在耳朵边。原来我的小船已开行了许久，这时节正在一个长潭中顺风滑行，河水从船舷轻轻擦过，把我弄醒了。

　　今天我的小船应当停泊到一个大码头，想起这件事，我就有点儿慌张起来了。小船应停泊的地方，照史籍上所说，出丹砂，出辰州符，事实上却只出胖人，出肥猪，出鞭炮，出雨伞。一条长长的河街，在那里可以见到无数水手柏子与无数柏子的情妇。长街尽头飘扬着税关的幡信，税关前停泊了无数上下行验关的船只。长街尽头油坊围墙如城垣，长年有油可打，打油人摇荡悬空油捶，訇的向前抛去时，莫不伴以摇曳长歌，由日到夜，不知休止。河中长年有大木筏停泊，每一木筏浮江而下时，四方角隅至少有三十个人举桡激水。沿河吊脚楼下泊定了大而明黄的船只，船尾高张，皆到两丈左右，小船从下面过身时，仰头看去恰如一间大屋（那上面必用金漆写得有福字同顺字）。这个地方就是我一提及它时就充满了感情的辰州。

小船距辰州还有约三十里，两岸山头已较小，不再壁立拔峰，渐渐成为一堆堆黛色与浅绿相间的丘阜。山势既较平和，河水也温和多了。两岸人家渐渐越来越多，随处皆可以见到毛竹林。山头已无雪，虽尚未出太阳，气候干冷，天空倒明明朗朗。小船顺风张帆向上流走去时，似乎异常稳定。

但小船今天至少还得上三个滩与一个长长的急流。

大约九点钟时小船到了第一个长滩脚下了，白浪从船旁跑过，快如奔马，在惊心眩目的情形中小船居然上了滩，小船上滩照例并不如何困难，大船可不同了一点儿。滩头上有四只大船斜卧在白浪中大石上，毫无出险的希望，其中一只货船大致是昨天才坏事的，只见许多水手在石滩上搭了棚子住下，且摊晒了许多被水浸湿的货物。正当我那只小船上完第一滩时，却见一只大船，正搁浅在滩头激流里。只见一个水手赤裸着全身向水中跳去，想在水中用肩背之力使船只活动。可是人一下水后，就即刻被水带走了。在浪声哮吼里尚听到岸上人沿岸喊着，水中那一个大约也回答着一些遗嘱之类，过一会儿，人便不见了。这个滩共有九段。这件事从船上人看来可太平常了。

　　小船上第二段时，河流已随山势曲折，再不能张帆取风，我担心到这小小船只的安全问题，就向掌舵水手提议，增加一个临时牵手，钱由我出。得到了他的同意，一个老头子，牙齿已脱，白须满腮，却如古罗马人那么健壮，光着手脚蹲在河边那个大青石上讲生意来了。两方面皆大声嚷着而且辱骂着，一个要一千，一个却只出九百，相差那一百钱折合银洋约一分一厘。那方面坚持非一千文不出卖这点气力，这一方面却以为小船根本不必多出这笔钱给一个老头子。即或我答应了不管多少钱皆由我出，船上三个水手，仍一面与那老头子对骂，一面把船开到急流里去了。但小船开出后，老头子方不再坚持那一分钱，赶忙从大石上一跃而下，自动用背后牵板上短绳，缚定了小船的竹缆，躬着腰向前走去了。待到小船业已完全上滩后，那老头就赶到船边来取钱，互相又是一阵辱骂。得了钱，老头坐在水边大石上一五一十数着，我问他有多少年纪，他说七十七。那样子，简直是一个托尔斯泰！眉毛那么长，鼻子那么大，胡子那么多，一切皆同画像上的托尔斯泰相去不远。看他那数钱神气，人快到八十了，对于生存还那么努力执着。这人给我的印象真太深了，但这个人在水手们看来，是一个又老又狡猾的东西罢了。

小船上尽长滩后，到了一个小小水村边，有母鸡生蛋的声音，有人隔河喊人的声音，两山不高而翠色迎人。许多等待修理的小船，皆斜卧在岸上，有人正在一只船边敲敲打打。我知道他们正在把麻头与桐油石灰嵌进船缝里去。一个木筏上面还搁了一只小船，在平潭中溜着。忽然村中有炮仗声音，有唢呐声音，且有锣声；原来村中人正接媳妇，锣声一起，修船的，放木筏的，划船的，莫不皆停止了工作，向锣声起处望去。——多美丽的一幅图画，一首诗！但除了一个从城市中因事挤出的人觉得惊讶，难道还有谁看到这些光景会幽然神往。

下午二时左右，我坐的那只小船，已经把辰河由桃源到沅陵一段路程的主要水滩上完，到了一个平静长潭里。天气转晴，日头初出，两岸小山皆浅绿色，山水秀雅明丽如西湖。船离辰州只差十里，过不久，船到了白塔下再上个小滩，转过山岨，就可以见到税关上飘扬的长幡了。

想起再过两点钟，小船泊到泥滩上后，我就会如同我小说写到的那个柏子一样，从跳板一端摇摇荡荡地上岸，直向有吊脚楼人家的河街走去，再也不能蜷伏到船里了。

我坐到后舱口日光下，对着河流清算我对于这条河水这个地方的一切旧账。原来我离开这地方已十六年。十六年的日子实在过得太快了一点。想起这堆日子中所有人事的变迁，我轻轻地叹息了好些次。这地方是我第二个故乡。我第一次离乡背井，随了那一群肩扛刀枪向外发展的武士为生存而战斗，就停顿到这个码头上。这地方每一条街，每一处衙署，每一间商店，每一个城洞里做小生意的小担子，还在我睡梦里占据一个位置！这个河码头在十六年前教育我，让我明白了多少人事，帮助我做过多少幻想，如今却又轮到它来为我温习那个业已消逝的童年梦境来了。

望着汤汤的流水，我心中好像忽然彻悟了一点儿人生，同时又好像从这条河上，新得到了一点智慧。的的确确，这河水过去给我的是"知识"，如今给我的却是"智慧"。山头一抹淡淡的午后阳光感动了我，水底各色圆如棋子的石头也感动了我。我心中似乎毫无渣滓，透明烛照，对万汇百物，对拉船人与小小船只，皆那么爱着，十分温暖地爱着！我的感情早已融入这第二故乡的一切光景声色里了。我仿佛很渺小很谦卑，对一切似乎皆在伸手，且微笑着轻轻地说：

"我来了，是的，我仍然同从前一样地来了。我们全是原来的样子，真令人高兴。你，充满了牛粪桐油气味的小小河街，虽稍稍不同了一点，我这张脸，大约也不同了一点。可是，很可喜的是我们还互相认识，只因为我们过去实在太熟悉了！"

看到日夜不断、千古长流的河水里的石头和沙子，以及水面腐烂的草木、破碎的船板，我触着了一个使人感到惆怅的名词。我想起"历史"。一套用文字写成的历史，除了告给我们一些另一时代另一群人在这地面上相斫相杀的故事以外，我们决不会再多知道一些要知道的事情。但这条河流，却告给了我若干年来若干人类的哀乐！小小灰色的渔船，船舷船顶站满了黑色沉默的鹭鸶，向下游缓缓划去了。石滩上走着脊梁略弯的拉船人。这些东西于历史似乎毫无关系，百年前或百年后皆仿佛同目前一样。他们那么忠实庄严地生活，担负了自己那份命运，为自己，为儿女，继续在这世界中活下去。不问所过的是如何贫贱艰难的日子，却从不逃避为了求生而应做的一切努力。在他们生活爱憎得失里，也依然摊派了哭笑吃喝。对于寒暑的来临，他们更比世界上其他的人感到四时交替的严肃。历史于他们俨然并无意义，然而提到他们这点千年不变无可记载的历史，却使人感到无言的哀戚。

　　我有点担心，地方的一切虽没有什么变动，但我或者变得太多了一点。

　　船到了税关前趸船旁泊定时，我想象那些税关办事人，因为见我是个陌生旅客，一定要上船来盘问我、麻烦我。我于是便假定恰如数年前作的一篇文章中我那个样子，故意不大理会，引起那公务人员的愤怒，直到把我带到局里为止。我正想要那么一个人给我引路到局上去，好去见他们的局长！还很希望他们带我到当地驻军旅部去，因为如果能够这样，就使我进衙门去找熟人时，省得许多琐碎的手续！

　　可是验关的来了，一个宽脸大身材的苗人，他头上那个盘成一饼的青布包头，引动了我一点乡情。我上岸的计划不得不变更了。他还来不及开口我就说："同年，你来查关！这是我坐的一只空船，你尽管看。我想问你，你局长姓什么？"

　　那苗人已上了小船在我面前站定，看看舱里一无所有，且听我喊他为"同年"，从乡音中得到了点快乐，便用着小孩子似的口音问我："你到哪儿去，你从哪儿来呀？"

"我从常德来——就到这地方。你不是梨林人吗？我是……我要会你局长！"

那关吏说："我是镇筸城人！你问局长，我们局长姓陈！"

第一个碰到的就是自己的乡亲，我觉得很激动，赶忙请他进舱来坐坐。可是这个人看看我的衣服行李，大约以为我是个什么代表，因着一种身份的自觉，不敢进舱里来了。就告诉我若要找陈局长，可以把船泊到下南门去，一面说着一面且用手中的粉笔，在船篷上画了个放行的记号，然后回到大船上去："你们走！"他挥手要水手开船，且告诉水手应当把船停到下南门，上岸方便。

船开上去一点，又到了一个复查处，仍然来了一个头裹青布的乡亲，从舱口看看船中的我。我想这一次可应当故意不理会这个公务人，使他生气便可到局里去了。可是这个复查员看看我不作声的神气，一问水手，水手说了两句话，那人又挥挥手把我们放走了。

我心想：这不成，他们那么和气，把我想象的计划全给毁了。若到下南门起岸，水手在身后扛了行李，到城门边检查时，只需水手一句又无条件通过，很无意思。我多久不见到故乡的军队了，我得看看他们对于职务上的兴味与责任，过去和现在有什么不同处。我便变更了计划，要小船在东门下傍码头停停，一个人先上岸去。上了岸后小船仍然开到下南门，等等我再派人来取行李。我于是上了岸，不一会儿就到河街上了。当我打从那河街上过身时，做炮仗的、卖油盐杂货的、收买发卖船上一切零件的，所有小铺子皆牵引了我的眼睛，因此我特别走得慢些。但到进城时我却很失望，城门口并无一个兵。原来地方既不戒严，兵皆移到乡下去驻防，城市中已用不着守城兵了。长街路上虽有穿着整齐军服的年轻人，我却不便故意向他们生点事，我心想，一切皆如十六年前的样子，只是兵不同了一点儿。

我既从东门从从容容地进了城，不生问题，不能被带过旅部去，心想时间还早，不如到我弟弟哥哥共同在这地方新建筑的"芸庐"家里看看。那新房子在山上。到了那个外观十分体面的房子大门前，问问工人谁在监工，才知道我哥哥来此刚三天，这就太妙了；若不来此问问，我以为我家中人还依然全在镇筸山城里！我进了门一直向楼边走去时，还有使我更惊异而快乐的——我第一个见着的人，原来就正是五年来行踪不明的"虎雏"。这人五年前在上海从我住处逃亡后，一直就无他的消息。我还以为他早已腐烂了。他把我引导到我哥哥住的房中，告诉我哥哥已出门，过三点钟方能回来。在这三点钟之内，他在我很惊讶地盘问之下，告诉了我他的全部历史：八岁时他就因为用石块砸死了人逃出家乡，做过玩龙头宝的助手，做过土匪，做过采茶人，做过兵。到上海发生了那件事情后，这六年中又是从一切想象不到的生活，转到我军官兄弟手边来做一名副爷。

见到我哥哥时，我第一句话说得就是家中虎雏真是个了不起的人物，我哥哥却回答得很妙："了不起的人吗？这里比他了不起的人多着呐。"

到了晚上，我哥哥说的话，便被我所见到的五个青年军官证实了。

听来的故事 ‖ 老舍

　　宋伯公是个可爱的人。他的可爱源于互相关联的两点：他热心交友，舍己从人，朋友托给他的事，他都当作自己的事那样给办理；他永远不怕多受累。因为这个，所以他的经验比一般人都丰富，他有许多可听的故事。大家爱他的忠诚，也爱他的故事。找他帮忙也好，找他闲谈也好，他总是使人满意的。

　　对于青岛的樱花，我久已听人讲过；既然今年有看着的机会，一定不去未免显得自己太别扭，虽然我经历过的对风景名胜和类似樱花这路玩意儿的失望使我并不十分热心。太阳刚给嫩树叶油上一层绿银光，我就动身向公园走去，心里说：早点走，省得把看花的精神移到看人上去。这个主意果然不错，树下应景而设的果摊茶桌，还都没摆好呢，差不多除了几位在那儿打扫甘蔗渣子、橘皮和昨天游客们所遗下的一切零七八碎的清道夫，就只有我自己。我在那条樱花路上来回溜达，远观近玩地细细地看了一番樱花。

樱花说不上有什么出奇的地方，它艳丽不如桃花，玲珑不如海棠，清素不如梨花，简直没有什么香味。它的好处在乎"盛"：每一丛有十多朵，每一枝有许多丛；再加上一株挨着一株，看过去是一团团的白雪，微染着朝阳在雪上映出的一点浅粉。来一阵微风，樱树没有海棠那样的轻动多姿，而是整团的雪全体摆动；隔着松墙看过去，不见树身，只见一片雪海轻移，倒还不错。设若有下判断的必要，我只能说樱花的好处是使人痛快，它多，它白，它亮，它使人觉得春忽然发了疯。若是以一朵或一株而论，我简直不能给它六十分以上。

无论怎说吧，我算是看过了樱花。不算冤，可也不想再看，就带着这点心情我由花径中往回走，朝阳射着我的背。走到了梅花路的路头，我疑惑我的眼是有了毛病：迎面来的是宋伯公！这个忙人会有工夫来看樱花！

不是他是谁呢，他远远地就"嘿喽"，一直"嘿喽"到握着我的手。他的脸朝着太阳，亮得和春光一样。

"嘿喽，嘿喽。"他想不起说什么，只就着舌头的便利又补上这么两下。

"你也来看花？"我笑着问。

"可就是，我也来看花！"他松了我的手。

"算了吧，跟我回家溜溜舌头去好不好？"我愿意听他瞎扯，所以不管他怎样热心看花了。

"总得看一下，大老远来的；看一眼，我跟你回家，有工夫；今天我们的头儿逛崂山去，我也放了自己一天的假。"他的眼向樱花那边望了望，表示非去看看不可的样子。

我只好陪他再走一遭了。他的看花法和我的大不相同了。在他的眼中，每棵树都像人似的，有历史，有个性，还有名字："看那棵'小歪脖'，今年也长了本事；嘿！看这位'老太太'居然大卖力气；去年，去年，她才开了，哼，二十来朵花吧！嘿喽！"他立在一棵细高的樱树前面："'小旗杆'，这不行呀，净往云彩里钻，不别枝子！不行，我不看电线杆子，告诉你！"然后他转向我来："去年，它就这么细高，今年还这样，没办法！"

"它们都是你的朋友？"我笑了。

宋伯公也笑了："哼，那边的那一片，几时栽的，哪棵是补种的，我都知道。"

看一下！他看了一点多钟！我不明白他怎么会对这些树

感到这样的有趣。连树干上抹着的白灰，他都得摸一摸，有一片话。诚然，他讲说什么都有趣，可是我对树木本身既没他那样的热诚，所以他的话也就打不到我的心里去。我希望他说些别的。我也看出来，假如我不把他拉走，他是满可以把我说得变成一棵树，一声不出地听他说个三天五天的。

我把他硬扯到家中来。我应许给他打酒买菜，他接收了我的贿赂，他忘了樱花，可是我并想不起一定的事儿来说。瞎扯了半天，我提到孟智辰来。他马上接了过去："提起孟智辰来，那天你见他的经过如何？"

我并不很认识这个孟先生——或者应说孟秘书长——我前几天见过他一面，还是由宋伯公介绍的。我不是要见孟先生，而是必须见孟秘书长，我有件非秘书长不办的事情。

"我见着了他，"我说，"跟你告诉我的一点儿也不差，四棱子脑袋；牙和眼睛老预备着发笑，唯恐笑晚了；脸上的神气明明宣布着：我什么也记不住，只能陪你笑一笑。"

"是不是？"宋伯公有点儿得意他形容人的本事。"可是，对那件事他怎么说？"

"他，他没办法。"

"什么？又没办法？这小子又要升官了！"宋伯公咬上

嘴唇，像是想着点什么。

"没办法就又要升官了？"我有点惊异。

"你看，我这儿不是想呢吗？"

我不敢再紧问了，他要说一件事就要说完全了，我必须忍耐地等他想。虽然我的惊异使我想马上问他许多问题，可是我不敢开口；"凭他那个神气，怎能当上秘书长？"这句最先来到嘴边上的，我也咽下去。

我忍耐地等着他，好像避雨的时候渴望黑云裂开一点那样。不久——虽然我觉得仿佛很久——他的眼珠里透出点笑光来，我知道他是预备好了。

"哼！"他出了声，"够写篇小说的！"

"说吧，下午请你看电影！"

"值得看三次电影的，真的！"宋伯公知道他所有的故事的价值，"你知道，孟秘书长是我大学里的同学？一点不瞎吹！同系同班，真正的同学。那时候，他就是个重要人物，学生会的会长呀，做各种代表呀，都是他。"

"这家伙有两下子？"我问。

"有两下子？连半下子也没有！"

"因为——"

"因为他连半下子没有，所以大家得举他。明白了吧？"

"大家争会长争得不可开交，"我猜想着，"所以让给他做，是不是？"

宋伯公点了点头："人家孟先生的本事是凡事无办法，因而也就没主张与意见，最好做会长，或做菩萨。"

"学问许不错？"没有办事能力的人往往有会读书的聪明，我想。

"学问？哈哈！我和他都在英文系里，人家孟先生直到毕业不晓得莎士比亚是谁。可是他毕了业，因为无论是主任、教授、讲师，都觉得应当，应当，让他毕业。不让他毕业，他们觉得对不起人。人家老孟四年的工夫，没在讲堂上发过问。哪怕教员是条驴呢，他也对着书本发愣，一声不出。教员当然也不问他；即使偶尔问到他，他会把牙露出来，把眼珠收起去，那么一笑，这是天字第一号的好学生，当然得毕业。既准他毕业，大家就得帮助他做卷子，所以他的试卷很不错，因为是教员们给做的。自然，卷子里还有错儿，那可不是教员们做得不好，是被老孟抄错了；他老觉得'M'和'N'可以通用，所以把'Name'写成'Mame'，在他，一点儿也不算出奇。把这些错儿应扣的分数减去，他实得平均分数八十五分，文学士。来碗茶……

"毕业后，同班的先后都找到了事；前些年大学毕业生找事还不像现在这么难。老孟没事。有几个热心教育的同学办了个中学，那时候办中学是可以发财的。他们听说老孟没事很想拉拔他一把儿，虽然准知道他不行；同学到底是同学，谁也不肯看着他闲起来。他们约上了他。叫他做什么呢，可是？教书，他教不了；训育，他管不住学生；体育，他不会。他顶好做校长。于是他做了校长。他一点不晓得大家为什么让他做校长，可是他也不骄傲，他天生来的是馒头幌子——馒头铺门口放着的那个大馒头，大，体面，木头做的，上着点白漆。

"一来二去不是，同学们看出来这位校长太没用了，可是他既不骄傲，又没主张，学生若把他撵了，似乎不大好意思。于是大家给他运动了个官立中学的校长。这位'馒头幌子'笑着搬了家。这时候，他结了婚，他的夫人是自幼定下的。她家中很有钱，兄弟们中有两位在西洋留学的。她可是并不认识多少字，所以很看得起她的丈夫。结婚不久，他在校长的椅子上坐不牢了，学校里发生了风潮，他没办法。正在这个时候，他的内兄由西洋回来，得了博士；回来就做了

教育部的秘书。老孟一点主意没有，可也并不着急，倒慌了
教育局局长——那时候还不呼教育局，管它叫什么呢——这
玩艺，免老孟的职简直是和教育部秘书开火；不免职吧，事
情办不下去，局长想出条好道，去请示秘书部好了。秘书新
由外国回来，还没完全把西洋忘掉：'局长看着办吧。不过，
派他去考查教育也好。'局长鞠躬而退；不几天，老孟换了
西装，由馒头改成了面包。临走的时候，他的内兄嘱咐他：
'不必调查教育，安心地念二年书倒是好办法，我可以给你
办官费。'再来碗热的……

"二年无话，赶老孟回到国来，博士内兄已是大学校长。
校长把他安置在历史系，教授。孟教授还是不骄傲，老实不
客气地告诉系主任：东洋史，他不熟；西洋史，他知道一
点，中国史，他没念过。系主任给了他两门最容易的功课，
老孟还是教不了。到了学年终，系主任该重新选过——那时
候的主任是由教授们选举的——大家一商议，校长的妹夫既
是教不了任何功课，顶好是做主任；主任只需教一门功课就
行了。老孟做了系主任，一点也不骄傲，可是挺喜欢自己能
少教一门功课，笑着向大家说：'我就是得少教功课。'好像
他一点别的毛病没有，而最适宜当主任似的。有一回我到他

家里吃饭，孟夫人指着脸子说他：'我哥哥也留过学，你也留过学，怎么哥哥会做大学校长，你怎么就不会？'老孟低着头对自己笑了一下：'哼，我做主任合适！'我差点没憋死，我不敢笑出来。

"后来，他的内兄校长升了部长，他做了编译局局长。叫他做司长吧，他看不懂公事；叫他做秘书吧，他不会写；叫他做编辑委员吧，他不会编也不会译，况且职位也太低。他天生来的该做局长，既不需编，也无需译，又不用天天办公。'哼，我就是做局长合适！'这家伙仿佛很有自知之明似的。可是，我俩是不错的朋友，我不能说我佩服他，也不能说讨厌他。他几乎是一种灵感，一种哲理的化身。每逢当他升官，或是我自己在事业上失败，我必找他去谈一谈。他使我对于成功或失败都感觉到淡漠，使我心中平静。由他身上，我明白了我们的时代——没办法就是办法的时代。一个人无需为他的时代着急，也无需为个人着急，他只需天真地没办法，自然会在波浪上浮着。而相信'哼，我浮着最合适'，这并不是我的生命哲学，不过是由老孟看出来这么点道理，这个道理使我每逢遇到失败而不去着急。再来碗茶！"

他喝着茶，我问了句："这个人没什么坏心眼？"

"没有坏心眼，多少需要一些聪明；茶不错，越闷越香！"宋伯公看着手里的茶碗，"在这个年月，凡要成功的必须掏坏；现在的经济制度是大鱼吃小鱼，小鱼吃虾米的制度。掏了坏，成了功；可不见就站得住。三摇两摆，还得栽下来；没有保险的事儿。我说老孟是一种灵感，我的意思就是他有种天才，或是直觉，他无需用坏心眼而能在波浪上浮着，而且浮得很长久。认识了他便认识了保身之道。他没计划，没志愿。他只觉得合适，谁也没法子治他。成功的会再失败；老孟只有成功，无为而治。"

"可是他有位好内兄？"我问了一句。

"一点儿不错，可是你有那么位内兄，或我有那么位内兄，照样的失败。你，我，不会觉得什么都正合适。不太自傲，便太自贱；不是想露一手儿，便是想故意地藏起一招儿，这便必出毛病。人家老孟自然，糊涂得像条骆驼，可是老那么魁梧壮实，一声不出，能在沙漠里慢慢溜达一个星期！他不去找缝子钻，社会上自然给他预备好缝子，要不怎么他老预备着发笑呢。他觉得合适。你看，现在人家是秘书长；做秘书得有本事，他没有；做总长也得有本事，而且不愿用个有本事的秘书长；老孟正合适，他见客，他做代表，他没意见，他没的可泄露，他老笑着，他有四棱脑袋，种种样样他都合适。没人看得起他，因而也没人忌恨他；没人敢不尊敬他，因为他做什么都合适，而且越做地位越高。学问，志愿，天才，性格，都足以限制个人事业的发展；老孟都没有。要得着一切的需先失去一切，就是老孟。这个人的前途不可限量。我看将来的总统是给他预备着的。你爱信不信！"

"他连一点脾气都没有？"

"没有，纯粹顺着自然。你看，那天我找他去，正赶上孟太太又和他吵呢。我一进门，他笑脸相迎的：'哼，你来得正好，太太也不怎么又炸了。'一点不动感情。我把他约出去洗澡，呵！他那件小褂，多么黑先不用提，破的就像个地板擦子。'哼，太太老不给做新的嘛。'这只是陈述，并没有不满意的意思。我请他洗了澡，吃了饭，他都觉得好：'这澡堂子多舒服呀！这饭多好吃呀！'他想不起给钱，他觉得被请合适。他想不起抓外钱，可是他的太太替他收下'礼物'，他也很高兴：'多进俩钱也不错！'你看，他歪打正着，正合乎这个时代心理——礼物送给太太，而后老爷替礼物说话。他以自己的糊涂给别人的聪明开开一条路。他觉得合适，别人也觉得合适，他好像是个神秘派的诗人，默默中抓住种种现象下的一致的真理。他抓到——虽然他自己并不知道——自古以来中国人的最高的生命理想。"

"先喝一盅吧？"我让他。

他好像没听见。"这像篇小说不？"

"不大像，主角没有强烈的性格！"我假充懂得文学似的。

"下午的电影大概要吹？"他笑了笑。"再看看樱花去也好。"

"准请看电影。"我给他斟上一盅酒。"孟先生今年多大？"

"比我——想想看——比我大好几岁呢。大概有四十八九吧。干吗？哦，我明白了，你怕他不够做总统的年纪？再过几年，五十多岁，正合适！"

伍四嫂 ‖ 寒谷

伍四嫂正向竹园村牛街的路上走去。

她划算着往年新烟上市鸦片烟的行情，手中有二百两
货，一百两打账——这是去年她公公死的时节，入不了棺，
托羊乡约讲情，在牛街春竹记号上拉了些麻葛、人造丝、
孝白布，两相讲明在今年新烟熟的时节，应当归还春竹记
的——鸦片烟每两作价一毛五分。剩下一百两她也打算卖给
春竹记，只要肯出公道价钱。照去年新烟的行情来算，每两
三毛现金，去年划烟时节下雨，剔庄干坝货还带雨水货呢。
就照一两三毛算吧，十两三块，一百两三十块。除了还民国
三十年的烟亩捐、丈田费、救国捐、飞机捐、团丁捐，余外
的预备给小叔子做衣裳讨媳妇，日子也请东拔（东拔是巫之
一种）和天吉择好啦。可不是，自从公婆一死，家里头人手
就嫌少，小叔子也老大不小啦，"年过二十五，衣破无人补"，
再说女家也催了好几年。假如再延宕下去，女家便要另找主

子，那人家说"伍四嫂讨不起小叔子媳妇"，逼得女家另嫁人，岂不羞死人呀。伍四嫂想到这里，趔回头看一看背起一背烟叶子的小叔子，看到烟叶子，她胆气壮了一些。就这一背烟叶子，起码要卖三块钱。有这个，过礼时节，可给女家缝一件麻丝葛的女袄了……

她叫小叔子："老满，你喜欢蓝色还是紫色？"

老满只顾走，不听见。

一直到黄牛坡摆在眼前，伍四嫂才觉到二百两土压在腰上沉甸甸的。喘着气，上完坡，第三家铺子是春竹记。

伍四嫂松了口气，揩揩额角和脖子上手背上的汗，解下腰间布包，将二百两白花干浆货放在柜台上："喂，看呀！"木老板不注意，却把眼睛向门外溜。小叔子的烟叶子，歇在铺子门前。牛屎堆边有两只鸡打架，小叔子老满看鸡打架去了。木老板看烟叶子。伍四嫂见木老板爱理不理的神情，小伙计轻佻地噘嘴，心里头就有点慌。往年新烟上市，拿新烟上春竹记，木老板总笑嘻嘻地跑上前来，掀起眼镜看有没有掺着雨水货，能不能假充古土，小伙计你拿铲子，我拿烟刀，掌称的掌称，过秤的过秤，今年却一个二个都懒洋洋的，吃了瞌睡虫似的不作声。伍四嫂望了这个又望那个，不知是怎么回事。待了一会儿，慢慢地木老板才踱着沉重的步子，走到柜台边来，很随便地看一看货，捏一捏，便吩咐小伙计称一百两，又在小伙计的耳朵上，轻轻地说句："用新称"。

伍四嫂心有点毛，口上拘拘疑疑："木老板，这是二百两，一哈子归给你家吧。我们是老主顾，我也不上别家去了。"

"世……"

"怎么啦！"

"这一百两我就上了你的大当，还说！吃老虎心胆子那么大，我敢买别的！你这人真坐在鼓里，也不打听打听。"

木老板继续着说，颇有"秀才不出门，能知天下事"的神气，伍四嫂闹半天还是摸不着头脑。

"木老板你打的哪路官话，我真是癞蛤蟆跳井，不懂！不懂！"

"唉，也难怪你们。妇道人家，又住在乡下，今年四道八处闹共产党，什么四川、广西、贵州，都闹得乌烟瘴气的……"

伍四嫂更莫名其妙了，打断了木老板的话头问："什么公穿党，管烟的……"

"……共产党就是从前的'金叫花'，到州吃州，过县吃县，专同有钱人有田地的人做对头，懂吧。啊，你想省路又不通，就是到省城，货也不能往外省运，谁家有吃雷胆子，在这年头，做鸦片烟买卖。"

木老板像刘善人初一十五讲圣谕似的讲下去，伍四嫂张着个耳朵听了半天，还是不大明白这个道理。但到后一句话可弄明白了。

"烟不值钱。"

"木老板，烟叶子也归给你家吧，我们是熟人，由你算数，高低点都不要紧。"

伍四嫂还是想实现她的计划，她以为木老板半懂不懂的这片话，无非是生意人的"名堂"，想压下点价钱，她以为这是木老板的计策。

"皇天！真是对驴弹琴，省城的人怕共产党，都往外搬，哪家还向省城发货，不发货不打烟包子，烟叶子你送我都还嫌它占地方呢！"

伍四嫂着急起来了："真的都不要吗？"

木老板把面孔拉长："谁骗你。"

"木老板，家里头等着款用，你明白！你行个阴功，修路搭桥，高低点请留下吧。"伍四嫂汪着泪水，向木老板求乞。絮聒了半天，木老板才答应收下。鸦片烟每两作价一毛。伍四嫂在竹园村过称共二百两，到中街一过秤，只有一百八十八两了。伍四嫂只好哑子吃黄连，不作声。木老板肯留下，那是多大的人情呢。一两一毛，八十八两，八块八，除了烟亩捐丈田费、救国捐、飞机捐、团丁捐，净落一块八毛钱，烟叶子卖两毛，一共凑足了两块。

伍四嫂手心捏住两块钱，走回家去，懊丧地走着，想起一切事情皆办不通，她最后便决定了，明天烧夜火时候，请四五个年轻人，一等女家姑娘出来下河洗菜时，就抢。

"老满，你有媳妇了！"

小叔子老满一点儿不明白。只是痴笑。伍四嫂乐了，只顾向前走，一不小心，眼睛看水鸭子打架，摔了一跤。两块洋钱抛到茨篷里去了。伍四嫂心里想："见鬼。"一面找钱且一面轻轻地骂："木老板，你就是个匪徒！ ×××× 你们都是！"

模影零篇 ‖ 林徽因

壹·钟绿

钟绿是我记忆中第一个美人，因为一个人一生见不到几个真正负得起"美人"这称呼的人物，所以我对于钟绿的记忆，珍惜得如同他人私藏一张名画轻易不拿出来给人看一样我也就轻易地不和人家讲她。除非是一时什么高兴，使我大胆地、兴奋地，告诉一个朋友，我如何如何地看到过真正的美人。

很小的时候，我常听到一些红颜薄命的故事，老早就印下这种迷信，好像美人一生总是不幸的居多。尤其是，最初叫我知道世界上有所谓美人的，就是一个身世极凄凉的年轻女子。她是我家亲戚，家中传统地认为一个最美的人。虽然她已死了多少年，说起她来，大家总还带着那种感慨，也只有一个美人死后能使人起那样的感慨。说起她，大家总都有一些带美感的回忆。我婶娘常记起的是祖母出殡那天，这人穿着白衫来送殡。因为她是个已出嫁过的女子——其实她那时已孀居一年多——照我们乡例头上缠着白头帕。试想一个静好如花的脸，一个长长窈窕的身材，一身的缟素，借着人家伤痛的丧礼来哭她自己可怜的身世，怎不是一幅绝妙的图画！婶娘说起她时，却还不忘掉提到她的走路如何的有种特有丰神，哭时又如何的辛酸凄婉动人。我那时因为过小，记不起送殡那天看到这素服美人，事后为此不知惆怅了多少回。每当大家晚上闲坐谈到这个人儿时，总害了我竭尽想象力，冥想到夜深。

也许就是因为关于她，我实在记得不太清楚，仅凭一家人时时的传说，所以这个亲戚美人之为美人，也从未曾在我心里疑问过。过了一些年月，渐渐的，我没有小时候那般理想，事事都有一把怀疑，沙似的挟在里面。我总爱说：绝代佳人。世界上不时总应该有一两个，但是我自己却没有亲眼看见过就是了。这句话直到我遇见了钟绿之后才算是取消了，换了一句：我觉得侥幸，一生中没有疑问的，真正地，见过一个美人。

我到美国 ×× 城进入 ×× 大学时，钟绿已是离开那学校的旧学生，不过在校里不到一个月的工夫，我就常听到"钟绿"这名字，老学生中间，每一提到校里旧事，总要联想到她。无疑的，她是他们中间最受崇拜的人物。

关于钟绿的体面和她的为人及家世也有不少的神话。一个同学告诉我，钟绿家里本来如何的富有，又一个告诉我，她的父亲是个如何漂亮的军官，哪一年死去的，又一个告诉我，钟绿多么好看，脾气又如何和人家不同。又有人告诉我，因为恋爱，她和母亲决绝了，自己独立出来艰苦地半工半读多处流落，却总是那么傲慢潇洒，穿得那么漂亮动人。有人还说钟绿母亲是希腊人，是个音乐家，也长得非常好看，她常住在法国及意大利，所以钟绿能通好几国文字。常常的，更有人和我讲了恋爱钟绿几乎到发狂的许多青年的故事。总而言之，关于钟绿的事我实在听得多了，不过当时我听着也只觉到平常，并不十分起劲。

故事中仅有两桩，我却记得非常清楚，深入印象，此后不自觉地便对于钟绿动了好奇心。

一桩是同系中最标致的女同学讲的。她说那一年学校开个盛大艺术的古装表演，中间要用八个女子穿中世纪的尼姑服装。她是监制部的总管，每件衣裳由图案部发出，全由她找人比着裁剪，做好后再找人试服。有一晚，她出去晚饭回来稍迟，到了制衣室门口遇见一个制衣部里人告诉她说，许多衣裳做好正找人试着时，可巧电灯坏了，大家正在到处找来洋腊点上。

"你猜，"她接着说，"我推开门时看到了什么？"

她喘口气望着大家笑（听故事的人那时已不止我一个）："你想，你想一间屋子里，高高低低的点了好几根蜡烛；各处射着影子；当中一张桌子上面，默默地，立着那么一个钟绿——美到令人不敢相信的中世纪小尼姑，眼微微地垂下，手中高高擎起一支点亮的长烛。简单静穆，真像一张宗教画！拉着门环，我半天肃然，说不出一句话来……等到人家的笑声震醒我时，我已经记下这个一辈子忘不了的印象。"

自从听了这桩故事之后，钟绿在我心里便也开始有了根据，每次再听到钟绿的名字时，我脑子里便浮起一张图画。隐隐约约地，看到那个古代的年轻的尼姑，微微地垂下眼，擎着一支蜡烛走过。

第二次，我又得到一个对钟绿依稀想象的背影，是由一个男同学讲的故事里来的。这个脸色清癯的同学平常不爱说话，是个忧郁深思的少年——听说那个因为恋爱钟绿，到南非州去旅行不再回来的同学，就是他的同房好朋友。有一天雨下得很大，我与他同在画室里工作，天已经积渐地黑下来，虽然还不到点灯的时候，我收拾好东西坐在窗下看雨，忽然听他说：“真奇怪，一到下大雨，我总想起钟绿！”

“为什么呢？”我倒有点好奇了。

“因为前年有一次大雨，”他也走到窗边，坐下来望着窗外，“比今天这雨大多了。”他自言自语地眯上眼睛：“天黑得可怕，许多人全在楼上画图，只有我和勃森站在楼下前门口檐底下抽烟。街上一个人没有，树被雨打得像囚犯一样，低头摇曳。一种说不出的黯淡和寂寞笼罩着整条没生意的街道和街道旁边不作声的一切。忽然间，我听到背后门环响，门开了，一个人由我身边溜过，一直下了台阶冲入大雨中走去！那是钟绿。”

“我认得是钟绿的背影，那样修长灵活，虽然她用了一块折成三角形的绸巾蒙在她头上，一只手在项下抓紧了那绸巾的前面两角，像个俄国村姑的打扮。勃森说钟绿疯了，我也忍不住要喊她回来。‘钟绿你回来听我说！’我好像求她那样恳切，听到声，她居然在雨里回过头来望一望，看见是我，她仰着脸微微一笑，露出一排贝壳似的牙齿。"朋友说时回过头对我笑了一笑："你真想不到世上真有她那样美的人！不管谁说什么，我总忘不了在那狂风暴雨中，她那样扭头一笑，村姑似的包着三角的头巾。"

这张图画有力地穿过我的意识，我望望雨又望望黑影笼罩的画室。朋友叉着手，正经的又说："我就喜欢钟绿的一种纯朴，城市中的味道在她身上总那样不沾着她本身的天真！那一天，我那个热情的同房朋友在楼窗上也发现了钟绿在雨里，像顽皮的村姑，没有笼头的野马，便用劲地喊。钟绿听到，俯下身子一闪，立刻就跑了！上边劈空的雷电，四围纷披的狂雨，一会儿工夫她就消失在那冰雾迷漫之中了……"

"奇怪，"他叹口气，"我总老记着这桩事，钟绿在大风雨里似乎是个很自然的回忆。"

听完这段插话之后，我的想象中就又加了另一个隐约的钟绿。

半年过去了，这半年中这个清癯的朋友和我熟悉起来，时常轻声地来告诉我关于钟绿的消息。她辗转地由一个城到另一个城，经验不断地跟在她脚边，命运好似总不和她合作，许多事情都不畅意。

秋天的时候，有一天我这朋友拿来两封钟绿的来信给我看，笔迹秀劲流丽如见其人，我留下信细读觉得它很有意思。那时我正初次在夏假中觅工，几次在市城熙熙攘攘中长了见识，更是非常同情这流浪的钟绿。

所谓工业艺术你可曾领教过？你从前常常苦心教我调颜色，一根一根地描出理想的线条，做什么，你知道么？……我想你决不能猜到两三星期以来，我和十几个本来都很活泼的女孩子，低下头都画一些什么……你闭上眼睛，喘口气，让我告诉你！墙上的花纸，好朋友！你能相信么？一束一束的粉红玫瑰花由我们手中散下来，整朵的，半朵的——因为有人开了工厂专为制造这种的美丽……

不，不，为什么我要脸红？现在我们都是工业战争的斗士——（多美丽的战争！）——并且你知道，各人有各人不同的报酬；花纸厂的主人今年新买了两个别墅，我们前夜把晚饭减掉一点居然去听音乐了，多谢那一束一束的玫瑰花……

幽默地，幽默地她写下那样顽皮的牢骚。又一封：

……好了，这已经是秋天，谢谢上帝，人工的玫瑰也会凋零的。这回任何一束什么花，我也决意不再制造了，那种逼迫人家眼睛堕落的差事，需要我所没有的勇敢，我失败了……

我到乡村里来了，这回是散布知识给村里朴实的人！××书局派我来揽买卖，儿童的书，常识大全，我简直带着'知识'的样本到处走。那可爱的老太太却问我要最新烹调的书，工作到很瘦的妇人要城市生活的小说看——你知道那种穿着晚服去恋爱的城市的浪漫！

我夜里总找回一些矛盾的微笑回到屋里。乡间的老太太都是理想的母亲，我生平没有吃过更多的牛奶，睡过更软的鸭绒被，原来手里提着锄头的农人，都是这样母亲的温柔给培养出来的力量。我爱他们那简单的情绪和生活，好像日和夜，太阳和影子，农作和食睡，夫和妇，儿子和母亲，幸福和辛苦都那样均匀地放在天秤的两头。……

这农村的妩媚，溪流、树阴全合了我的意，你更想不到我屋后有个什么宝贝——一口井，老老实实旧式的一口井，早晚我都出去替老太太打水。真的，这样才是日子，虽然山边没有橄榄树，晚上也缺个织布的机杼，不然什么都回到我理想的以往里去……

到井边去汲水，你懂得那滋味么？天呀，我的衣裙让风吹得松散，红叶在我头上飞旋，这是秋天，不瞎说，我到井边去汲水去。回来时你看着我把水罐子扛在肩上回来！

看完信，我心里又来了一个古典的钟绿。

约略是三月的时候，我的朋友手里拿本书，到我桌边来，问我看过没有这本新出版的书，我由抽屉中也扯出一本叫他看。他笑了，说："你知道这个作者就是钟绿的情人。"

我高兴地谢了他，说："现在我可明白了。"我又翻出书中几行给他看，他看了一遍，放下书默诵了一回，说："他是对的，他是对的，这个人实在很可爱，他们完全是了解的。"

此后又过了半个月光景，天气渐渐地暖起来，我晚上在屋子里读书老是开着窗子，窗前一片草地隔着对面远处城市的灯光车马。有个晚上，夜很深了，我觉得冷，刚刚把窗子关上，却听到窗外有人叫我，接着有人把沙子抛到玻璃上，我赶忙起来一看，原来草地上立着那个清癯的朋友，旁边有个女人立在我的门前。朋友说："你能不能下来，我们有桩事托你。"

我蹑着脚下楼，开了门，在黑影模糊中听我朋友说："钟绿，钟绿她来到这里，太晚没有地方住，我想，也许你可以设法，明天一早她就要走的。"他又低声向我说："我知道你一定愿意认识她。"

这事真是来得非常突兀，听到了那么熟识，却又是那么神话的钟绿，竟然意外地立在我的前边，长长的身影穿着外衣，低低的半顶帽遮着半个脸，我什么也看不清楚。我伸手和她握手，告诉她在校里常听到她，她笑着答应我说希望她能使我失望，她远不如朋友所讲的那么坏！

在黑夜里，她的声音像银铃样，轻轻地摇着，末后宽柔温好，带点回响。她又转身谢谢那个朋友，率真地揽住他的肩膀说："百罗，你永远是那么可爱的一个人。"

她随了我上楼梯，我只觉得奇怪，钟绿在我心里始终是个古典人物，她的实际的存在在此时反觉得荒诞不可信。

　　我那时是个穷学生，和一个同学住一间不甚大的屋子，却巧同房的那几天回家去了。我还记得那晚上我在她的书桌上，开她那盏非常得意的浅黄色灯，还用了我们两人共用的大红浴衣铺在旁边大椅上，预备看书时盖在腿上当毯子享用。屋子的布置本来极简单，我们曾用尽苦心把它收拾得还有几分趣味：衣橱的前面我们用一大幅黑色带金线的旧锦挂上，上面悬着一副我朋友自己刻的金色美人面具，旁边靠墙放两架睡榻，罩着深黄的床幔，和一些靠垫，两榻中间隔着一个薄纱的东方式屏风。窗前一边一张书桌，各人有个书架，几件心爱的小古董。

　　整个房子的神气还很舒适，颜色也带点古黯神秘。钟绿进房来，我就请她坐在我们唯一的大椅上，她把帽子外衣脱下，顺手把大红浴衣披在身上说："真能让我独占这房里唯一的宝座么？"不知为什么，听到这话，我怔了一下，望着灯下披着红衣的她。看她里面本来穿的是一件古铜色衣裳，腰里一根很宽的铜质软带，一边臂上似乎套着两三副细窄的铜镯子，在那红色浴衣掩映之中，黑色古锦之前，我只觉到她由脸至踵有种神韵，一种名贵的气息和光彩，超出寻常所谓美貌或是漂亮。她的脸稍带椭圆，眉目清扬，有点儿南欧曼达娜的味道；眼睛清棕色，虽然甚大，却微微有点羞涩。她的头、脸、耳、鼻、口唇、前颈和两只手，则都像雕刻过的形体！每一面和另一面交接得那样清晰，又那样柔和，让光和影在上面活动着。

我的小铜壶里本来烧着茶，我便倒出一杯递给她。这回她却怔了说："真想不到这个时候有人给我茶喝，我这回真的走到中国了。"我笑了说："百罗告诉我你喜欢到井里汲水，好，我就喜欢泡茶。各人有她传统的嗜好，不容易改掉。"就在那时候，她的两唇微微地一抿，像朵花，由含苞到开放，毫无痕迹地轻轻地张开，露出那一排贝壳般的牙齿，我默默地在心里说，我这一生总可以说真正地见过一个称得起美人的人物了。

"你知道，"我说，"学校里谁都喜欢说起你，你在我心里简直是个神话人物，不，简直是古典人物，今天你的来，到现在我还信不过这事的真实性！"

她说："一生里的事大半都好像做梦。这两年来我漂泊惯了，今天和明天的事多半是不相连续；本来现实本身就是一串不一定能连续而连续起来的荒诞。什么事我现在都能相信得过，尤其是此刻，夜这么晚，我把一个从来未曾遇见过的人的清静打断了，坐在她屋里，喝她几千里以外寄来的茶！"

那天晚上，她在我屋子里不止喝了我的茶，并且在我的书架上搬弄了我的书、我的许多相片，问了我一大堆的话，告诉我她有个朋友喜欢中国的诗——我知道就是那青年作家，她的情人，可是我没有问她。她就在我屋子中间小小灯光下愉悦地活动着，一会儿立在洛阳造像的墨拓前默了一会儿，停一刻又走过，手指柔和地顺着那金色面具的轮廓上抹下来。她搬弄我桌上的唐陶俑和图章。又问我壁上铜剑的铭文。纯净的型和线似乎都在引逗起她的兴趣。

一会儿她倦了，无意中伸个懒腰，慢慢地将身上束的腰带解下，自然地，活泼地，一件一件将自己的衣服脱下，裸露出她雕刻般惊人的美丽。我看着她耐性地，细致地，解除臂上的铜镯，又用刷子刷她细柔的头发，来回地走到浴室里洗面又走出来。她的美当然不用讲，我惊讶的是她所有举动，全个体态，都是那样的有个性，奏着韵律。我心里想，自然舞蹈班中几个美体的同学和我们人体画班中最得意的两个模特——明蒂和苏茜，她们的美实不过是些浅显的柔和及妍丽而已，同钟绿真无法比较得来。我忍不住兴趣地直爽地笑对钟绿说："钟绿你长得实在太美了，你自己知道么？"

她忽然转过来看了我一眼，好脾气地笑起来，坐到我床上。

"你知道你是个很古怪的小孩子么？"她伸手抚着我的头后（那时我的头是低着的，似乎倒有点难为情起来）。"老实告诉你，当百罗告诉我，要我住在一个中国姑娘的房里时，我倒有些害怕，我想着不知道我们要谈多少孔夫子的道德、东方的政治；我怕我的行为或许会触犯你们谨严的佛教！"

这次她说完，却是我打个呵欠，倒在床上好笑。

她说："你在这里原来住得还真自由。"

我问她是否指此刻我们不拘束的行动。我说那是因为时候到底是半夜了，房东太太在梦里也无从干涉，其实她才是个极宗教的信徒，我平日极平常的画稿，拿回家来还曾经惊着她的腼腆。男朋友从来只到过我楼梯底下的，就是在楼梯边上坐着，到了十点半，她也一定咳嗽的。

钟绿笑了说："你的意思是从孔子庙到自由神中间并无多大距离！"

那时我睡在床上和她谈天，屋子里仅点一盏小灯。她披上睡衣，替我开了窗，才回到床上抱着膝盖抽烟，在一小闪光底下，她噘着嘴喷出一个一个的烟圈，我又疑心我在做梦。

"我顶希望有一天到中国来,"她说,手里搬弄床前我的夹旗袍,"我还没有看见东方的莲花是什么样子。我顶爱坐帆船了。"

我说:"我和你约好了,过几年你来,挑个山茶花开遍了的时节,我给你披上一件长袍,我一定请你坐我家乡里最浪漫的帆船。"

"如果是个月夜,我还可以替你调一曲希腊的弦琴。"

"也许那时候你更愿意死在你的爱人怀里!如果你的他也来。"我逗着她。

她忽然很正经地却用最柔和的声音说:"我希望有这福气。"

就这样说笑着,我朦胧地睡去。

到天亮时,我觉得有人推我,睁开了眼,看她已经穿好了衣裳,收拾好皮包,俯身下来和我作别。

"再见了,好朋友,"她又淘气地抚着我的头,"就算你做个梦吧。现在你信不信昨夜答应过人,要请她坐帆船?"

可不就像一个梦,我眯着两只眼,问她为何起得这样早。她告诉我要赶六点十分的车到乡下去,约略一个月后,或许回来，那时一定再来看我。她不让我起来送她，无论如何要我答应她，等她一走就闭上眼睛再睡。

于是在天色微明中，我只再看到她歪着一顶帽子，倚在屏风旁边妩媚地一笑，便转身走出去了。一个月以后，她没有回来，其实等到一年半后，我离开××时，她也没有再来过这城。我同她的友谊，就仅仅限于那么一个短短的半夜，所以那天晚上是我第一次，也就是最末次，会见了钟绿。但是即使以后我没有再得到关于她的种种悲惨的消息，我也知道我是永远不能忘记她的。

那个晚上以后，我又得到她的消息时，约在半年以后，百罗告诉我说："钟绿快要出嫁了。她这样的恋爱真能使人相信人生还有点儿意义，世界上还有一点儿美存在。这一对情人上礼拜堂去，的确要算上帝的荣耀。"

我好笑忧郁的百罗说这种话，却是私下里也的确相信钟绿披上长纱会是一个奇美的新娘。那时候我也很知道一点新郎的样子和脾气，并且由作品里我更知道他留给钟绿的情绪，私下里很觉得钟绿幸福。至于他们的结婚，我倒觉得很平凡；我不时叹息，想象到钟绿无条件地跟着自然律走，慢慢地变成一个妻子，一个母亲，渐渐离开她现在的样子，变老，变丑，到了我们从她脸上身上再也看不出她现在的雕刻般的奇迹来。

谁知道事情偏不这样地经过，钟绿的爱人竟在结婚的前一星期骤然死去，听说钟绿那时正在试着嫁衣，接到电话没有把衣服换下，便到医院里晕死过去——在她未婚新郎的胸口上。当我得到这个消息时，钟绿已经到法国去了两个月，她的情人也已葬在他们本来要结婚的礼拜堂后面。

因为这消息，我却时常想起钟绿试装中世纪尼姑的故事，有点儿迷信预兆。美人自古薄命的话，更好像有了凭据。但是最使我感动的消息，还在此后两年多。

当我回国以后，正在家乡游历的时候，我接到百罗的一封长信，我真是没有想到钟绿竟死在一条帆船上。关于这一点，我始终疑心这个场面，多少有点钟绿自己的安排，并不见得完全出自偶然。那天晚上对着一江清流。茫茫暮霭，我独立在岸边山坡上，看无数小帆船顺风飘过，忍不住泪下如雨。

我耳朵里似乎还听见钟绿银铃似的温好的声音说："就算你做个梦，现在你信不信昨夜答应过请人坐帆船？"

贰·吉公

二三十年前，每一个老派头旧家族的宅第里面，竟可以是一个缩小的社会；内中居住着种种色色的人物，他们综错的性格、兴趣和琐碎的活动，或属于固定的，或属于偶然的，常可以在同一个时间里，展演如一部戏剧。

我的老家，如同当时其他许多家庭一样，在现在看来，尽可以称它作一个旧家族。那个并不甚大的宅子里面，也自成一种社会缩影。我同许多小孩子既在那中间长大，也就习惯于里面各种综错的安排和纠纷；像一条小鱼在海滩边生长，习惯于种种螺壳、蛤蜊、大鱼、小鱼，司空见惯，毫不以那种戏剧性的集聚为稀奇。但是事隔多年，有时反复回味起来，当时的情景反倒十分迫近。眼里颜色浓淡鲜晦，不但记忆浮沉驰骋，情感竟亦在不知不觉中重新伸缩，仿佛有所活动。

不过那大部的戏剧此刻却并不在我念中，此刻吸引我回想的仅是那大部中的一小部，那综错人物中的一个人物。

他是我们的舅公，这事实是经"大人们"指点给我们一群小孩子的。于是我们都叫他作"吉公"，并不疑问到这事实的确实性。但是大人们却又在其他的时候里，间接地或直接地，告诉我们他并不是我们的舅公的许多话！凡属于故事的话，当然都更能深入孩子的记忆里，这舅公的来历，就永远地在我们心里留下痕迹。

"吉公"是外曾祖母抱来的儿子；这故事一来就有些曲折，给孩子们许多想象的机会。外曾祖母本来自己是有个孩子的，据大人们所讲，他是如何的聪明，如何长得俊！可惜在他九岁的那年，一个很热的夏天里，竟然"出了事"。故事是如此的：他和一个小朋友玩着，抬起一个旧式的大茶壶桶，嘴里唱着土白的山歌，由供着神位的后厅抬到前面正厅里去……（在这里我们心里立刻浮出一张鲜明的图画：两个小孩子，赤着膊；穿着桃花大红肚兜，抬着一个朱漆木桶；里面装着一个白锡镶铜的大茶壶；多少两的粗茶叶，泡得滚热……）但是悲剧也就发生在这幅图画后面，外曾祖父手里拿着一根旱烟管，由门后出来，无意中碰倒了一个孩子，事儿就坏了！那无可偿补的悲剧，就此永远嵌进那温文儒雅的读书人的生命里去。

这个吉公用不着说是抱来替代那惨死去的聪明孩子的。但这是又过了十年，外曾祖母已经老了，祖母已将出阁时候的事。讲故事的谁也没有提到吉公小时是如何长得聪明美丽的话。如果讲到吉公小时的情形，且必用一点叹息的口气说起这吉公如何顽皮，如何不爱念书，尤其是关于学问是如何没有兴趣，长大以后，他也始终不能去参加他们认为光荣的考试。

就一种理论讲，我们自己既在那里读书学做对子，听到吉公不会这门事，在心理上对吉公发生一点点轻视并不怎样不合理。但是事实上我们不只对他的感情总是那么柔和，且时常对他产生不少的惊讶和钦佩。

吉公住在一个跨院的旧楼上边。不只在现时回想起来，那地方是个浪漫的去处，就是在当时，我们也未尝不觉到那一曲小小的旧廊，上边斜着吱吱呀呀的那么一道危梯，是非常有趣味的。

我们的境界既被限制在一所四面有围墙的宅子里，那活泼的孩子心有时总不肯在单调的生活中磋磨过去，故必定竭力地，在那限制的范围以内寻觅新鲜。在一片小小的地面上，我们认为最多变化，最有意思的，到底是人：凡是有人住的，无论哪一个小角落里，似乎都藏着无数的奇异，我们对它便都感着极大兴味。所以挑水老李住的两间平房（远在菜园子的后门边）和退老的老陈妈所看守的厨房以外的一排空房，在我们寻觅新鲜的活动中，或可以说长成的过程中，都是绝对必需的。吉公住的那小跨院的旧楼，则更不必说了。

在那楼上，我们所受的教育，所吸取的知识，许多确非负责我们教育的大人们所能想象得到的。随便说吧，最主要的就有自鸣钟的机轮的动作，世界地图，油画的外国军队，军舰和照相技术等种种。但是，最要紧的还是吉公这个人，他的生平、他的样子、脾气，他自己对于这些新知识的兴趣。

吉公已是中年人了，但是对于种种新鲜事情的好奇，却还活像个孩子。在许多人跟前，他被认为是个不读书不上进的落魄者，所以在举动上，在人前时，他便习惯于惭愧、谦卑、退让、拘束的神情，唯独回到他自己的旧楼上，他种种生成的性格才恢复过来，与孩子们和蔼天真地接触。

在楼上，他常快乐地发笑；有时为着玩弄小机器一类的东西，他还会带着嘲笑似的，骂我们迟笨——在人前，这些便是绝不可能的事。用句现在极普通的话讲，吉公是个有"科学的兴趣"的人，那个小小楼屋，便是他私人的实验室。但在当时，吉公只是一个不喜欢做对子读经书的落魄者，那小小角隅实是祖母用着布施式的仁慈和友爱的含忍，让出来给他消磨无用的日月的。

夏天里，约略在下午两点的时候。那大小几十口复杂的家庭里，各人都能将他的一份事情打发开来，腾出一点时光睡午觉。小孩们有的也被他们母亲或看妈抓去横睡在又热又闷气的床头一角里去。在这个时候，火似的太阳总显得十分寂寞，无意义地罩着一个两个空院、一处两处洗晒的衣裳、刚开过饭的厨房或无人用的水缸。在清静中，喜鹊大胆地飞到地面上，像人似的来回走路，寻觅零食，花猫黄狗全都卷成一团，在门槛旁把头睡扁了似的不管事。

我喜欢这个时候，这种寂寞对于我有说不出的滋味，饭吃过，随便在那个阴凉处待着，用不着同伴，我就可以寻出许多消遣来。起初我常常一人走进吉公的小跨院里去，并不为的找吉公，只站在门洞里吹穿堂风，或看那棵大柚子树的树阴罩在我前面来回地摇晃。有一次我满以为周围只剩我一人，忽然我发现廊下有个长长的人影，不觉一惊。顺着人影偷着看去，我才知道是吉公一个人在那里忙着一件东西。他看我走来便向我招手。

原来这时间也是吉公最宝贵的时候，不轻易拿来糟蹋在午睡上面，我同他的特殊的友谊便也建筑在这点点同情上。

他告我他私自学会了照相，家里新买到一架照相机已交给他尝试。夜里，我看见过他点盏红灯，冲洗那种旧式玻璃底片，白日里他一张一张耐心地晒片子，这还是第一次让我遇到！那时他好脾气地指点给我一个人看，且请我帮忙，两次带我上楼取东西。平常孩子们太多他没有工夫讲解的道理，此刻慢吞吞地也都和我讲了一些。

吉公楼上的屋子是我们从来看不厌的，里面东西实在是不少，老式钟表就有好几个，都是亲戚们托他修理的，有的是解散开来卧在一个盘子里，等他一件一件再细心地凑在一起。桌上竟还放着一副千里镜，墙上满挂着许多很古怪的翻印的油画，有的是些外国皇族，最多的还是有枪炮的普法战争的图画，和一些火车轮船的影片以及大小地图。

"吉公，谁教你怎么修理钟的？"

吉公笑了笑，一点儿不骄傲，却显得更谦虚的样子，努一下嘴，叹口气说："谁也没有教过吉公什么。"

"这些机器也都是人造出来的，你知道！"他指着自鸣钟，"谁要喜欢这些东西尽可拆开来看看，把它弄明白了。"

"要是拆开了还不大明白呢？"我问他。

他更沉思地叹息了。

"你知道，吉公想大概外国有很多工厂教习所，教人做这种灵巧的机器，凭一个人的聪明一定不会做得这样好。"说话时吉公带着无限的怅惘。我却没有听懂什么工厂什么教习所的话。

吉公又说："我那天到城里去看一个洋货铺，里面有个修理钟表的柜台，你说也真奇怪，那个人在那里弄钟，许多地方还没有吉公明白呢！"

在这个时候，我以为吉公尽可以骄傲了，但是吉公的脸上此刻看去却更惨淡，眼睛正望着壁上火轮船的油画看。

"这些钟表实在还不算有意思。"他说，"吉公想到上海去看一次火轮船，那种大机器转动起来够多有趣？"

"伟叔不是坐着那么一个上东洋去了么？"我说，"你等他回来问问他。"

吉公苦笑了："傻孩子，伟叔是读书人，他是出洋留学的，坐到一个火轮船上，也不到机器房里去的，那里都是粗的工人火夫等管着。"

"那你呢，难道你就能跑到粗人火夫的机器房里去？"孩子们受了大人影响，怀疑到吉公的自尊心。

"吉公喜欢去学习，吉公不在乎那些个。"他笑了，看看我为他十分着急的样子，忙把话转变一点安慰我说："在外国，能干的人也有专管机器的，好比船上的船长吧，他就也得懂机器还懂地理。军官吧，他就懂炮车里的机器，而非尽念古书不相干的，洋人比我们能干，就因为他们的机器……"

这次吉公讲的话很多，我都听不懂，但是我怕他发现我太小不明白他的话，以后不再要我帮忙，故此一直勉强听下去，直到吉公记起廊下的相片，跳起来拉了我下楼。

又过了一些日子，吉公的照相颇博得一家人的称赞，尤其是女人们喜欢得不得了。天好的时候，六婶娘找了几位妯娌，请祖母和姑妈们去她院里照相。六婶娘梳着油光的头，眉目细细的，淡淡的画在她的白皙脸上，就同她自己画的兰花一样有几分勉强。她的院里有几棵梅花几竿竹，一个月门，还有一堆假山，大家都认为可以作入画的景致。但照相前，各人对于陈设的准备，也和吉公对于照相机底片等等的部署一般繁重。婶娘指挥丫头玉珍、花匠老王忙着摆茶几，安放细致的水烟袋及茶杯在前面，还要排着讲究的盆花，然后两旁列着几张直背椅，各人按着辈分岁数各坐成一个姿势，有时还拉着一两个孩子做衬托。

在这种时候，吉公的头与手在黑布与机器之间耐烦地周旋着。周旋到相当时间，他认为已到达较完满的程度，才把头伸出观望那被摄影的人众。每次他有个新颖的提议，照相的人们也就有说有笑地起劲。这样祖母便很骄傲起来，这是连孩子们都觉察得出的，虽然我们当时并未了解她的许多伤心。吉公呢，他的全副精神却在那照相技术上边，周围的空气人情并不在他注意中。等到照相完了，他才微微地感到一种完成的畅适，兴头地揣着照相机，带着一群孩子回去。

还有比这个隆重的时候，如同年节或是老人们的生日，或宴客，吉公的照相职务便更为重要了。早上你到吉公屋里去，便看得到厚厚的红布、黑布挂在窗上，里面点着小红灯，吉公驼着背在黑暗中来往地工作。他那种兴趣、勤劳和认真，现在回想起来，我相信如果他晚生了三十年，这个社会里必定会有他一个结实的地位的。照相不过是他当时一个不得已的科学上的活动，他对于其他机器的爱好，却并不在照相以下。不过在实际上照相既有所贡献于接济他生活的人，他也只好安于这份工作了。

另一次我记得特别清楚，我那喜欢兵器武艺的祖父，拿了许多所谓"洋枪"到吉公那里，请他给揩擦上油。两人坐在廊下谈天，小孩子们也围上去。吉公开一瓶橄榄油，扯点破布，来回地把玩那些我们认为颇神秘的洋枪，一边议论着洋船、洋炮及其他洋人做的事。

吉公所懂得的均是具体知识，他把枪支握在手里，开开这里，动动那里，演讲一般指手画脚讲到机器的巧妙，由枪到炮，由炮到船，由船到火车，一件一件。祖父感到惊讶了，这已经相信维新的老人听到吉公这许多话，相当地敬服起来，微笑凝神地在那里点头领教。大点的孩子也都闻所未闻地睁大了眼睛；我最深的印象便是那次祖父对吉公显露出的非常愉悦的脸色。

祖父谈到航海，说起他年轻的时候，极想到外国去，听到某处招生学洋文，保送到外洋去，便设法想去投考。但是那时他已聘了祖母，丈人方面得到消息非常不高兴，竟以要求退婚要挟他把那不高尚的志趣打消。吉公听了，黯淡地一笑，或者是想到了他自己年少时的梦，也曾被这同一个读书人给毁掉了。

他们讲到苏伊士运河，吉公便高兴地，同情地，把楼上地图拿下来，由地理讲到历史，甲午呀，庚子呀，我都是在那时第一次听到。我更记得平常不说话的吉公当日愤慨地议论，我为他感到不止一点的骄傲，虽然我不明白为什么他的结论总回到机器上。

但是一年后吉公离开我们家，却并不为着机器，而是出我们意料外地为着一个女人。

也许是因为吉公的照相相当地出了名，并且时常出去照附近名胜风景，让一些人知道了，就常有人来请他去照相。为着对于技术的兴趣，他亦必定到人家去尽义务地为人照全家福，或带着朝珠谱褂的单人留影。酬报则时常是些食品果子。

有一次有人请他去，照相的却是一位未曾出阁的姑娘，这位姑娘因在择婿上稍稍经过点周折，故此她家里对于她的亲事常怀着悲观。与吉公认识的是她堂房哥哥，照相的事是否是这位哥哥故意的设施，家里人后来议论得非常热烈，我们也始终不得明了。要紧的是，事实上吉公对于这姑娘一家甚有好感，为着这姑娘的相片也颇尽了些职务；我不记得他是否在相片上设色，至少那姑娘的口唇上是抹了一小点胭脂的。

这事传到祖母耳里，这位家教谨严的女人便不大乐意起来。她觉得一个未出阁的女子，相片交给一个没有家室的男子手里印洗，是不名誉不正当的。并且这女子既不是和我们同一省份，便是属于"外江"人家的，事情尤其要谨慎。在这纠纷中，我才又得听到关于吉公的一段人生悲剧。多少年前他是曾经娶过妻室的，一位年轻美貌的妻子，并且也生过一个孩子，却在极短的时间内，母子两人全都死去。这事除却在吉公一人的心里，这两人的存在几乎不在任何地方留下一点凭据。

现在这照相的姑娘是吉公生命里的一个新转变，在他单调的日月里开出一条路来。不止在人情上吉公也和他人一样需要异性的关心和安慰，就是在事业的野心上，这姑娘的家人也给吉公以不少的鼓励，至少到上海去看火轮船的梦是有了相当的担保，本来悠长没有着落的日子，现在被骤然地点上了希望。虽然在人前吉公仍是沉默，到了小院里他却开始愉快地散步，注意到柚子树又开了花，晚上有没有月亮，还买了几条金鱼养到缸里。在楼上他也哼哼一点调子，把风景照片镶成好看的框子，零整地拿出去托人代售。有时他还整理旧箱子，多少年他没有心绪翻检的破旧东西，现在有时也拿出来放在床上椅背上，尽小孩子们好奇地问长问短，他也满不在乎了。

忽然突兀地他把婚事决定了，也不得我祖母的同意，便把吉期选好，预备去入赘。祖母生气到默不作声，只退到女人家的眼泪里去，呜咽她对于这弟弟的一切失望。家里人看到舅爷很不体面地，到外省人家去入赘，带着一点箱笼什物，自然也有许多与祖母表同情的。但吉公则终于离开那所浪漫的楼屋，去另找他的生活了。

那布着柚子树阴的小跨院渐渐成为一个更寂寞的角隅，那道吱吱呀呀的木梯从此便没有人上下，除却小孩子们有时淘气，上到一半又赶忙下来。现在想来，我不能不称赞吉公当时那一点挣扎的活力，能不甘于一种平淡的现状。那小楼只能尘封吉公过去不幸的影子，却不能把他给活埋在里边。

吉公的行为既是离叛亲族，在旧家庭里许多人就不能容忍这样的不自尊。他婚后的行动，除了带着新娘来拜过祖母外，其他事情便不听到有人提起！似乎过了不久的时候，他也就到上海去，多少且与火轮船有关系。有一次我曾大胆地问过祖父，他似乎对于吉公是否在火轮船做事没有多大兴趣，完全忘掉他们有过一次很融洽的谈话。在祖母生前，吉公也还有来信，但到她死后，就完全地渺然消失，不通音讯了。

两年前我南下，回到幼年居住的城里去，无意中遇到一位远亲，他告诉我吉公住在城中，境况非常富裕；子女四人，在各个学校里读书，对于科学都非常爱好，尤其是内中一个，特别聪明，屡得学校奖金等等。于是我也老声老气地发出人事的感慨。如果吉公自己生早了三四十年，我说，我希望他这个儿子所生的时代与环境合适于他的聪明，能给他以发展的机会不再复演他老子的悲剧。并且在生命的道上，我祝他早遇到同情的鼓励，敏捷地达到他可能的成功。这得失且并不仅是吉公个人的，而可以计算作我们这老朽的国家的。

至于我会见到那六十岁的吉公，听到他离开我们家以后一段奋斗的历史，这里实没有细讲的必要，因为那中年以后，不经过训练，自己琢磨出来的机器师，他的成就必定是有限的。纵使他有相当天赋的聪明，他亦不能与太不适当的环境搏斗。由于爱好机器，他到轮船上做事，到码头公司里任职，更进而独立地创办他的小规模丝织厂，这些全同他的照相一样，仅成个实际上能博取物质胜利的小事业，对于他精神上超物质的兴趣，已不能有所补助，有所启发。年老了，当时的聪明一天天消失，所余仅是一片和蔼的平庸和空虚。认真地说，他仍是个失败者。如果迷信点的话，相信上天或许要偿补给吉公他一生的委屈，这下文的故事，就该在他那个聪明孩子和我们这个时代上。但是我则仍然十分怀疑。

书呆子 ‖ 李健吾

北方之人，饱食终日，无所用心，难矣哉！

——顾亭林

走了将近五十里地，不见人烟，我们中间最熟悉途径的一位，也摸不清方向，不时发出诧异的惊讶，在这无头无尾的山野，做成我们沉闷的步伐的注脚。初起他还自负，渐渐他微笑着，最后微笑索性也消失了，只有"咦，咦，这就怪了！"我们走得累极了，心和身子一样沉，就想靠着一堵土墙憩息。最后的二十里路，荒凉到一棵像样的大树也没有。饿是不怕的，我们都带着干粮。但是渴，在这沙漠一样高亢的土地，正如那古舟上的水手，喊着"水！水！"然而没有一滴泽润他们的嘴唇。这样走下去，是没有止境的，我们需要变换方向。

——但是路就这么一条。而且，太阳，落在西边，是我们顶准的路标。这绝不会错的。

我们一共六个人，然而至少有五个人，心里却不这样想。我们已经跋涉了十天，什么也没有得着，除去一点劳而无获的失望。出发的那一天，我们满是兴高采烈，觉得共患难，同生死，要去完成一件有意义的事业。我们清楚，而且有人当面这样讥笑，我们是三对傻瓜。然而聪明人做些什么呢？我们问自己，同时也把讥笑的人们问住。我们中间，两个小学教员，一个大学二年级的学生，三个中学教员。我们在一个有点儿名气的县城共事。有一晚晌，那大学二年级的学生来了，拿着一封信，眼里挂满了泪水，向我们道："省城我去不成了。"

这时，我们都知道，那惊天动地的事变。我们轮流传看那封信，谁也不作声。我们的眼睛都望着那盏昏昏不亮的洋灯，大约是光线照耀的缘故，全充满了泪水。我们从来没有想到的一个观念，不期而同，跳上我们的心头。"国家"那两个字，我们平日在黑板上写了又揩掉，不知有多少次，如今却沉沉地窒住我们的咽喉。一礼拜了，我们接不到省城的报纸，现在我们不再纳闷，明白为了什么缘故。因为没有人发表意见，我们苦笑着分了手。出来我仰起头看，见太白高到天空，夜已然深了。

第二天，我们照样上课。我特意选出一篇小说，亲自油印，预备当作讲义发给初三的那一班学生。这是胡适译的《最后一课》，普法大战以后，一个叫作都德的法国人，写给他的同胞的。第四天早晨，我抱着这卷讲义，走进教室，我没有见到一个学生。值班的校役告诉我，学校已经停课了。当天下午，我和那五位同志遇在一起，我们如今全成了失业的高等流民。因为大家是教育圈子里的，所以我们的生活虽说清苦，思想却极其泛滥，不切实际。我们的主张如若说作抱残守缺，毋宁夸作书生的良心。我们的结论是，同胞需要心理的建设，这就是说，道德是我们一切活动的基本，而最高的道德是认识自我，所以我们的愚昧、怯懦、丑陋、苟且、马虎、畏惧，全由于缺乏健全的精神的生活。我们正应当利用我们的失业期，尤其是我们这手无缚鸡之力的文人，到乡村完成这件未来的工作。我们应当出去布道，应当把种子撒在最深厚的田原……但是我们迟疑着。

就在这时，我收到一份文学杂志，看见一篇题目非常生涩，出于好奇，我信手先翻到这篇读着。对于我们这些远在边鄙教学的人们，外来的一字一句，都要细加咀嚼，不容一丝忽略。我们急于进益，我们又是那样可怕的浅陋。这是一个短篇小说。没有比这来的再合适了，然而也没有比这力量更其猛烈了。一个先知叫人砍掉脑袋，我把这介绍给那五位同志看。第二天，各自收拾了一个小铺盖卷，带上干粮，和几本各自爱好的书籍，没有等到天亮，我们就溜出县城，往更荒僻的地方走去……那感动我们的，不是先知的使命，而是他的预言，那可怕的民族的崩溃：

有你们苦受的，噢百姓！犹大的叛逆，以法莲的酒鬼，住在肥沃的山谷，酒喝得蹒跚的人们，和水流一样，和蚰蜒且走且溶一样，和一个女人不见太阳的三寸丁一样，叫他们流离四散！摩押，你要和麻雀一样逃入柏林，和跳鼠一样逃入山穴。堡子大门比胡桃壳碎得还要快，墙要倒而城要烧；上天的惩罚仍不会中止。他要在你们自己的血里翻转你们的四肢，好像毛在染坊的缸里。他要像把新钏撕烂你们；他要把你们的肉一块一块散在山上！

我们走了不到十里地，就听见奇怪的嗡嗡的响声，从我们后面的天空隐约传了过来。这是飞机，我们在想。不知别人怎样，那先知可怖的预言，仿佛画幅，涌上我的眼帘：

> 靠近他们母亲的尸首，小孩子们要在灰上爬着。大家要在夜里寻找他们的面包，走过破烂房屋，说不定碰上刀剑，晚晌老头子谈天的公共地方，狼要来叼走骨头。你的女儿，咽下泪水，要在外国人的宴席上弹弄竖琴，而你最勇敢的儿子，搞了过重的东西，皮要叫磨掉，脊椎要叫压折！

我重复着这么一句话。站在几十个老百姓前面，站在庙外的台阶上，我临了用的总是类似的意思："咱们说的是一样的话，咱们是一个国家的人，咱们人人要挑起这救国的担子。古人说的好，国家兴亡，匹夫有责！咱们不能看着叫人家拿去咱们的城池，欺负咱们的弟兄！过不了几天，这就会轮到咱们自己头上，那时咱们的女儿，会在外国人的酒席上，咽着泪，供人家玩弄。那时咱们最有胆量的儿子，也得给外国人做牛马，下场还不如牛马！"

这样逢村讲演了十天，我们渐渐觉出心力的徒劳。我们的呼号，和扔出去的石子一样，落在人海，不见一丝痕迹。我们先去拜见村长或者一村的耆老，他们怀疑，却又畏惧；他们不敢拒绝，却也不便招待。不顾这样唯唯诺诺的神色，我们强自借来一口铜锣，或者一只铜盆，走在各家巷口敲起。渐渐一群男女老少，三三两两，随着破天的响声，聚在一个适当的公共地点。有时在打麦场，大家围着一个石碾，我们公推一位演说；有时在村里唯一的大路中央，我们站在一块较高的石头上，或者临路的房檐下面的台阶上；但是最好的，自然是庙……于是我们中间一位讲演着。因为是教书先生，所以我们有的是当众开口的经验。然而，站在这样一群学生面前，我们不得不承认我们的失败，我们和新出台的戏子一样急于观察我们的效果。不等我们中间一位演说到一半，妇女几乎散得干干净净，孩子们有的让她们牵了去，流连不舍的也被她们尖锐的呼唤调开。余下些男子——大部分游手好闲，或者老而无用——做我们的听众。渐渐我们明白，这少数男子也不在虚心接受，而在默然批评。我们倒欢迎那类斗起胆来质疑的农夫；不过他们的问题，那样琐碎，那样灵巧，有时窘得我们不能立即答复，于是他们得了意，笑着，招呼一声邻居，回家给牲口拌草料去。女人们唧哝着，抱怨她们空跑了一趟，因为我们不是耍猴子的、变戏法的、唱小戏的。

村里的私塾先生尤其于心不安。我们先去拜访他，说我们是学校的教员，大学的学生。他疑惧交迫，赔下笑脸，以为我们是所谓的视学、调查员，或者特派员；渐渐明白我们的来历，越发疑惧交迫，赔下笑脸，然而一有机会，他就溜出去张扬，或者报告，我们是城里下乡的赤化人员。有一次，我们刚好放下行李，就来了十名壮丁，或者村警，把我们客客气气押到二里外的光景。

他们有的是机诈，然而机诈正好显出或者做成他们的朴实。眼前的生活占有他们全部的心灵：这好像两扇铁门，一切属于未来、理想、全盘的东西，都叫关在外面。他们完全有理，一种结实而自私的存在。"我们这样就很好了，只要不过兵，不催粮，不遭匪……"从他们黝黑而淳厚的面孔上，我们看见一只鳄鱼，卧在尼罗河滩上，永生在晒太阳；或者一只蜘蛛，一根丝动，马上就溜回稳妥的藏身之所。对于这良善守成的德行，天命是他们任何灾祸的解释。人力不是没有用，然而要用在一日三餐之上。

这多基本！然而这离我们的教训何等遥远！

好像对着一群低能的学童——遇见实际的困难，便是顽石——我们也得思索一个诱导的方法。他们并不钝拙，拒绝我们往里观察的，是乡下人生活的单调的方式。我们钻不进那层坚韧的外皮，他们不缺乏热情，更不缺乏信仰。由于一种习惯，他们渐渐凝定，和他们所爱的大地化成一种气质，而最高的灵性的活动，仿佛雨水，一点一滴渗下地壳。于是太阳晒着，北风刮着，地壳干裂了，而他们的心随着高粱的叶子早黄了。

怎么办呢？我们问自己，这样下去是不成的。

这不是一班虚心受益的儿童。年岁把他们的成见积得那样高，要想给他们一点新东西，我们必须设法去除他们既有的执拗，一种和生存一样深厚的东西，差不多可以说作气质。这不是一篇演说可以叫他们心折的事，他们要事实。他们要亲眼看见，亲身感受，哪怕戏一样地作给他们，只要不是空口无凭，他们古井一样的伏流才会慢慢掀起一点浪头。这正是他们厉害的地方。他们的感应是迟钝的，迂徐的；到了利害交关，或者浪头真正掀起，力量却大得犹如瀑布下山，水闸开放。否则舌敝唇焦，我们得到的也不过是冷漠的同情。自来短少抽象的想象，他们的领会力是羸弱的——

然而把一张画摆在他们眼前，他们的天真会马上命令他们接受，因而恐惧、愤怒，甚或意气用事。

实际根据我们心理建设的主张，我们绝不坚持他们打仗。这是暂时的，而且，我们明白，这要求是过分的。我们有时想，叫他们到前线去，不仅是残忍，而且欺骗了这些老实人的简单的灵魂。我们知道我们自相矛盾。但是我们的良心是一个复杂东西。我们受它支配，不是它受我们支配；所以即使可笑，我们的话多半是关于一些消极而有永久性的品德。在我们教书匠的眼里，只有品德的湮灭才是一个民族真正覆亡的征兆。

这征兆，有志之士三百年前已经体会出来，而我们如今才想到补救。这老大的民族聚在一起，最合乎自然的法式，甚至于可以说作真纯地活着。但是活在一起，一无所为，只像海边许多蛤蜊，有了事缩进介囊，没有了事探出头来，不想结成一个社会的有机体，打入近代的组织。从这一村，走到那一村，我们遇见的多是安分守己的良民；他们的领会告诉我们一个可怕的格言，帮他们解答一切，就是"苟全性命"。我们六个人用力斥驳他们这种沉疴似的哲学。

我们的辛苦和我们的失望，是可以想见的。我们并不因为辛苦而失望；因为辛苦，对于边鄙地方教书的人们，早已习惯自然，当作一己的分内，然而失望却是真的，我们并不由于人民而失望。和英国小说家写的那个可爱的牧师一样，我们从来乐观，因为，别瞧我们打不进他们的世界，我们绝不想把过错推在一群无辜者身上。我们明白过错在我们自己。知识是罪恶，然而只有不完全的知识才值得可怜。我们这六个人，应付小孩子有余，开导大人却不足了。他们的经验往往难倒我们这种半斤篓子。他们有时狡黠似的道："请问，你们不朝东去，为什么倒要往西？"

一句简单的疑问，但是窘住了我们。这需要长时的解说，然而对于乡下人，凡不能立即用一句话作复的，全不会是理直气壮的。所以跋涉了十天，走了将近三百里路程，我们觉得虚此一行。我们不说出我们的疲倦，我第一个用那先知粗率的语言提醒大家道："我们要像熊一样，野驴一样，产妇一样叫唤！"

于是我们抖擞精神，间或唱着歌，甚至于做一个怪样子，引逗大家高兴。这样走了整整半天，眼看太阳就要下去，我们还没有遇见一个可以歇脚的地方。天气渐渐冷了下来；但是我们在意的，不是冷，却是风沙。土砾灌满了我们的五官。最后连一棵树也看不见,仿佛我们迷了路,走一座罕无人迹的鬼境。我心里想,我们真也许走进蒙古的戈壁。我们顺着山脚,一高一低,希望不久会逃出这荒凉的旷野。山是秃的,黄色和黑色做成它的表皮。山并不高,也不陡,但是因为没有一点绿意,只能给我们一种枯燥的感觉,好像我们蹭蹭着千仞的崆峨。一道旅客喜爱的山涧也不曾看见,我们要想埋怨,然而话来到口边,又缩了回去。我们的性情非常刚强,不过也非常温良。

然而苦恼,和病一样,郁在我们各自的心头。

今晚我们睡在什么地方呢?眼前一座破庙也没有。

而且口渴……

忽然一个同伴,向我们指着天空道:"瞧!老鸹!"

从我们背后的天空,飞来一队乌鸦。浮过我们的头顶,向西北冉冉逝去。这表示不远就有树林,就有村庄,就有我们驻脚的地方。我们兴奋上来,步子提高,走动也加快了。这样五里以后,拐过山角,我们望见一片树林,太阳掠过,梢头好像戴着金冠迎着我们这些远行者招徕。

这让我想起《桃花源记》,尤其是"豁然开朗"那一句。难道这里的居民,也是"不知有汉,无论魏晋"吗?但是,我的痴想被道旁一块板条撑掉。这板条有三尺长，五寸来宽，钉在入口第一棵树的中腰，上面写着这样的字句："你不要害怕，因为我救赎了你。我曾题你的名召你，你是属我的。"我们六个人面面相觑，作声不得。我们真像在神话里面，走进什么魔窟或者仙境吗？这不可能，然而这又如此引人往不可能想着，走不上二十步，在另一棵树上我们看见另一块板条，上面写着："信奉上帝，因为上帝的国是你们的。"我们不复疑惑了。

从树木的行列和培植，我们看出这不是一个等闲的村庄。我们常常听人讲起内地教会的势力，想来我们如今碰上这样一个特殊的区域。一边走，一边欣赏，我们不得不赞扬人家一切的设饰。这是一座山谷。围着谷底，四山种满了松柏果木。我们望见一个高的顶尖。我们听见狗的吠声。我们放缓步子，觉得终于到了一个理想的过夜的地方。看见旁边一道浅溪，我们丢下行李，伏在水面，掬起一口漱着。水呢呢喃喃，一直流向村去。我们看见两扇大门，一开一闭，整个和座城门相似。风似乎小了，我们提高喉咙，表示各自的欣快。

对着村门，是座三间进身的庙宇。匾额不见了，只有土墙上，横写着一行"不要信偶像，因为偶像是人做出来的"。我们背向着村门，等到我们扭回身，便见门已然关住。有人从后招呼。一个高大的壮年，手里拿紧一把盒子炮，瞄准我们的胸口。就在我们出神吃惊的时候，他站在庙前台阶上，向我们道："你们是干什么来的？"

我们踌躇了一下。

于是他左手向里一招往前蹿出一步喝道："你们有没有家伙？"

这完全出乎我们意外。足有五分钟，我们不明白他的作为，我们把他当作强盗也难说。他一步一步走下台阶，命令道："放下你们的行李！不准乱动！站好了！背朝着我！不许回头！"

于是，在他强硬的威迫之下，我们完全依照他的话做。我们看清庙里影影绰绰的埋伏，违抗毫无益处。随后，果不然从庙里走出十二个人，一边一个，紧紧揪住我们的胳膊。那领头的，按着次序搜检我们的衣服，看见身上没有什么可疑的携带，语调和缓了，向自己人道："带他们见神甫去！"

于是随着一声胡哨，村门慢慢打开一扇，我们一队囚犯被放进去。我们的精神，原本慵倦，如今一经变动，反而振作起来。鱼贯而行，我们谁也只看见前行的脊背；然而我觉得，由于自信心强，我们并不颓丧。就是这样，不交一言，我们被押解到路北一座小教堂前面。那领头的，不走正门，过去敲着旁边窄小的红门。不久从里面走出一个姑娘，神甫的使女。他向她唧哝了两句；她瞥了我们一眼，点点头，不见了。

我告诉领头的，我们不是匪人。

他摆摆手，叫我们等候神甫出来。

足有十分钟光景，一位教士慢条斯理地从小门踱出，来在我们前面。他穿着一里圆的紧袖的黑色长袍，下摆差不多掠着浮土。这是一个欧洲或者美洲人，一脸绕腮的长髯，尖梢飘在胸前，更加显得深算可测，令人望而生畏。但是他微笑着，嘴角往上松开，衬着几根深长的皱纹，完全一个仁慈的长者的模样。他举步举得很慢，但是落足落得很稳。他把右手放在左手上面，一同举在胸前。

领头的恭而敬之地向他报告。他伏在山顶望见我们。他下来安排好了手枪。他把我们带给神甫审问。他搜过我们的身子，但是行李还没有检查，也许……

教士吩咐他去检查我们的行李，眼睛始终没有离开，他拢近我的身边。

他说得一口流利的官话。音调微微有点儿发硬，不知是有意或者无意，间或他把一个字音拖得长长的，给他思索或者寻觅下一句话的工夫。

"你们是老实人？"

我点点头。他端详着我们。好像在商量什么，最后决定了，向我微笑道："你们是念书人不是？中国的念书人一看也就看出来。"

我苦笑着。

"你们不用着急，等看过你们的行李，我就把你们当作客人接待。我这里很好，常常有人，不知是官家，不知是强盗，带了人马扰乱我们。他们以为我有钱，是个洋鬼子。其实我是一个传教的，一个替天行道的上帝的奴隶。你们呢？回头进去讲也好，我看你们都很累。不过检查行李是件麻烦事，总得多等一等的。"

他的态度非常煦和，然而处处流露出一种难以形容的威严。看守我们的十二个村民，和奴隶一样，简直和兵一样，在我们背后挺直地立着。

钟声在近处响着。这是悠长而和谐的敲打。

不等钟声停止，我们就听见门声、步声，随即零零星星，好些男女来在路口，向我们这面走来。

教堂的黑门从里打开，出来一个老头子，站在门旁石阶最高的一层。

男女渐渐多了，走过我们，好奇地瞥一眼，私下议论着，但是没有一个人表示什么惊异。他们曲下膝盖，向教士画着十字。他带着微笑祝福。

不久钟声又起来了，然而快了，好像催促着落后的男女。

忘掉自己的灾难、疲倦和万目睽睽之下的窘迫，我们反而观看这奇异的进行，犹如一个远方人流落在一个风俗全然不同的国度。

教士向我们抱歉道："对不起，我们到了晚晌讲经的时辰，我想你们不会是坏人，你们可以坐在台阶上憩息。好在行李总得一会儿工夫检查，着急是无济于事的。"

他急忙走进小门，长袍的下摆窸窸窣窣地响着。我们并排坐在台阶上，十二个村民紧紧立在我们后面。

钟声最后一次响着。较远的住户也在这时赶到了。钟声停止的时候，教堂外面就余下看守和我们十八个人，静悄悄的，听着从里面发出的声音。

起初是风琴响着，渐渐有了歌声伴着。最后歌声大了，掩住风琴的奏弹。这始终随着一个音节进行，单调、沉着，然而在这黄昏的时际，分外动人。我们几乎忘记我们在什么地方了。风琴的抑扬把我们带向一排丁香树，两间低陋的教室，六行红漆的书桌，四五十个可爱的面孔。我看着我右旁的那位小学教员。他望着对面的石墙发呆，两颗晶圆的泪珠从眼眶静静地滚下面颊。随后合唱终止，接着起来的，是教士布道的声音。他的声音有些发颤，自低而高，渐渐也就凝定了："今天我要念给你们的一段，就在《耶利米书》第四章中间。在这里，先知耶利米说：'我的肺腑呵，我的肺腑呵！我心疼痛，我心在我里面烦躁不安，我不能静默无言，因为我已经听见角声和打仗的喊声。毁坏的信息连绵不绝，因为全地荒废；我的帐篷忽然毁坏，我的幔子顷刻破裂。我看见大旗，听见角声，要到几时呢？耶和华说，我的百姓愚顽，不认识我；他们是愚昧无知的儿女，有智慧行恶，没有知识行善。'"

然后歇了歇，他解释道："这段话是先知耶利米说的。他看见到处都在打仗，他问自己：'什么时候我才不被敌人蹂躏我的土地呢？'角和大旗都是古时人们打仗用的东西。所以他说：'我看见大旗，听见角声，要到几时呢？'于是耶和华，我们的主，就把缘故告诉了他，说，由于百姓愚顽，忘记天上的父。听了这话，先知耶利米就来警告百姓，说：'你们要信奉上帝，只有你们的主能够救赎你们……'"

我们六个人，你看我一眼，我看你一眼，摇摇头，只是不作声。我倒想跑进去给那些百姓讲：不对！不对！不要信他！他在用一本古书哄骗你们！救我们的不是什么耶和华，是我们自己！自己！你们自己！

头垂在手心，我连抬也没有抬起。别人还以为我过分疲倦，我问自己，我们能和教士一样，把这群忠厚而又绵顺的老百姓说到我们这边吗？我简直不相信我们有那种力量，然而我却真正为了他们的生死！那么，什么错了，在他们和我们的中间？于是我看着一个一个教民走出教堂，下了石阶，转回身，曲下膝盖，画着十字辞别。他们充满了信仰。他们赞美那宣道的教士，说句句话都打在他们心上。

检查行李的人终于回来。

教士迟疑了一下，把我们请进教堂，因为只有这里宽大，可以容下我们。他吩咐备饭，招呼我们休息。看见我们实在疲倦，他给我们留下一盏灯台，嘱咐我们早睡，然后祝福一句，从讲坛后边的小门转往他的住宅。我们把行李在靠墙的空地打开，躺下来，熄了灯，预备合住眼死睡一宿。

我什么时候醒来的，黑洞洞的，我自己都不知道。但是我惊醒了，一种凄凉的呼号仿佛在我耳边作祟，我不是做梦，那声音延续着。这不在教堂里面。我伸长耳朵辨别。声音停了。夜依旧沉沉的，盖住我们的四周。是什么声音在呼号呢？我问自己。于是我靠墙坐起，重新听着。不久那声音又起来了，仿佛哭，又仿佛叫唤，离我们很近，却又隔着一层，那样迷漠。我推醒我两旁的人，叫他们和我一齐听着。

"这在地底下。"

我告诉他们我好像听见两种声音，同在哭喊，却不是一个人发的。

听了听，他们证实我的揣测："这是两个男人。"

呼号渐渐弱将下去，终于完全止住。我们听见有人走过教堂外面的院子。从关紧的窗缝，幌进一丝的黄光，不到两分钟，也就消逝了。

——是两个人挨打的声音。我听清里面杂着哎哟和求情的语气。

隔了好久，我们的确什么也听不见了，带着满肚的疑团，躺下预备重新入眠。这次却不那么容易了，我听见两旁辗转。一个同伴叹息着。好像实在忍不住了，他唧哝出来道："我们跟在化外一样！"

我们谁也没有搭理他。我们远远听见打更的声音，渐渐近了。终于又沉下去。这是三更光景，随后我们也就朦胧过去。醒来的时候，教堂的窗户已经打开，一股清冷的空气随着薄薄的阳光透了进来。那老头子掸着一排一排的桌凳。我们急忙跳起，捆理铺盖。

老头子指点我们道："放在这儿不成，回头这儿还要做弥撒。我领你们搁到外头。"

我们提起行李，随他走出教堂，拐进旁边一个夹道，他叫我们放心。寨里没有人偷的。自从有了神甫，全村领受上帝的感化，没有一个坏人站脚。我们问他，教士来了多久。

"我瞅瞅看，少也有十七八年。中间他离开四次，回他本国去。他喜欢我们这个地方。他一手经营起来我们这个寨子。有十年了，我们不纳税，不上捐，全仗神甫老爷的力量。官厅也不敢招惹。他收买了好些枪火。寨里没有一个人比他打枪打得准的。好几次土匪来抢，都叫他领人打退回去。"

我们问他是否听见昨晚的哭喊。他愣了愣，眨眨眼，然后笑向我们道："你们听见了！两个不成材东西！一个跟神甫老爷借钱输掉，一个跳墙做贼。都叫神甫绑了来，吊在地窖子。"

我们彼此看了一眼。我接着问道："那在教堂底下？"

"你不知道，教堂底下还有好大的屋子，也供着我们天上的父。"

我们奇怪一个教士会有这样大的势力。看我们是过路人，老头子把他的秘密泄给我们一部分。教士起初租一间民房住，他和官府来往；他交接当地的绅士；有些绅士偶尔需要现银，他当作朋友借给他们。日子一久，债越积越高，他们也越没有力量偿还。平时他不索要，于是忽然一天，他催促起来，说他急需款用；既然无力偿还，他们便用房产抵押。总之，他在寨子扎下根，而且根扎得那样深，人民的身体和灵魂一齐收入他的掌握。

我们随着老头子去洗脸，用早饭，我们决定离开这个地方。

出来，我们正好遇见教士。他方才做完早课，迟到现在来看望我们。他微笑着，问我们和他握不握手；他自己赞成中国的礼貌，觉得握手，尤其亲吻，是野蛮的遗留。从这一点来看，他说，中国真是一个最古的文明之邦。于是他问我们从什么地方来，做什么，经过寨子，要到什么地方去。从我们半吞半吐的原委里，他听出若干非常的意义。他点头表示同情，然而想到了什么，他捋住胡须，狡猾地，揶揄地，向我们道："孔圣人说'贤者避世，其次避地，其次避色，其次避言。'他们都是贤者了。不过，怕我弄错了，记得一个贤者批评孔圣人'是知其不可为而为之者欤？'你们全是圣人。不过……"

他忽然郑重起来，举起左手，好像嘱咐，又好像倾吐心腹之言，放低声音，继续道："不过，孔圣人是一个了不得的人物。我告诉你们，我有的是经验，孔圣人说得不错，'中人以上可以语上也，中人以下不可以语上也。'你们现在要不厌倦，过些日子，你们一定厌倦的。真的，这很苦。把真理传给别人，安慰只在你自己的……"

他用手指着他的心。他希望我们赞同；看见我们不作声，他改了话题，说他昨天收到邮来的报纸，愿意借给我们看看。

我们在教堂外面候他取报纸来。

上面登载的，大半是事变以后的消息。我们教书的县城，在我们起程的第二天，投降了敌人。我们经过的村庄，一大部分，已然遭见兵火的蹂躏。我们所有的恐惧，如今全实现了。

我们噙住眼泪，谢别那微笑着的教士，过去捎起我们各自的行李。我们出了堡门，一直往西走去。钟声在我们后面响着。太阳跨过树梢，也露起头了。

路　路　‖　季康

　　天漆黑，风越刮越大，宿舍都有点摇动。路路闷坐在灯下发愁，咬着一股绻曲的鬈发，反复地想，不知怎样好。随手扯了四方小纸，把心事写上，揉成团儿，两手捧着摇，心里默默祷告：四个纸团，包含两个问题，如神明有灵，该一个问题，拈着一个解答。路路把纸撒在桌上，恭恭敬敬，拈了两个。打开看，第一个"答应 Tommy"。路路嘴角往上一动，漾出一丝微笑。再打开第二个，却是"不答应 Tommy"。神明也决定不了，还是没明白路路的意思？路路咬咬嘴唇，再把纸团摇乱，重新默默解释了一遍，再拈两个。这回是"Tommy 明天来""Tommy 明天不来"，路路可不耐烦了。一顿儿把纸团扭碎，伏在桌上赌气，听听风，那么大，天更冷了，T 明天还冒着风出城看她？昨天电话，不该那样决绝。

　　忽然路路惊跳一下，门上重重两声，林妈莽撞地推开了门进来。

"张小姐，王先生找。"

可是路路早洗过脸了，擦了满脸 Cold cream，眉都擦掉了，况且心上也不耐烦。林妈赔笑说："张小姐，请您下去吧，王先生一脸都是血呢。"路路听说吓一大跳，赶忙擦脸，画眉，慌慌张张，走到楼梯边，方发现自己还穿着拖鞋，又急忙转回房中换鞋。

小王摔跤了，下火车，天已经黑了，风又大，洋车翻身，小王磕掉了两个门牙，颊上磕了三个洞，满脸泥和血，嘴唇又紫又肿，路路慌了手脚没办法。还是小王勉强打电话找他的朋友。路路跟他们上了医院，乱了好一阵，闷闷地回来。

都因为赶忙来看路路，小王摔得那么厉害。小王的朋友看着他点头叹气，路路怎么不觉得，这分明是可怜小王，受了她玩弄。路路本来也可怜小王，就为这一声叹息，心头愤愤，有些恨小王。谁请他来了？谁请他来了？可是路路到底又心软，小王像小孩子似的真心。路路好像也喜欢他，就是嫌他略矮了一点，自己是个长条儿，跟他走在一起，娘带儿子似的，人家笑。

　　路路仿佛觉得自己更喜欢 T。他不知怎么的，叫人撇不下，可是家里嫌他穷。母亲说学化学的一辈子不能做官，小王是学政治的，他父亲现在就是个大官，家里又有钱，小王脾气又好。路路和亲母一样，都是官太太的命，路路自己也想，如果嫁了 T，简直同命运打仗，不对。况且路路还想出洋呢！等美国的那免费学额弄成（路路正等着回音），路费零用，父亲早允许了的，出了洋，谁还说得定！

　　路路和小王差些订婚了。小王不远千里地到路路家去看过她父亲，还中意。只嫌他少些丈夫气概。她母亲说不要紧，将来到三四十岁，留了胡子就神气了。路路喜欢他有趣。和他一起玩，不会厌。从前他们同学的时候，两人就是在溜冰场上玩熟的。他们玩了一暑假，照了好些相。小王在照片后面，细细密密记着好些不告诉第三人的记忆。路路又说小王真心，小王矮，路路也忘了。可是，一开学，T 又来找路路。不知怎么的，T 就叫人撇不下。小王又待她这样好。真是愁死了路路。怎么办呢？留心着，这礼拜天跟 T 玩，下礼拜天跟小王玩，他们还尽吃醋，这礼拜该小王来了，可是路路心上有事，在等着 T。

　　因为上礼拜她跟 T 吵架了。也不是吵架，T 又向路路求婚，路路还是说"不知道"。路路真的不知道。T说路路耍他。问了两年总说不知道。不爱他，就别理他，大家撒开手，路路哭了。路路说："又没请你来。"T静静地等路路哭完，客客气气地向路路告辞一声，就走了。T总是这样的，叫人又恨他，又怕他，过几天，又连连地打电话说要来（T从不肯请罪的）。路路赌气，说有事，不要他来，不过——如果骂他不要他来，他还来，不显得他更真心？所以路路在等。

第二天风更大了。路路没精打采，胭脂也懒擦，胡乱抹些粉，也不穿高跟，随便穿双青缎面薄底绣花鞋儿，懒洋洋地下楼去弹琴。不想才下了半楼，就看见T高大的背影，在和林妈说话。他来了，路路倒又不高兴见他。扭转身想上楼，林妈却嚷了出来："可不是张小姐下来了！"接着T也回过身来，路路想起前星期的事不免又生气，咬着嘴唇，用那双善于瞪人窘人的大眼，瞪了T两眼，无限委屈似的一步步挨下楼来。

T冷冷地说："有事吧？"路路不理，两人默然进了会客室，路路坐下看着地毯，T坐在旁边看着路路的侧面，大家不说话，窗外呼呼的大风，震得窗户格楞格楞响。路路心想，小王为她摔掉了牙，满脸紫肿得不能见人，自己却陪

T玩，心上七上八下的不安宁。面对着这一个，却觉得对不过另外一个。心上一乱，胃里又隐隐作痛。路路委屈地想："你说我要你，你知道我为你们流了多少泪，吃不下饭，睡不着觉。我说胃痛，你还笑，说我是孩子，哪来这大人的病……"T的脚尖在地毡上按拍子点着，路路回过脸，T的目光正锋利地射着她，路路最爱他的眼睛，会说话，也顶怕他的眼睛像一根冷刺，不易拔掉。因此避开目光，垂下眼皮弄手绢儿，T偏会赌气，尽看她，尽不说话，路路更怕他不说话，也不肯照旧例开口问声"看我什么"，心里乱乱的，小蚂蚁各处爬浑身不自然。

又是林妈推门进来："张小姐，王先生电话。"

路路站起了身子。T是醋罐子，也站了起来。

"对不起，打搅了。"拿起帽子，一躬身，一阵风走了。

路路满肚子气，手抖抖地拿起听筒，对方却是女子口音，是小王的表妹代打的，怒冲冲的声音，通知路路小王在发了烧，又气急声促地问："小王摔得那么狠，怎么回事儿？"

"怎么回事儿！我知道么！"路路大怒，砰一声按上听筒，愤愤地上楼去躺着生气。

T却不回来。"有这种没道理的人，巴巴地冒风出城来，一句话不说又走了。这一走，一辈子也别再来！——只怕真的不来了。"路路越想越恨，又怨T无情，又愁T真的从此不理她了。想起这位小王的表妹，恨得牙痒痒的，暑假造谣说她跟小王订婚了，说她爱小王有钱，大概是她，一定是她。这会子，又要她城里赶来，管闲事讨好。

不到五分钟，林妈又来了。送了一个纸条儿，小王在医院写的。请路路去看看他。路路想，也许那表妹没走呢；也许T回来呢？可是不能不去，路路起来拢拢头发，抹了两颊黄胭脂，失魂落魄地撞了出去。

那表妹已经走了，小王靠在软枕上，拉路路在床头矮凳上坐下。捏住她的手，喃喃不清地诉苦。路路看他没了门牙的嘴，紫肿的唇，颊上贴了橡皮膏纱布，这张脸越发显得可笑。小王数落着抽抽噎噎地哭起来了。简直像个孩子，怪可怜的，可是路路又忍不住要笑，又觉得害羞。又怕给人撞见，怪不好意思的。看看他哭，觉得自己心太硬。挤挤眼睛半滴水也没有，路路心上抱歉。好容易小王不哭了，路路忙倒给他一杯白水吃。小王接了杯子，感激地望着路路笑了。两人很快乐地消磨了一个上午。

　　回来问问林妈，T竟没有再来，等他电话，也没有。一天，两天，毫无音信，一个铅锤子搁在心上，挪移不开。小王走，也没送。第三天，才接到T寄来双挂号的小包。路路脸色一变，拿了包飞跑上楼，锁上房门。完了！一切完了！T把她的信都退回来了。拆开看，果然。英文信中文信总共一二十封。路路不爱写信。写，也只寥寥几语。看看信全在里边了。路路心直往下沉。身子疲软。伏在枕上，呜呜咽咽哭起来。想起许多亲密的往事。T粗暴得可爱，奇怪的，他又能体贴入微，去年病后回家，T替她整理小皮箱：包药棉，纱布，火酒，橡皮膏，药水，药片……多么齐整，多么完备。完了，现在都完了，剩下的只是一个空空洞洞的心。大颗泪珠源源不绝地滚出来，把枕头湿了碗大一块。起来照照镜子，可怜，几天来寝食不安，脸都黄瘦了。T丢了她！不理她了！失恋，悲剧的主角……路路对着镜子，又悲泣起来。泪痕满面地翻开那些金边洋信纸，看见自己写的称呼，又忍不住滚下泪来，狠心的T！路路由怨而恨，拿出T的小照，剪个粉碎。两张大的却舍不得剪，叹了一声，塞在抽屉底里。可怜路路，什么也不想吃。

　　明天是假期，路路清早就起来，洗了脸，对着镜子，擦了两层粉，细细地匀上胭脂，画好眉，涂了口红，换一件深红绒袍，进城去看表姐。表姐同 T 是同学，T 和路路认识，就是表姐介绍的。

路路到了表姐那儿，表姐照例打电话找 T，T 冷冷地回说有事，路路又生气，怪表姐打了电话。盘问路路又是怎么回事，路路就瞪着大眼生气，再打电话给 T，回说有事出去了。表姐没办法，回房和路路对坐着闷闷地嗑瓜子。

一会儿，老妈子上来通知，T 在会客室等着她们。表姐笑着把路路拉下楼，推进会客室，自己不进去，站在门口，听见路路抖声说："我不懂，你算什么意思？"接着听见 T 轻轻过来，关上门。表姐就回房，写自己的情书去了。

好久好久，路路很轻快的脚步上楼，小鸟儿似的飞进房来，两颊红晕，嘴角抖着余笑，问她话，支支吾吾地不肯说。躺上床去装睡，半晌，路路坐起来，告诉表姐，明天要回家。

"回家？"

路路笑着点头，表姐对她看了好久，疑疑惑惑地说："反正也弄不明白你们的事，几时出来？——请我们吃蜜糕咧？"

路路嘴角往上一卷，满脸甜笑。停一会儿，很正经地说："家里通不过，我不出来了。"

表姐笑了。"别装腔，姑夫什么不依你，姑母不赞成，也不过嘴里说。你一定要，他们又怎么！况且他们也没见过，见一见，保管越看越有趣呢！不过，哼，路路，你的洋可出不成咧！"路路认真了，张大了眼。表姐忍笑说："少瞪眼吧，回头出了洋，把那群留学生都瞪糊涂了，把你当作奶油咖啡糖，分分吞下肚去！可不是 T 要不敢放你出洋了！"路路心上快活，啐了一声，又卷起嘴角笑了。明天 T 要送她上车，约定到家就写信。

晚上八点，路路回宿舍。林妈说王先生空来了几趟，留下两包东西送她。路路把东西拿上楼，打开看看，一包是一匣糖，另一包是一大块百果糕。都不想吃。路路先去洗了脸，换了衣裳。想想明天回家，这块糕还是送人吃了吧，取下交给林妈，叫她搁在厨房，明天蒸了请赵小姐、钱小姐吃。她明天要回家呢。正说着，林妈向她身后努嘴，一回身，原来是小王站在背后摆手，一脸的笑。

"路路你好！约定了今天吃饭的，怎么躲了？"小王嘴已不肿，只是牙没镶好，说话有点漏风。

　　果然，怎忘了？路路不好意思，瞪瞪眼说："谁答应你了？人家有事。"说着话，两人已进了会客室。

　　"研究 $C_6H_{12}O_6$ 去了？"小王话里酸酸的。

　　路路瞪了他一眼："我找表姐！"

　　"你明天回家呢？"

　　"谁说？"

　　"才将你不是在说？"

　　路路不能赖。忍笑把脸一板："回家有事。"

　　"什么事？能问么？"

　　路路嘴角往上一卷，甜蜜的一笑："大事！"

　　"一个人走么？还是那个表姐送？"

　　路路知道"表姐"指谁，赌气说一个人走，没人送。

　　"小姐，我能送您么？"小王开玩笑，半站起，半躬着身子，两个眼睛，像讨肉吃的小狗那样。路路看他笑得鼻子眼睛都凑在一块儿，嘻着没牙齿的嘴，心里起了一阵说不出的感觉，不自主地坐得远了些。路路不耐烦地请他别送，说有赵小姐陪她进城呢。

　　"那我上车站等你。"

　　扭缠不过，路路只得告诉他上午十时车走。不过再三再四请他不要送。

小王叫路路早早睡，满脸笑容地走了。

第二天，小王一早赶进城。买了好些水果点心糖食罐头，就到车站等候。左等右等，不见路路影儿。看看钟，只差六七分了。心里焦急，又怕路路早已上了车。叫脚夫拿了东西上车厢里去找。找遍了头二等，没路路影子。难道坐三等？火车轮子已经动了。小王想，还是补票到丰台吧。于是捧了匣儿罐儿，提着两大蒲包的水果，从第一节火车找起，找到末一节。三等车里找着了一个老同学说是和路路一个汽车进城的，看见路路在×大学下的车。×大学！可不是去看Ｔ了。小王细细一想，恍然大悟。一抖气，也不下车，直接回××去了。

路路是下午五点车动身的。

回家以后，父亲母亲都很奇怪，路路也不知道怎么开口，只说赶回家过旧历年。一转眼，一星期过去了，路路也不知道怎么写信告诉Ｔ，愁得没办法，幸亏Ｔ连来了两封信，母亲看见了×校的信封就问："你还跟那个化学生来往么？"这样谈起了这问题。

父亲还是上次的见解，女儿如看清楚了喜欢谁，他并不反对。只是不要糊糊涂涂地为这件事着了迷，分不清好坏。母亲也这样说。母亲说那种男人会迷人的，迷昏了，觉得他一举一动都是好的。将来看穿了一辈子受气，况且路路是吃用惯的。那次手边没多带钱，没让路路吃冰，回来还发了半天脾气呢。这是一辈子的事。别昏了头，懊悔也来不及的。

路路回家了这许多天，心里清楚多了，听了母亲的话更清醒了，可不是给迷糊涂了。T有什么好？嫁他些什么？真的，越想越觉得自己糊涂了。小王的性子，就比T好得多。以前功课不错，现在做事也不坏，将来跟他一块儿过，一定顶舒服顶随心的，不像T那样硬脾气，爱使性子。路路对父亲母亲说，从此远着T了。可是他们的意思，还要女儿出去，可以和小王接近些。路路也恐怕匆匆离校人家要造她什么谣言，于是打了个电报叫表姐接，冒着冷，再不远千里地赶回学校。

车站上，只T一人在接。表姐叫他接的。T意定事情圆满，喜冲冲地一把捏紧了路路的手，埋怨她不早些日子写信。路路避开了他的目光，局促不安。T忙忙地招呼脚夫搬东西到汽车上去，扶路路上车，问她累得怎样，坐舒服没有。路路心不在焉地勉强敷衍，T只当她累得没精神了。汽车快到学校时，路路照着父亲教她的话对 T 说："请不要再来看我，那些问题都谈不到，我还要念书呢。" T 呆了。手都冷了，半晌，叹了口气，想说什么，又咽下了，脸上结了一层冰，两人都沉默。直到车停，T 帮她搬出东西，强笑着点点头说声再会，转身就走了。

路路心上不安宁，再想想，多少事也对不过小王。也许和小王好不上了。回到房里，却想不到桌上信堆里赫然有小王的笔迹。"一定埋怨我车站迟到了。只说我误了车。"微笑着拆开信封。怪极了！怪极了！真有这事？小王和他表妹订婚了。真不要脸的贱东西，抢人家的！怪道要造人谣言。路路恨恨地拉起通知帖儿，一扯几块："人心是这般难测，怪道父亲说我太老实。"又气又羞又恨，路路愤愤地滚出泪来。想想方才 T 的细心体贴，想想方才对 T 说的话，十分懊悔，不该早说的。T 的脾气决不会再来找她。路路觉得浑身没了着落，吊在半空中。定定神，再细细想想，越觉得无边无际的空虚，思前想后，活着只是没趣。路路怔怔地坐着，心上压得重重的，长叹一声，再把桌上的信一一过目。

路路的手指又抖了。美国来的信，呀！××大学的免费学额成功了，路路快活得心怦怦跳。对镜掠掠头发，照照自己的脸，镜里一对大眼，似笑非笑地瞪着自己。好像不懂事地那样瞪着。能瞪得明白的人也不懂事。路路嘴角往上一卷。满脸甜笑。"路路，不用愁！""有什么可愁的？"

路路笑着，轻轻地叹了一口气。

九月十九日

一个戴水獭皮帽子的朋友 ‖ 沈从文

　　我由武陵（常德）过桃源时，坐在一辆新式黄色公共汽车上。车从很平坦的大堤公路上奔驶而去，我身边还坐定了一个懂人情有趣味的老朋友。这老友正特意从武陵县伴我过桃源县。他也可以说是一个"渔人"，因为他的头上，戴的是一顶价值四十八元的水獭皮帽子，这顶帽子经过沿路地方时，却很能引起一些年轻娘儿们注意的。这老友在武陵地方做 ×× 旅馆的主人。常德，河洑，周溪，桃源，数十里路以内吃四方饭的标致娘儿们，他皆特别熟悉；许多娘儿们也就特别熟悉他那顶水獭皮帽子。但他自己说，使他迷路的那点年龄业已过去了，如今一切皆满不在乎，白脸长眉毛的女孩子再不使他心跳，水獭皮帽子也并不需要娘儿们眼睛放光了。他今年还只三十五岁。十年前，在这一带地方凡有他撒野机会时，他从不放过那点机会。现在既已规规矩矩做了一个大旅馆的大老板，童心业已失去，就再也不胡闹了。当他二十五岁左右时，大约就有一百个女人净白的胸膛被他亲近过。我坐在这样一个朋友的身边，想起国内无数中学生，在国文班上读《桃花源记》，真觉得十分好笑。同这样一个朋友坐了汽车到桃源去，似乎太幽默了。

朋友还是个爱玩字画也爱说野话的人。从汽车眺望平堤远处，薄雾里错落有致的平田，房子、树木，皆如敷了一层蓝灰，一切极爽心悦目。汽车在大堤上跑去，又极平稳舒服。朋友口中糅合了雅兴与俗趣，带点儿惊讶嚷道："这野杂种的景致，简直是画！"

"自然是画！可是是谁的画？"我说，"大哥，你以为是谁的画？"我意思正想考问一下，看看我那朋友对于中国画一方面的知识。

他笑了。"沈石田这狗×的，强盗一样大胆的手笔！"

我不能同意这种赞美，因为朋友家中收藏了一个沈周手卷，出处是极可怀疑的。说句老实话，当前从窗口入目的一切，潇洒秀丽中带点雄浑苍莽气概，还得另外找寻一句恰当的比拟，方能相称啊。我在沉默中的意见，似乎为他看明白了，他就说："看，牯子老弟你看，这点山头，这点树，那一片林梢，那一抹轻雾，真只有王麓台那野××

的画得出！"

这一下可被他"猜"中了。我说："这一下可被你说中了。我正以为目前风物极与王麓台卷子相同；你是有他的扇面的。因为它很巧妙地混合了秀气与沉郁。又典雅，又恬静，又不做作。"

"好，有的是你这文章魁首的形容！……"接着他就使用了一大串野蛮字眼儿，把我喊作"小么牛"，且把他自己水獭皮帽子向上翻起的封耳，拉下来遮盖了那两只耳朵，于是大笑起来了。仿佛第一次所说的话，本不过是为了引起我对于窗外景致的注意而说，如今见我业已注意，他便很快乐地笑了。

他揢着我的肩膀很猛烈地摇了两下，我明白那是他极高兴的表示。我说："牯子大哥，你怎么不学画呢？你一动手，就会弄得很高明的！"

"我讲，牯子老弟，别丢我罢。我只会画妇人的肚皮，真像你说'弄得很高明'的！你难道不知道我是个什么人吗？"

"你是个妙人！"

"绣衣哥，得了，什么庙人寺人，谁来割我的家伙？我还预备割掉许多男人的家伙，省得他们装模作样，在妇人面前露脸！"

这个朋友言语行为皆粗中有细，且带点儿妩媚，真可算得是一个妙人！

这个人脸上不疤不麻，身个儿比平常人略长一点，肩膀宽宽的，且有两只体面干净的大手，初一看可以知道他是个军队中人物，但也可以说他是一个绅士。他从三龄起就欢喜同人打架，为一点儿小事。不管对面的一个大过了他多少，也一面辱骂一面挥拳打去。但人长大到二十岁后，虽在男子面前还常常挥拳比武，在女人面前，却变得温柔起来，样子显得很懂事怕事，到了三十岁，处世更谦和了。生平书读得虽不多，却善于用书，在一种近于奇迹的情形中，这人无师自通，写信办公事时，笔下却很可观了。为人性情又随和又不马虎，一切看人来，在他认为是好朋友的，掏出心子不算回事；可是遇着另外一种老想占他一点儿便宜的人呢，他就完全不同了。因此在一般人中，他的毁誉是平分的；有人称他为豪杰，也有人称他为坏蛋。但不妨事，这人才真是一个活鲜鲜的人！

十年前我同他在一只装军服的船上，船当天从常德开头，泊到周溪时，天已快要入夜了。那时空中正落着雪子，因为

惦念到岸上的一个白脸庞女人，他便穿了崭新绛色缎子的猞
猁马褂，从那为冰雪冻结了的木筏上爬过去，一不小心落了
水。待到努力从水中挣扎上船时，一切皆已为水弄湿了。但
他换了一件新棉军服外套后，却仍然很高兴地从木筏上爬拢
岸边，到他心中惦念的那个女人身边去了。三年前，我因送
一个朋友的孤雏转回湘西时，就在他的家中，看了一整天他
的藏画。他告诉我，有幅文征明的山水，被一个妇人攫走，
到后一问，才知道原来他把那画卖了三百块钱，为妇人挂了
一次衣。现在我又让那个接客的把行李搬到旅馆中来了。

　　见面时我喊他："牯子大哥，我又来了，不认识我了吧。"

　　他正站在旅馆天井中分派用人抹玻璃，自己却用手抹
那顶绒头极厚的水獭皮帽子。一见到我就赶过来用两只手同
我握手，大声说道："嗨，嗨，你这个牯子又来了，妙极了，
使人正想死你！"

　　"什么话，近来心里闲得想到北京城老朋友头上来了吗？"

　　"什么画，壁上挂。当天赌咒，天知道，我正如何念你！"

　　这自然是一句真话，粮子上出身的人物，说谎原皆被
看成为一种罪恶的。只因为他花了四十块钱，买得一本倪元
璐所写的《武侯出师表》，他既不知道这东西是从岳飞石刻

《出师表》临来的，末尾那颗巴掌大的朱红印记，把他更弄糊涂了。照外行人说来，字是极其"飞舞"的，四百也不觉得太贵的。他可不明白那个东西应有的价值，花了那么一笔钱，从一个退伍军官处把它得到手，因此想着我来了。于是我们一面说点十年前的野话，一面就到他的房中欣赏宝物去了。

这朋友年轻时，是绿营中上过名册守兵名分的巡防军，派过中营衙门办事，在衙门中栽花养金鱼，后来做了军营里的庶务，又做过两次军需，又做过一次参谋，时间使一些英雄美人终归成尘成土，把一些傻瓜坏蛋变得又富又阔；同样的，到这样一个地方，我这个朋友，在一堆倏然而来悠然而逝的日子中，也就做了武陵地方一家最清洁安静的旅馆的主人，且同时成为爱好古玩字画的风雅人了。他既收买了数量可观的字画，还有好些铜器与瓷器。收藏的物件并不如何稀罕。但在那么一个小地方，在他那种情形下，能力却可以说尽够人敬服了。若有什么雅人由北方或由福建广东，想过桃源去看看，从武陵过身时，能泰然坦然把行李搬进他那个旅馆去，到了那个地方，看看过厅上芦雁屏条，同长案上一切陈设，便会明白宾主之间实有同好。这一来，凡事皆好说了。

还有那向湘西上行过川黔考察方言歌谣的先生们，到武陵时最好也就是选到这个旅馆里下榻。我还不曾遇见过什么学者，比这个朋友更能明了中国格言谚语的用处。他说话全是活的，即便是浑话野话，也莫不各有出处，言之成章。他那言语比喻丰富处，真像是永无穷尽。我在那旅馆中住下，一面听他詈骂用人，一面使我就想起在北京城圈专编大辞典的诸先生，为一句话一个字的用处，把《水浒》《金瓶梅》《红楼梦》以及其他小说翻来翻去，剪破了多少书籍！若果他们能够来到这个旅馆里，故意在天井中撒一泡尿，或装作无心的样子把脏东西从窗口抛出去，或索性当着这旅馆老板面，做点不守规矩缺少理性的行为。好，等着就是。你听听那做老板的骂出几个稀奇古怪字眼儿，你会觉得原来这里还搁下了一本活字！倘若有个经济社会调查团，想从湘西弄到点儿材料，这旅馆也是最好下榻的处所。因为辰河沿岸码头的税收、烟价、妓女以及桐油朱砂的出处行价，各个码头上管事的头目，他知道的也似乎比别人更清楚——他懂得多哩，只要想想，人还只在二十五岁左右，就有一百个妇人在他面前裸露过胸膛同心子，这是一个如何丰富吓人的经验！

　　×　×　×

　　只因我已十多年不再到这条河上，一切皆极生疏了，他便特别伴送我过桃源，为我雇小船，照料一切。

　　十二点钟我们从武陵动身，一点半钟左右，汽车就到了桃源县停车站。我们下了车，预备去看船时，几件行李成为极麻烦的问题了。老朋友说，若把行李带去，到码头边叫小划子时，那些吃水上饭的人会"以逸待劳"，把价钱放在一个高点的，使我们无法对付。我们若把行李寄放到另外一个地方，空手去看船，我们便又"以逸待劳"了。我信任了老朋友的主张，照他的意思，一到桃源我们就把行李送到一个卖酒糟的人家去。到了那酒糟铺子，拿烟的是个四十岁左右的胖妇人，他的干亲家。倒茶的是个十五六岁的白脸长身女孩子，腰身小，嘴唇小，眼目清明如两粒水晶球儿——说是干女儿呢。坐了一阵，两人方离开那人家洒着手下河边去。在河街上一个旧书铺，一幅无名氏的山水牵引了他的眼睛，二十块钱把画买定了。再到河边去看船，船上人知道我是那个大老板的熟人，价钱倒很容易说妥了。来回去逼船总写保单，取行李，一切安排就绪，时间已快到半夜了，我那小船明天一早方能开头，我就邀他在船上住一夜。他却说酒曲铺子那个十五年前老伴的女儿，正炖了一只鸡等着他去消夜。点了一段废缆子，很快乐地跳上岸匆匆走去了。

他上岸从一些吊脚楼柱下转入河街时，我还听到河街上哨兵喊口号。他大声答着"百姓"，表明他的身份。第二天天刚发白，我还没醒，小船就已向上游开动了。大约已经走了三里路，却听得岸上有个人喊叫我的名字，沿岸追来，原来是他从热被里脱出赶来送我的行的。船傍了岸。天落着雪，他站在船头一面抖去肩上的雪，一面质问弄船人，为什么船开得那么早。

我说："大哥，你怎么的，天气冷得很，大清早还赶来送我！"

他钻进舱里笑着轻轻地向我说："牯子老弟，我们看好了那幅画，我不想买了。我昨晚上还看过更好的一本册页！"

"你又迷路了吗？你不是说自己年纪已老了吗？"

"到了桃源还不迷路吗？自己虽老别人可年轻！牯子老弟，你好好的上路吧，不要胡思乱想，回来时仍住到我的旅馆里，让我再照料你上车吧。"

于是他同一匹豹子一样，一踪又上了岸，船就开了。

这年头 ‖ 隽闻

民国二十二年春天，就异常风调雨顺。黑丑怀了满腔的希望，向人借了三十元的行息钱，和邻家搭伙买了头牛，又买了把锄，两把镰，打算好好地耕种他那屡因荒歉所卖剩下的几亩田。

麦收非常丰登，可惜麦价跌落了——去年一斗价一元三角多，今年卖不到七角。黑丑原来还满希望着把麦子粜去还债呢，这一下子，可把他吓呆了。

"麦子不值钱，大秋值钱也行；粜了高粱小米去还债，留着麦子自己吃……"黑丑就这样，把希望又移到秋收上去了。

秋收仍然非常之好，可以说是十成年头。但是五谷杂粮，样样都跌一半价格。

借的债不能不还，就是家常日用也全是没有洋钱不行：畜口捐，兵差，完下忙的钱粮，油盐……他使着车，载着麦子，赶了好几回集，价钱不用提，贱卖也没有主户收。几次上集，倒给了他老婆小翠一个方便，她坐到集上，一下车就向各处串去，到晌午还不回来。黑丑舍不得在集上吃顿午饭，每集早晚赶回家里来，自己做饭吃，可是他老婆小翠，直到傍晚，才从集上趵回来。

他娶过小翠来也不是一年半载了，谁还不知道谁的性情。不用说，他不敢管她；就管也管不了，黑丑老实得一句责骂人的话都说不出来，光知道低着头子傻干活；小翠呢，就能说能道，没理也说出八分理来，一嚷嚷半截街都听得见——这样成习惯后，人也不笑话她，她也就不知道害臊了。秋忙的时候，她既从不卖力气干活，见了新下来的瓜果，还得先尝一尝新。

本区警官李文虎，是这个村子里的人。村人都传说小翠和李文虎姘着，可是黑丑也从没有眼见她和李文虎有过什么，不过从一逢赶集就胡逛的行为上，已起了些疑问：女人有什么事，老往集上跑？他的闺女大云虽然出嫁了，也不断同她娘赶集逛庙；黑丑觉得这很不对，得有个办法。总想责骂她一次，但是自己的老婆还管不了，哪能再管自己的女儿呢？一想到这里，他就万事皆休，什么也不愤恨了。

　　为着得筹点现钱，黑丑每天都很发愁，抽着旱烟，坐在屋角隅里，一坐就是一天。小翠很少在屋里，不是到别人家去斗纸牌，就在街上和一群妇人，说东道西。忽然有一天，她向他提议道："咱们蹾下去等运气，不如开个茶铺吧。"

　　"好人家谁干这个！"黑丑抽了一口烟，思索了会儿，才这样答着。

　　"什么好人家不好人家，穷摆架子！开个茶铺，是丑事吗？你看村东头三疤瘟老升，开了个茶铺，弄得够吃的，够花的，比什么不强！"

　　黑丑惹不了她，就不言语了。

　　"咱们用自己的房子，凿个向街门，还可以卖点大碗面，米面又是自己的，获鹿煤也不值钱……"小翠把她的大计划，一直说下去，末了说："闲着没事做的人，到茶铺里来喝碗茶，斗个小牌……每月可弄不少的水钱头钱……"

　　"好人干不得，招惹是非！"

　　"什么干得干不得？来的都是老乡亲，什么招是惹非……得了够了，你不干我干。"

　　黑丑抽着旱烟，很老实地望了小翠一眼。小翠说："反正越和你商量越不行。来，咱们想法子盘个炉灶……明天我就到集上赊煤买碗去……"

黑丑不赞成这件事，就以沉默来反对她。她倒会张罗。不管丈夫怎么样，找了两个邻人帮忙，一切按着她的指挥，当天就动工了。

两天之内，一切都弄成了。黑丑一看这事，是不能不同意了，觉得很生气，不愿意在家里坐着，就到他邻居双起婶家闲坐去了。双起婶是明事守本分的人；黑丑早就信仰她，有什么想不开的事，便向她说道一番。可是这女人虽明理却无好运气，丈夫在关外做买卖，以往隔三四年回一趟家，现今关东被日本占据了，音信不通，她丈夫的生死也不明白。手下有一男一女，年纪还都很小，又赶上年月不好，吃的不缺，现钱却无一个。她家里有几亩地，因为人少，多半由黑丑帮忙耕种。这天黑丑来到她家，就将他老婆要开茶铺的事情，向双起婶说了说。

"咳，这年月，什么也论不得……"她劝他道，"花钱的道多了。挣钱的道没有了。种地人是半年辛苦半年闲。前些年，女人家还可以纺纺线；男人就织布，或是做点小手艺，现在呢？……光在家里闲着，也不是事……"

"做这玩意，不招惹是非吗她？还……她还……"黑丑想提到另外一件事情上去，找不出合适的话语，便叹了一口气，把烟杆塞进嘴里去了。女人明白那个，便说："咳，这年头，谁也说不了谁！……"

晚上黑丑躺在床上，对于老婆开茶铺，越想越难同意，可是究竟因为什么呢，他也说不出来，只是在心理上非常厌恶。

黑丑想起了父亲传给的捆扫帚这种手艺，还可以挣点钱时，赌气第二天起了个早，也没有告诉老婆一声，就担起捆扫帚担子到外乡去了。

正在秋后，各村捆扫帚的极多。每捆一把按六个大铜子算。手脚累得发麻，到晚上挣了沉甸甸的一大堆铜子。黑丑提着沉甸甸的铜子，非常高兴。他想起父亲告诉过他，从前捆一把扫帚给二三个小钱，现在呢，哼，核一百二十个钱了。可是晚上一住店，吃了顿饭，一算账，沉甸甸的铜子给了店家一大半。他提着轻了一半的钱袋，有点伤心："这年头，挣钱容易，花钱更容易！"

天气一天比一天冷起来了，不能再工作时，黑丑一计算，三个多月才弄了十多块钱。

"十块钱，核从前的七八两银子呢！哼，可是现在，能办点什么事呢？不够还债的……"在路上，黑丑一面走着，一面便摸索着钱口袋，那样想。

到家已经是傍晚时分了。茶铺里正好非常热闹：有的围在一桌上斗纸牌，有的散坐着谈闲天。黑丑回了家，老婆似乎也很高兴，给他灌了壶茶，就在砂锅里煮面。

黑丑把担子放在院子里时，看见院子里墙上拴着一匹马。他很奇怪，就想回到屋里问他老婆。可是他刚一进屋，正巧碰他的闺女大云从屋内间提着一把水壶出来。大云说："刚到吗，爹？没有吃过吧？"

黑丑顺声从鼻孔里哼了两声，向内间瞅，警官李文虎躺在炕上，正在吸白丸。

"来吧，黑丑，抽一口吧，在外边跑得怪冷的……"警官李文虎一起身，很客气也很自然地向他打了个招呼。

"您请抽吧。"黑丑一看是他，非常的恼丧，说声就扭头到外间里来了。

老婆给灌的一壶水，还有茶叶，这是黑丑从幼很少享受过的幸福，所以连喝了几杯，嗓子里感到非常滋润。茶一喝足，面条也熟了；香油珠在汤面上浮游着，吃了一口，便觉得比家常做的小米或高粱粥有味得多，适口得多。

屋子里很暖和，再加上吃了点面，黑丑身上就非常温暖舒畅了。老婆问他这次出门一共挣了多少钱时，他害怕这十几块钱，一来就得被老婆胡花了，所以一面说出数目，一面就说明用处："不行，才十块多钱，不够还债的。麦子价小也得粜，行息可真把人吃苦了，好，借十块钱就是三块的利钱！"

"你挣了十块钱吗？行了，够还债的了。麦子哪能粜呢，自己还磨了，卖大碗面呢！"她说时，非常有把握，非常畅快。

黑丑以为她在瞎吹牛，就不相信。肚子里也饱了，身上也暖了，可是看着他老婆和女儿，在汉子群里，走过来走过去，又灌开水又谈笑，感到非常不痛快，非常恼丧："这还成什么样子，这简直是在我脸上抹灰！"

不管身体上多么舒服，精神上却感到异常地受侮辱，他看不惯这种情形，回家不久，就又到双起婶家里去了。

双起婶因为丈夫仍然没有音讯，家中又没有钱用，正在每天愁闷。他们俩就相对发牢骚。双起婶现在非常地佩服他老婆小翠了，时常在口头上带出这样话来："你不能再说她怎么不好了，她也真算个能人。你看看，她开这个茶铺，又卖大碗面，又卖杂货，弄钱不少呀！"

"倒是能弄点钱，不过，太不好看。"

"那有什么不好看，不是因为咱穷吗？欠人家的必得还人家，好看中什么用？"

"老乡亲们不笑话吗？"

"笑话什么。他们白借给咱钱用吗？现在反正弄得很富裕，欠债能还上；他们笑话人家，不是白费吗？"

黑丑以为双起婶是在说与她不相干的现成话，来安慰他。所以心里仍然不畅快。沉思了一会儿，抽了一锅旱烟，才说道："她这样，还不要紧：老了，脸皮厚了，人也不说闲话了，可是……大云又跟着她学，像干什么的？"

"咳，这年头，难说呀！"说到这里，双起婶沉思了一会儿。"在从前，春冬两闲的时候，女人家都纺线织布，一来能占住了她的心，二来能自己积攒点钱。可是现在呢，人都学得好吃好穿了。若是娘家没钱，丈夫也没钱，自己又没来钱的道……自己爱点讲究……也真没有办法呀。咳，这年头，什么事也难说了……"

黑丑一想，像双起婶那样明白的人，都说没有办法。自己这样的土瘪，受了一辈子老婆的气，到现在还会有办法吗？所以只好不管，装傻装瞎吧。

在乡下，茶铺是一个村庄的文化中心和政治争论处。到了秋后，麦子播了种，秋庄稼收讫时，天气就渐渐冷起来了。地里的活不能做，家内手工业也渐渐消灭了。正是农人最闲暇的时候。平常农人家里是不生火炉，终日冷清清的，老婆子的炕头也坐厌了，闲得难过，就到茶铺里来。茶铺虽然也不过是几间旧土房，里边摆着几张肮脏方桌，几张板凳；只是因为生着火炉，满屋热气暖人，就是一村里最幸福的处所了，有钱爱花费的人，固然买点零嘴，喝壶茶，或是烫二两白干酒，就是一个铜圆也不肯花的人，也可以在里边一坐半天。村中管事的大爷们，成天在这里，没有事时，斗纸牌；有事时，就在里边商量，且在此办公。区官区警来发公事或找地保时，也都先到这里来。村里有什么事，县衙门里派什么差捐，就先从茶铺里传布出去。不但乡下的闲事，就是国家大事，海外奇闻，也都是先有村中能人在这里一说，或是拿着张旧报，囫囵吞枣地一念，才渐渐地传播到各家去的。或是从京城大埠刚回来了一个小商人，来的或只是一份报纸，也能在这沉滞的空气中，掀起一个波浪，使得人人都睁圆了眼睛，聚精会神地努力去领略这新闻。可是不到旧历年底，很少有人回家乡；向村中寄报纸的更是罕见。所以，一件旧事，便照例翻来覆去地不知道重提多少次，大家也不觉得烦厌——说的俨然第一次述说新闻，而听的也照例俨然第一次听到。各人皆为这种叙述兴奋。

"我说，×××为什么来到北方呢？"一个在北平古董店内当过伙计的老头子，为着表示他自己的见识，在大家没有话时，他就常懒洋洋的，好像自言自语地那么说。

"为着打小日本，是不是？"一个人明知道他要说的是什么，用力抑制着要涌出来的喷笑，故意那么驳他戏弄他。

"没有的事，没有的事，他是奸臣，他已经和小日本勾结了！他是来盗皇宫里的宝贝呢。哎呀，皇宫的宝贝可真值钱了！聚宝盆……通天宝……哗！……"曾干古董店的老头子，说时，眼睛得很圆，表示极可惋惜的神气。

刚才故意驳他的那个人忍不住地喷笑出来了。

"南蛮子偷风水，盗宝，一点也不假，老人说过的话都灵验了……"一个白胡子老头，吸着旱烟，正正经经地说了这话后，便长叹了一声。

"听说小日本，还要来占咱们这地方呢！"一个国术团的年轻人插上嘴说。

"一定占，一定占。咱们下棋的时候，都写'两国交兵，黄河为界'，这也应验了，日本兵一直占到黄河。老人们嘴头上说的话，没有不灵验的！"这白胡子老头子，一遇机会，便发挥他的议论，决不会放弃过去。"……常说：'俺的钱上不得串吗？'你看看现在的铜子，上得串了吗……"

"当亡国奴可不行。所以咱们非练国术不行！"这个国术团的青年，说话时，指手画脚的像摆什么拳术架子。

"反正谁来了，也得完粮上捐！"

这样那样说下去，结果提到完粮上捐，许多人的幻想便消灭了。

假若警官李文虎偶尔来到这茶铺里憩一会儿，大家就非常高兴地围近他，睁大了眼睛看着他，渴望他向大家述说什么新闻，或县衙门的公事。第一，警官李文虎是本村人，所以才敢接近他；第二因为李文虎是做官为宦的，不是平凡人，所以他的一言一动，都是不可忽视的。

这一天因为黑丑觉得肚子作痛，他老婆小翠给他熬生姜红糖水。在茶铺里坐着的人，闲得怪难过，就和她开玩笑："小翠，你看你，是怎么回事呢……不知道吗，小翠……不小心，还让你黑丑吃冷东西。"

"来你娘的吧！"小翠不害羞地和他们斗嘴。

草帘一掀，警官李文虎脸上冻得通红，撞进来了。

"哼，刮了一阵什么风，把你刮来了？"小翠回过头去，笑着高声说。

"风头不好，刮的是地界……"李文虎也笑嘻嘻的。

"请坐，请坐，天气很冷吧？"

"从哪里来呀？"大家都向他打招呼。

"北集。"李文虎一面脱他的老羊皮军装大衣，一面顺口答道。

"北集那家卖白丸的，听说发洋财了。"

"那是，"李文虎很肯定地说，"这洋财可发老了！"

"他们也得花给你们个钱吧？"

"多少花个吧。"李文虎只有谈到这种事，口气才假作客气。

"县衙门里也不捉拿他们吗？"

"省里，人都花钱买通了。好，小县官敢惹人家？县官有为难的地方，都找人家！"

"你别看行道不好。赖汉子还是干不了呢。"

"那是。"李文虎的口气，非常坚定；他一提到这话，身子同口气一齐用劲，"人家他二哥在武备学堂毕过业，又到过东洋，在天津干这玩意，弄了好几百万呢，家里干的是他三兄弟……好，他的同窗，当师长当军长的，做主席的，不知道有多少！"

小翠熟悉他的习惯；他一进门，她就给他预备烟具去了。一会儿，小翠把一个油光头从门边一晃："来吧，来吧，快来抽吧，别再过一会儿，腰也直不起来，光流清鼻涕了！"

"嘻嘻。"李文虎向大家一笑，往内间去了。

等着他抽了几口，精神焕发时，她才问道："你和北集那一家，熟吗？"

"熟。我常到那里去。"李文虎说话时，烟气就喷涌出来。

"他既是那样发财，你给黑丑在他那里找个事，行不行？多了不敢领情，一年若能挣个四十五十的，也比他啃地皮做庄稼汉子强多了。"

"你别看他那样发财，对付他的下边的人，可狠多哩！在局子里肯花钱，那是不得已呀！"

小翠失望，沉默了，看着他的烟灯。

"我想起来了，那么办吧，"李文虎忽然放低了声音，"你卖这玩意，我在那里给你说句话，可以先赊着，好不好？卖这个，利钱可不小呀！"

小翠沉思了一会儿，赞成了，可是，却故意说："不犯私吗？"

"有公就有私。"

"若来捉人呢？"

"我不派别人来，我亲自出马。"

"贼小子！"

他俩开心地大笑了。

小翠到外间去提开水时，看见丈夫黑丑好像肚子还在痛，弓着腰坐在炕上不动。她问道："喝了姜糖水，肚子还痛吗？"

警长在里边听着了，就说："肚子痛吗？来，来，抽一口管保你好了。"

"不用，不用。"黑丑低声拒绝着。

"就抽一口吧，反正不花钱，省得肚子再痛。"

小翠说时，就将黑丑往里间拉。他半拒半随地到了里间，躺在灯旁；李文虎弄好烟泡，给他用签子拨着。

"行了，行了。"黑丑吸了一口，就想不再吸了。

"一口不行，不管事，倒坏事，再来一口。"

李文虎哄骗着，又让他吸了一口。

黑丑吸了第二口，赶紧跑到外间，松了一口气，他肚子里，果然不痛了，可是头脑有些晕，浑身舒服得发酥。心里想：“这真怪，这真怪。”

黑丑又跑到双起婶家里去，出门时却自言自语：“这年头，他妈的，警官的事也轮到了我！”他知道双起婶也同小翠是一样的人了。

黑丑在这茶铺里。除了担水之外，就拉风箱。他常常一面慢慢地拉着，一面慢慢地想那些他不明白的事情。

有时，年轻的男子们，坐在他旁边的板凳上，瞎谈胡论，谁和谁姘着，谁给谁拉皮条，从中赚了几块钱……

“我说这娘们怎么焦黄像个梨呢？一打听，原来她和她娘到石家庄混事去了，还向人家说是到她姨家去了呢……”

“我说他怎么穿得那么讲究呢？原来……”

“我说她怎会走了运，原来……”

黑丑一听到他们谈论这类事，就有些心虚，恐怕再谈到自己身上，不安地赶快走开，心里却仍然想着个念头：“咳，这年头，真是，这年头！”

因为白丸制造时极费工夫，而且一般人吸时也很麻烦，白面于是盛行了。将烟卷在桌上顿顿，顿得有那么一节空筒，将白面倒进，烟卷朝上，点着火，一吸，就可以过瘾了。黑丑这茶铺内，随着大烟户的潮流，也代卖白面了，烟鬼们买了白面，就坐在茶铺里，一面和大家闲谈，一面从从容容地吸着。吸几口，过了点瘾，精神抖作起来时，头向着天，望着烟卷上缕缕的青烟，微笑着。

"不怕你吃，不怕你穿，就怕你烟卷朝了天！"

在旁边闲坐的人，听了这烟鬼的自咏，就大笑起来。

警官李文虎每次路过此地，进来过烟瘾时，就怂恿黑丑也来几口；黑丑每次都是在半拒半就之中用过的，用过之后，身上立时有说不出来的一股子劲儿，刺戟着他去找双起婶。可是后来，每逢要找她时，就想吸几口，抖抖精神。日久之后，不吸就身上酸软，打嚏喷，流清鼻涕了。

"你抽上瘾了，我勒死你！"小翠就这样警告他。

"抽不上瘾，抽不上瘾。只是有点肚子痛。"

到了年底，家家都感到缺钱，讨账的逼着要钱；还不上账的就向各地方躲藏。但是黑丑家除了还清借债，仍有余钱买了几斤猪肉，韭菜……预备庆贺新年了。

在乡村中，能有黑丑这样舒服日子的人，少极了。黑丑在生活上不知不觉地，一步步习染下去，但是他心理上，感到非常的不安："这是怎么回事呢？老人们哪里是这个样子！咳，这年头，真难说……咳，这年头……"

驿路上 ‖ 李辉英

费了好半天工夫，出了一身热汗，才算是掘好了土坑，把棚捍埋上了。王老头累了，累得上气不接下气地喘了一阵子，骨痛腰酸，身上怪不好受的。

"是老了。"

自言自语的他感到自己的体力已衰弱了，想一想三十多年前做长工下庄稼地时，背四斗的袋子上仓下仓，走十多级梯子，像玩着似的，那时力气的充足，比起现在，前后当真是两个人！是的，那时他是二十多岁的小伙子，人家叫他王老大，现在是六十多岁的王老头了。

天气太热了，一个老头儿是不容许劳动的，顶好坐在树阴下扇着扇子打瞌睡；然而他没有那种福分，为了生活，他是顾不得寒冷与酷热的。

到井台上打了一桶水，他就把腰里的面巾解下来，放在水里浸着，过一会儿，又拿出来，不停手地在脸上擦了一阵，然后擦胳膊，身子，擦下了一身汗垢。

精神就像增旺了一些，使得他有余暇在放下水桶之后，顺便把目光溜在左近一带的地方，浏览着，端详着。

这里是一个地势不恶的地方。北面，绵延着一条矮岭，像一幅屏障似的。西南边窜出一条小河，弯曲地奔流到东边去，河的两岸密生着低矮的林木。河水和矮岭之间的平地，是一片广大的田场，土地肥沃，每年都产出不少的粮食，只是没有王老头一点的份儿。随后，他的目光落到他的家屋上——二十多年久历风霜，抵御过雨淋雪压的两间茅草房。现在是有些倾斜了，要不是四边支着木柱，也许早已坍塌了。房上的茅草，有新的也有旧的，是儿子在春天增补的。房前边，这时候新添出来他埋好的棚杆，过些时那白棚就会搭上了。棚前面是一条驿路，沿着河的北岸，东西展长着，展长到远处的天边去。

每天总有些过路的人，背着包袱或是空着手走过他的门前，人人都被天气热得懒洋洋的，走得那样慢，仿佛两条腿有千斤重似的。

几年来，一年不如一年，他们的日子陷在穷困中，总是挣扎不出。凭他们想过了多少法子，希冀在生活上得到一些儿满足，到后总像浮云似的飘过生活的记忆去。一直到最近，老两口子才想出这条救济生活的办法来，要开一个小小的茶棚，兜揽来往行人的生意。

"一定可以赚钱的。"

起初，王老头就斩钉截铁地下着这样的断语，似乎他从历年的生活里面，已经得到一个正确的结论了。做生意，总是可以赚钱的。尤其是他们老两口子来看顾一个茶棚，可以说再合适没有的。别的笨重的工作，他们是没有气力担当的了。

老伴本来不赞成他的意见，但是也说不出反对的道理来，过后还是依从了他，把她从娘家带来的一副银镯子拿到镇上变卖了几块钱来作资本。

"就只有这点东西了。"

卖过镯子，她还硬着心肠说过这样的伤心话。这些年，她的首饰都弄净了，还亏得这样，总算换些钱来过日子，不然的话，在这两年兵荒马乱的年成，就把首饰留在家里，也难保要落在日本兵，或是当地土匪的手里去的。他们如今换钱作资本的这副银镯子，要不是她经心经意地埋在炕洞子里，也决不会保全到现在。可是只要这一回做买卖能有个小小的前途，那她是不会为这最后的财富惋惜悲叹的。她倒愿意从这上面获到一点利钱，可以补偿她这些年的损失。

开茶棚做了好些日子的生意，却少有顾客来光顾。在墙壁上贴了些红条子，写了些勾引旅客的字儿，也终是没有什么效果。

"七月的大热天，谁高兴到屋子里来坐呢？谁高兴喝滚热的茶水呢？"

有一天，王老头居然猜透了生意清淡的原因，后来就计划搭这个布棚，决定不卖水。热天走路的人都是愿意吃些凉东西的。他们就要改卖甜瓜、小米稀饭、麻花蜜果一类的零食了。王老头心里想，如果这样来生意还没有起色，那就只能说是天命使然了。

这样呆呆地站了一会儿子工夫，王老头的身上就悄悄地冒出汗珠来。老公鸡恰在这时一连叫了好几声，突破了沉热的空气。时候到了正午，王老头想起来，他该到茅屋里看看老伴把棚布缝到什么样子，就忘去了身上的沉热，顺便把面巾盖在脑袋上遮着太阳，大步走回茅屋里。

屋子里和他岁数差不多的老伴，这时候已经把白棚布缝好了，看他走进屋子里，就开口说："搭罢，布缝好了。"

她的脸上、皱纹中藏着粒粒的汗珠；她也是累了，可是她一声怨言都没有说，倒是赔着笑脸反说道："搭上棚，这回该有买卖了。"

说着，才伸手把脸上的汗抹了一抹。

屋子里虽然并没有透进多少阳光，但比外面还要热得多，幸亏南北窗是对着的，都敞开在那里，过窗风有时吹进一阵两阵，闷热的空气，才觉着好受些。

把棚布拿到手里，王老头横算竖量，打量着套上去能不能合适——这一大块白布，又费去了他们两块多钱。

过些时，他们的儿子就要回家了，他是给人家雇去铲地做大工的。两块钱的布钱，正是他从东家那里透支来的。等他回家，还好有几块工钱带来，好预备买些甜瓜，因为现在只缺甜瓜，其余的东西都已备齐了。

"那就快搭罢。"

说着话，望一望老伴的脸，王老头征求着她的意见，也可以说是下着命令。然后又说："搭完就完事了，趁天早还不兜几个客人。"

这时候，她像记起了一件事情，便突然问道："那么你把棚杆都安插好了没有？"

"就等你了。"

"呵——"

呵那么一下，老伴也不再说什么，就往屋外走去，于是两口子又在太阳底下开始消耗老力了。

天真是热，仿佛特意向他们两个老年人示威似的，尽管放散着灼灼的热气，热的两口子出了几身大汗，连短裤褂都湿得粘在肉皮子上，呼呼的气喘了大半天，才把棚布搭上一半。

"歇歇罢。"

实在累得不能支持了，王老头觉得再也不能继续工作，才有这个提议。

老伴却是一肚子的刚强。依她的性子，恨不得一口气上完了棚布才好。不过终究支持不住了，到后仍不得不听从他的话，歇下了手脚。

"歇歇就歇歇罢。"

答应着王老头的话，然后又像不信任似的说："老了，不行了；怎么老了不能做事了呢？"

王老头没有答言，懒懒地走到井台那里去打水，再用面巾沾着井水擦那满脸满身的汗水，然后，把湿过的面巾又带回给他的老伴用了。

"怎么就这样热呢？年头一年比一年荒乱，天气也像一年比一年热，咱年轻时哪是这样！"

她一边擦着汗，一边不胜今昔地说着愤慨话。

"别提从前了，从前咱们还没有这样穷呢，从前还没有胡子呢，从前也没有日本兵呀！"

他这么说完，就陪着老伴一齐坐在搭好的半面棚布下乘着荫，躲避着天上火热的太阳，人显得又懒散又疲倦。

没有风吹来，河边的树林倒垂着枝叶一动不动。狗闭着眼睛在打盹，鸭子也只知道长时间把身子浸在河水里，懒得叫上一叫，闷热，沉静，占有了这附近一带的地方。

这么热的天气，不知止住了多少行路人的腿。路人们，不知是天热或是还别的缘故，让王老头来比较比较，的确一年比一年少下去了。那应该埋怨火车，火车道没有修成的时候，这条大驿路哪一天也不缺乏车辆与过客；现在的大驿路，变成冷清的僻路了，比以前不知差了多少倍。要不然就是荒乱年头住了行人的腿，就以他开的这个买卖来论，今天是开着，营业着，但说到明天能否再继续营业，那就没有人敢下断言了；胡子，日本兵，脚步一踏上地面，什么都会变了样，两间小茅草房，只要这些人里面有人乐意擦亮一根火柴，一会儿子工夫房子就化成一片烟灰。

这时候，老两口子擦着火柴点起烟袋，抽起了旱烟。这在他们还算得上是一件可人的事情。烟可以解闷，可以解忧，还可以混过去冗长难忍的时间。可以说，在抽烟时，人可以忘记周遭的一切困苦与快乐。

从那袅袅的烟雾中，人们还可以进入一个新鲜的境界，获得意想的但又是属于空虚的暂时满足。同时，它也还可以引人沉入旧日的纷乱回忆里。

太阳歪了头，眼睛躲过棚布斜到王老头两口子坐着的地方，热气跟着就奔了过来。不耐烦的王老头把身子往旁边移动移动，后来索性就站起身子催促着老伴说："行了，把那半面搭完罢，歇着也还是免不了热。"

两个人收好了烟袋，老伴先他站起身子，紧跟着一个冒汗的搭棚工作又开始了。

人老了，手脚有时就不能像年轻时那样如意地运用。王老头在这事件上，总抱怨老伴手脚眼色的钝拙和不济事，因此，有时就发着一个老头子的脾气，但又并不显得怎样严厉，他会说："怎么，那块地方没有搭好你看不见么？"

或是这么说:"你真是不中用。"

老伴的好脾气,见过的人没有不知道的,在年轻时,他有时因为喝醉了酒或是赌输了钱,向她发泄凶焰打她嘴巴的时候,她除了逃避之外,回骂一句的事情都没有过,自然更谈不到抵抗发作了。到现在人老了,性子更好了,他尽管发些零碎的脾气,总是激不起她的气愤。她不理会他,还是不停手地做着。

可有一宗,丈夫虐待她,她可以容忍,不说一句反抗的话,生活的困迫却使她大大地发过脾气。这几年,日子一年不如一年,惹得她有一次曾经愤愤地说过这样的话:"这是怎么一回事呢,穷人老该受穷么?就不能翻翻身么?就过不到好日子了?"

还有一回她曾经暗暗地哭了半夜,生气命运为什么不肯帮他们的忙把日子过得像样一点。

不论天气怎样热,棚布终于在他们两个人的手中搭好了,歇下手时,不约而同地全叹了一口气,这里面,含有无限的容忍、激愤和悲伤的成分。好在这总算做完了一件工作,内心就像放下了一副重担,觉着松了不少。

太阳斜过棚顶的西边去了,老两口子坐在棚子下躲着太阳，不住用手抹着脸上的汗珠。面对面的两个人注视了好一会子，仿佛有什么话该说出口，但是谁都不肯轻易开口。闷着，休息着。

这大幅棚顶布，是活动的，靠着两支活动的棚杆，可以展开布面，又可以收缩在一堆，早上，晚上，只消把两枝棚杆挪动挪动，棚顶就可以搭出或是卸除了。现在，棚顶既然搭好，就只缺少棚下的桌凳一类的东西了。

头顶上有棚布遮着火热的太阳，棚的四外都敞着，等着凉风从各方面吹进来，再吹出去，坐在棚下吃瓜的人，那是再凉爽再享福没有的了。比一比棚后面的茅草房子，相差的真是两个天地。旅客一经看到这白色的棚，从远处就会打定主意歇歇腿，既经坐在凳子上，歇腿之外还可以吹到一点凉风，透透胸中的热气，先就有三分喜气添上来，那他会不自主地就要吃上一些东西的。

"搬桌子去罢。"

胡乱想了一阵子，再看一看天还早得很，王老头决意做一会儿买卖，就这样跟老伴说，老伴听从他意思，跟在他的身后，走回茅草房子里去。

堂屋里放着的长条桌，就是他们要搬的桌子，可是这东西又大又长，自然有相当的重量的，所以是两个人一人搬着一端，使了半天的力气，谁也没有搬离开地面一点点的位置。汗珠子倒像一阵小雨似的又湿遍了全身了。

搬不动呢。

"这笨东西！"

王老头上了火气，索性就把两手松开了，再跟老伴说："先拿板凳罢。"

看来这只长条桌只有等儿子回来才能搬出去；儿子原说晌午就可以回来，这多时候连影子都看不到，王老头一面往外搬着板凳走着，一面就恨起年轻人办起事来太少把握，做的事情和说的话难能是一致的。年轻人把些宝贵的工夫随随便便就耽误了。但随后他倒怜惜起他的儿子，他想到儿子在大热的天头下铲地，奔走，那比他苦多了。

等他们两个人把凳子搬完之后，就一同把身子坐在凳子上休息着，他们要吹吹凉风，好出一出胸中闷气和身上的热汗。另外，还为的要望一望将要回来的儿子。

河里面藏身的鸭子们，乱叫一阵以后，就歪歪斜斜地走上河岸，羽毛浸得怪新鲜的，懒懒的它们之中有的半闭着眼睛，走这段路像是不大情愿似的，走到两个主人的面前，它们"家家"地叫了一阵。

"喂喂去罢。"

嘱咐过老伴，眼看着鸭群跟她进院去了，王老头忽然间想起来，若是实在没有钱买货物的时候，卖去这几只鸭子，不是也能卖几个钱么。想是这么想，事实上，镇上的人，没有人在大热天来买鸭子吃，何况他还不忍心卖掉这几只动物呢。再说，这些时恐怕也没有几个人有闲钱肯买鸭子的。

这是他们一家中唯一的家畜了。去年、前年还有些鸡、猪来的，后来打了仗，义勇军，日本兵来回地追着，打着，大道旁的牲畜都被宰净了。好的吃食，像白面，粳米一点都找不到。两年来，年年夏天都是这么打着，宣统作了皇帝，还是不能使天下太平，反倒多出来遍地的日本兵。算一算，日本兵占过来之后，日子确实比从前更不好过了。

西边高粱地边上，露出来一个戴草帽担担的人，"不会是一个客人？"想到这里，王老头就着急他的搬不出来的长条桌，不然，不是可以让这个过客坐坐么。

可是，他随即想到那是没有什么关系的，他想到多余的凳子暂时可以当作桌子放些东西，因此，心里也就不着急了，一面在预备兜揽客人的话。一开头，应该先说："歇歇罢老客。"

然后再说:"吃点么?要凉的有水饭,黄瓜菜;香的有麻花;甜的有蜜果。价钱顶便宜。"

是的,说到这里可以留下客人的两只腿。他喊屋子里刚刚进去喂鸭子的老伴。

"快把东西拿出来!喂!"

一时间忙迫的样子,好像稍微迟延一会儿就会放走了这位客人似的。

但是,等老伴走了三次把东西搬完了,客人也走到棚下了,他才发现到那个客人原来是自己的儿子,担子放在棚下,装满了黄皮的甜瓜。

"哼——"

王老头也不再说什么,哼了一下,只是在暗地里埋怨自己的眼色不济事。停了好半天工夫,他才说:"瓜买来了。"

儿子穿在身上的小褂和短裤湿透了,肩膀头揪担子的地方,让扁担磨破了一个洞,肉皮子托出一片红色来。他摘下草帽当扇子扇着风,头上冒出一头的热气,随后坐上一只靠近的凳子上歇着,呼呼哧哧地喘着气,停一会儿愤愤地说:"这王八蛋!他硬说今年这个月里不能再支钱,说了好半天才算由他赊来一担瓜！"

他没有支来钱。

处处都是不能遂心如意，听了儿子这几句话，老两口子全愣住了。

儿子又说了："哪里是没有钱，何歪脖还支去两块钱呢！"

望望白布棚转过话头又说："棚搭好了。"

王老头看儿子累的那种样子，怜惜他不知说句什么话才好。仿佛儿子每喘一口气，就是放出他身上的一滴血。他怨恨老天爷不该把天气弄成这样热，故意和他的儿子为难。他只能急急催促着儿子说："去罢，到井台上洗洗脸去罢。"

儿子没有听从他的话，他看到棚下少了一张长条桌，就知道是留给他搬的主意，要先把桌子搬出来再去洗脸，因为这样来可以不耽误买卖。做父亲的依从了，不一会儿三个人就把长条桌抬到棚子里。

做母亲的随后就收拾东西，抹擦桌面，把板凳都安置好，偷空望望儿子在井台上洗脸的动作。王老头在拣选甜瓜的个头，把它们分出等级预备标明价钱。

这时候有几个旅客向东走去，过棚前时，王老头竭诚地也招待着，往棚里让座，可是，全被拒绝了，客人只知道说"这棚子可不坏"，却没有人肯破费时间坐上一坐，要他们花费一些钱，看来更是难事了。他们还那么说："趁时候还早，打算多赶几里路。"

这情形，使回到棚子里的儿子也叹了一口气。买卖如果照这样继续下去，那还能行么，赶上这荒乱年头，本来旅客就很少有，他们再不肯花费一点点钱，看来靠旅客身上赚钱的事情，怕不能像他们想象的那样容易了。

父亲、母亲、儿子三个人坐在棚子里等待着客人的光临，一直到太阳压上远山的顶尖，还是没有让他们留下一个满意的主顾。有几个路人曾经买几个甜瓜，但每次又都是争持了好多的工夫。

"看明天怎样罢。"

父亲说完话，对着眼前的黄昏有些迷惘了。

"明天也许会好一些。"

"明天一定差不多的。"

母亲、儿子先后说着自慰的话，收束了棚里的东西，明天究竟怎样，谁也断不定，但是，明天却能给他们一些希望——一种空虚的不着边际的慰藉。

　　黑天时，他们收束完了棚里的东西，棚布卷在两支棚杆里，让儿子扛进堂屋内。白天做好的一盆小米水饭，本来是预备给旅客吃的，这一来就作了他们自己的晚饭。

求　恕　‖ 程万孚

　　从巴黎开到获艾浦来接上过海到英国的火车正在夜半到站，不问是回归故土的英国人或是到英国去的外国人，这些旅客特别匆忙的样子，下了车还得忙着上船。经过法国警察在每人的护照上盖了一个离埠日期的印子后，手提背袱的返乡人连行李带人都在苍茫的深夜里，一个挨一个地上了停在港边吐烟等客的船。黎察·司特芬不慌不忙在所有的旅客之后，提了小箱，挟着毛毯也上船了。

　　头顶上是深蓝得近乎黑色的苍空，因为还看得见星星，许多人就很高兴地谈论到天气，证明这是好天气，该不至有风浪。凡是渡过这英吉利海峡的全都知道它的厉害，一个坐飞机打翻身不觉头晕的好汉，上了这条船过海也得吐呕得疑心是心脏也吐出来了。甲板上到处是人，成双的或孤单的全都找了相当的位子安置下来了。船还没有开，车站上已经没有了人影。岸上的路灯光亮得非凡，照得这满船面全是很明显的影子。远望还见港口有微弱的灯光，也许是些渔船。对岸的房子只在看惯了的黑暗中才衬着天边现出一些轮廓，一二个还有灯光的窗口，在夜色中仿佛是一些大黑猫的眼睛，镶在这只大黑猫身上似的放亮。夜深了，在巴黎住惯了的人就少见这般幽静的夜色。现在散在甲板上的旅客，有说话机会的在轻轻耳语，谁也犯不上吵闹这静悄无声的海口；孤单的除非倒在舱里就呼呼入睡的蠢汉，若不然对着这分不清天与海的一片深蓝，谁能不想起他过程中的一片一隅？

司特芬找到一只救生船旁边，随地把毯子铺上坐了下来。面前是海，再前望就有微小的火光。这一点小火光在黑暗里集中了他的视线，回忆在他的面前布展开了：

一年前，他也从巴黎赶到这里过海去看他的至好朋友马克斯的尸身，满眼是泪，满心是忧急。现在这情形又涌到眼前来了。司特芬同马克斯在伦敦建筑学院过了四年的共同生活，同班毕了业之后，这一对抱负不凡的青年分了手。司特芬到巴黎去继续研究建筑学，马克斯就在伦敦一家地产公司当了建筑师。那一年冬天马克斯同一位伦敦小学里的舞蹈教师结了婚，司特芬在他的至好朋友的家里过了一个星期的圣诞节假日，十分快乐。

　　"努力呵，黎察，不要忘记了我们的雄图——把伦敦换个面孔！"马克斯临别的叮咛还在耳边，司特芬在巴黎接到马克斯夫人的恶报了！

　　"……皮尔在临终时还是记惦到你。他叫我立即请你来，活着不能见你面时，死后亦非等你来见着他才甘心。他说他的书籍草图、衣服，等等全给你，只有你才是同他志同道合的好朋友……来吧，如果可能的话请坐飞机来，不然明天早晨你也该到这里了……"这信上的话句句刺入司特芬的心，他是那么悲伤地赶回伦敦。他赶去看他的挚友，想去尽力安慰马克斯夫人，还可以算是新婚的夫妇，是那么恩爱不能离开的一对情侣，好心的司特芬设身为人想一想，他更感到难过了。

　　从医院里把马克斯送到墓园安葬之后，跪在墓前献上一束鲜花，永别了七年来的唯一好朋友，在新寡妇之前他不愿意流泪添人愁恨，可是心里是难过万分。他陪马克斯夫人回到伦敦近郊的新家里，约好暑假再来料理马克斯遗下来的东西，司特芬应该为了他自己的工作回巴黎去了的。可是马克斯夫人的挽留与他自己想到应该尽力安慰朋友的寡妻，他允许住一星期再走。

　　司特芬，一个过分和气的青年，就算不能算是一个美男子，至少是使多少女人为他倾过心。眉长鼻正，身高体壮；同他交往的人才更知道他的好性情，使人生爱。于今这可爱的司特芬日夜不离地伴陪着马克斯夫人——一个活泼到够得上说是风骚的美丽女人，如果不是她披着黑纱服着重丧，别人要把这二人视为可羡慕的一对了。

那时候正是初春，伦敦的郊外渐渐地绿得可爱之极，马克斯夫人的新家就是被围在绿草鲜花的当中。他们每天晚上都到伦敦去吃晚饭看戏消愁，她是一个在舞蹈上用过功夫的女人，告诉司特芬不少关于这一方面的事。日间在乡间，司特芬是惦记着巴黎的功课，看看一切的陈设都容易想起马克斯；倒是马克斯夫人就那么像是过一种新生活的开始时没有秩序与约束似的，享受着现得快乐。她不提及马克斯，也不说及这日后将如何度日的事。从报纸上看来的一些城市小新闻或是知道哪一个戏院演中的名剧，这就是她与司特芬谈话的资料。起初，他疑心这是勉强地想排遣忧伤的法门，不久就证明这是想错了。她高兴得那么自然，叫人难以相信的是不时还哼伦敦流行的小曲。

"黎察，你能够告诉我吗？上帝这么把我安排在这种情形之下是什么意思呢？皮尔是个好丈夫，他爱我，每天除开工作的时间而外，他把他的时间全交给我了，我们的确是过了甜蜜的一年多时光。可是他又把我丢下了是什么意思呢？"马克斯夫人在饱食午餐之后，慢慢地调着咖啡，她说完这些话，再用眼睛把没有说出来的话送到司特芬的眼里，"你说，这是什么意思？"

"可怜的皮尔当然是不愿意你受苦的，这可怕的脑炎把他逼走了。"司特芬多半明白了她的意思，可是想不出再适当的答话。

"他不愿意是无疑的，事实上我已经是在开始受苦了。"

那一天晚上，她换了艳丽的晚服同司特芬到伦敦戏院去看戏。她自己把"纪念在心里，不在拘守形式"作理由，要司特芬也换上了马克斯的夜礼服。

"如果皮尔看见了我们这种样子，无疑地他从心里为我们高兴。你看，镜子里是多么相称的一对！"马克斯夫人挽着司特芬的腕，这相称的一对从这一夜起更亲密地往伦敦跑了。

只要有一个合适的男人在她身边，她可以纵情地倒在这个男人怀里，满足她的欲望时，她把一切一切的从前都忘记了。就好像是一个刚刚出生，只认得愉快，不知道昨天，也不想到明天的大孩子。有多少女人为了一件愁苦的事忧郁一生，在马克斯夫人看来这是咎由自取的事。马克斯曾尽力使她快乐，她也真心真意地爱马克斯，使他从她身上得慰藉；但是不幸马克斯没有尽职地把她丢下了，这当然"皮尔不愿意，至少他也没有权力使我受苦。谁能替代他的工作呢？当然是他的朋友，不是他的敌人"。马克斯夫人把这几句话认定是她的方针，是十分正确的见解。

司特芬在那绿草鲜花围绕的小舍里留下了一个好印象；他自己带着思量故友的忧伤与瞻念前程的愁虑回到巴黎去了。跟着他到巴黎的就是马克斯夫人的信：

可爱的黎察：

送你上车之后，我带着一颗几吨重的心回到瓦莱市。这个家，从来没有使我觉得如此空洞的家，叫我害怕了。我站到窗前去望，想着你也许从纽海文又乘车回到我这里来了，站在窗前望到黄昏，这希望使我额外受了苦楚，我敢说你如果知道我是如何因想念你而受苦时，你一定从巴黎飞回来安慰我了。你的甜蜜的声音，温柔的抚摸，即使再微小不过的事也在我的心上刻下了一道深深的印迹，哦，你真是个可爱的孩子！

过海可有风浪？太阳是高高地照在瓦莱市，我想它也一样地照在海上。我心里在时刻求上帝保佑你——我可是从来没有在任何教堂里去祈求过上帝的。我的信当然能够看见你平平安安在巴黎，如果它除了把我的相思传达了千万分之一而外，还能引起你回忆在此过去一周中——是只一周吗？叫人难以相信的留下数不清好印象的一周——的生活，使你不感苦痛，那我就得了意外的收获了。

昨夜我没有吃晚餐，可是做了一宵的甜梦，到今早还是梦把我喂饱了不觉得饿。东南角的远处不是巴黎吗？如果有德国人的大炮把我当炮弹一下子就送到那里才开心，恨我自己又没有长翅膀。再过三天我就该到学校里去了，开始同臭孩子鬼混的生活。

明天我去皮尔墓上放点鲜花，当然不会忘记替你向他问好。可怜的皮尔带走的只是我的快乐的回忆，可是你，可爱的人，你把我的灵魂带走了！我不知道我将如何过下去这日子。

你知道是哪一天可以回来吗？我把一切都预备适当，让你来过暑假。应该整理的东西亦等你来动手，我只是天天盼望你回来！

给你一千个个个从心底出来的热烈的吻！

爱你的 S

　　此后，几乎是按日按时地有这样的情书来把司特芬陷在一种不能自拔的束缚中。每夜，马克斯的遗像站在案头，司特芬对着遗像给马克斯夫人写情书。有时他实在不知道这事情应该如何结束，因此气得不能写下去，可是那妖冶的女人立刻在他的耳边："替代爱护她的人是马克斯的朋友，必不是他的敌人。"无论如何信还是写成寄走了。

　　等得不耐烦的暑假到了，司特芬没有回家，就在马克斯夫人家里过了一个如她所期望的暑天！

　　现在司特芬在这行将启碇的船上，明天早晨就可以到伦敦，如果是去年，他这正是在一种新生活的开头，一面有想及马克斯的痛，另一方面有将去过另一生活的热望。可是现在，事情又全变了。去年暑假以后他还回到巴黎，马克斯夫人是怎么也无法跟到巴黎或者留司特芬在伦敦，她开始抱怨了。起初是信照旧有，后来疏了淡了；同时她在另一方面同另一个马克斯的同事就密了厚了。最后，她明白地告诉了司特芬这件事，求他原谅。

　　在浪里滚到纽海文，又让车拖到伦敦，极度疲乏的司特芬还是极感兴奋地想到马克斯夫人。他决定还是去瓦莱市看了马克斯夫人之后才能得到休息的可能。

　　马克斯夫人是那么亲亲热热地接待了司特芬，对一件不平凡的事就当是无事一样地从容。

　　"他——是叫'胡通'先生吗？没有回来？"

　　"同从前皮尔一样，下午五点半才回来。"

　　"你的生活可满意呢？"

　　"正如我所希望的一样满足。"

　　"那倒好。"司特芬把这话里藏住的话不说出来了。

　　"黎察，你要原恕我，这正如同我们从前向皮尔求恕的情形是一样。我不能孤独地过日子，这房子是如此的空虚，我也感得一样地空虚。皮尔丢下了我，你也不能不去巴黎，丹尼士是如你一样地令人生爱，我没有理由放弃这个合适的人，所以，所以我们就这样地同居了。你是爱恤我的，我只求你的原恕。"

　　"我为你祝福，我没有权利可以原恕你。"

　　司特芬昏昏沉沉地离了瓦莱市，到了烟雾迷人的伦敦。不断地还听见马克斯夫人在说："我只求你原恕，我只求你原恕。"

无　聊　‖ 叔华

"天像是跟人斗气，下了七八天雨还没够，一清早又是一个'大黑脸'。瞧吧，还要下呢！"如璧起床时便很生气地自己咕哝道。

院子里倒还好，桃李花落完了枝子上却长了青翠的叶子；只是房子里到处都有一股又潮又霉的土腥味儿。随你摸到什么，都是腻滋滋的。食物橱里装在瓶罐里的东西，上面都似乎变了色附着一层霉。"放在显微镜下，管保你不看出多少花鸟虫鱼呢！"如璧一边想着早上对义生说的话，一边不耐烦地把橱门大敞开，把有些发霉的东西都倒出来，瓶子摔过一边，指着向张妈道："你拿出去吧，不要了。"

张妈是如璧家用了十来年的老仆人，她常常不自觉地把主人的家当看作自己的，闻言正色答道："干吗掷呢？掷了又要花钱买。等好天晒一晒吧。买来的还不是一样发过霉的。你没有瞧见，他们铺子里冬菇呐，虾米呐，哪一样不发过一点霉。卖给你的时候，拿出来收拾收拾就是好好的东西。"她说着就把桌上的东西一样一样捡起装回瓶子罐子里，连正眼都不瞟如璧一下，这掷的像是她的东西。

如璧怏怏地走过一边，没有话说，对窗立着。天还是嗒丧样儿。看那重重叠叠的乌云，像是永远不会有晴天的了。

"我看过一半天，天晴了，买十担二十担煤放着，倒是本应的事。"张妈又开始教训人了，"不是我爱说话，我瞧你花那么多钱栽花种树就不是事。常说前人种果后人收，您保得住永远不搬家吗？搬家，这都只好白白地送了人咧吧。这年头儿，钱！"

如璧怕张妈要滔滔地说下去，不得不止住她："咱们中国人就是不肯花钱栽花种树，住过的房子都是乌烟瘴气的一团糟。人家外国人住过的地方都有个样儿，你看人家文华书院就像一座花园。"

"您说这个。人家外国人过的是什么日子！中国乱，他们溜回去就得。"

张妈说的一点不错，中国人凭什么同人家比呢？如璧偶然望到张妈脸上得意的神色，不觉心里倒起了反感，说道："你们什么都要管一管，人家花自己的钱买花买树，你们也要不断地说来说去。什么是本应的事，你们看顶好就是吃饱了饭什么都不做，坐在家里等天黑。"如璧想到那天她在楼上听见张妈窃窃与隔壁的女仆议论，一个女人家只守着书房，挡得什么的话了。她说完便匆匆地走上楼去。

上到楼来，不知做什么好，想到自己方才急急地走开像煞有介事一般，不觉好笑。可是想到自己的无聊，又觉得可怜。她气呼呼地走到衣橱前打开门，想换一件单衣，换换精神，不想橱门一开，一阵潮腥气冲人鼻孔，很不舒服。

她狠狠地把橱门一摔，叹口气道："老这样下去，人也要发霉了。"

其实人总有一天要乖乖地躺在土里发霉的，有什么稀奇呢？就是现在有口气，能行能坐，身体里面有的部分也许已经发霉腐坏了。病痛是一年比一年多，这不是顶好的证明吗？

想到这里，她觉得这几天的懊恼生气更是无聊！可是除了暗地里生气落泪，又会怎样？

无聊，无聊，都是无聊，她一边念着却想起不知谁骂人的话来："什么颓唐无聊，都是无病呻吟罢了，总而言之，这是懒罢了……"她一向觉得这话很对，常常记起来骂自己，今天却又用得着了。

对了，懒是可耻的，懒是一种不可原宥的恶习惯。想到这里，她便走到书桌前拉开抽屉把一月前译开的书及稿纸拿出来。拉一张椅坐下，一边研墨一边沉着心读那本要译的书，读得有点会心处，不觉心里轻松了一些，念过一章，提笔译了两行，忽听得前门一片嘭嘭声响，张妈连忙蹬蹬地走去开门。

"太太在家，您请坐。"张妈带笑说，声音是那么高兴，好像忽然遇到亲人一般！如璧郁郁地掷下笔。有什么法子，下去吧。

客人果然亲切，望见主人，远远地便含笑相迎道："我有好几回想来看你，总没得空来，你们都好吧？"

"我们都好，谢谢。"如璧想了一下才想出一句话来回答，"天总不好，我也没有出门，也没去看你们。"

她常常不明白那些太太们从哪儿来的许多话，说出口来，又现成又得体。还有那样亲切的神气，随和的笑，都出人意外的来得快，怪不得有些男子说女子是怪物呢。

"像您现在才是自由自在呢，没有孩子吵，房子里收拾得多精致呵！"白太太又开口了。

"哪里讲得上精致，都是粗东西。"

"我们想收拾也没法子。你瞧那五个小猴子，什么时候能停手停脚的。房子里什么东西都不能有个准地方，禁得住七手八脚地搅吗？真是'一儿一女一枝花，多儿多女多冤家'，一些不错。没法儿，幸亏他们还怕父亲。若不，闹起来，连房子都拆了。"

如璧想到前六年，白太太就讲说要节育，那时只有三个孩子，为什么又添上两个呢？白先生是瘦得像只猴子，实在不能再加增负担了。

"你的孩子都还算安静的，两个大的已经很像大人了。"

"你没见他们淘气时候呢！"白太太说到儿女，她的得意文章来了。她重新又讲了二宝三宝两个怎样调皮，父亲怎样没法子，四宝五宝怎样争认隔壁的太太做干娘，这故事如璧似乎听过至少三次了。

主客对坐直讲到把一碟瓜子吃到露底子，张妈忙着献过三回茶水，客人才抱歉地起身告辞。

看白太太坐在洋车上得意自在的神色，愈发增加她的沉闷。为什么会那样得意呢？平白地做什么来呢？五个小猴子早晚吵，一个不安生，长成了人还不知要耗多少心力，还能这样心平气和的，真也亏她！看到这样的女人，如璧只有佩服，再也不忍酷求什么了。

上到楼来，心里仍沉不住。走到凉台看看，各家的屋瓦还是如常地一个挨一个稳稳地躺着。梧桐已经开过花结了元宝荚子了。东边的人家，有女人哭声，大约夫妇又在相骂了吧？他们时时拌嘴，可也常常并肩携手出门。年纪都也不小，都是三十边的人了。

南边是一个有七八个小孩的大家庭，那个四十左右的母亲，每天都摇颤着胖胖的身子，牵着或抱着孩子走出走入。脸是灰黄的肿着，眼睛老像睁不开，衣服总不见换，又是满身皱折，胸前一片精亮，不知是积了多少时的油垢了。她不停地讲话却也不住地叱骂孩子呼唤仆役，夜间人家都睡了，只见她一人坐在灯下等丈夫回来，有时还巴巴地到厨房做消夜给男人吃。这像是个铁打的人，磨折不坏的。

再过去两三家是一所小洋楼，里面住着一对年轻夫妇。男人天天清早便坐着包车去办公，直到晚上六七点方回家来。女人将近十一点收拾停当了，挟了小皮夹坐了包车出门，回来时总是两三点钟了，车上必是放着一包一包的东西，衣料包子或鞋盒子吧。有时还有两三个年轻人同来，手里都满了东西。回来不久，大家又匆忙地出去，直到半夜，这女人方才同丈夫回来。女人不出门时却又时常请客，客都是年轻人，间也有一两个时髦女子伴了来，楼上话匣的歌声乐声以及人的笑语声，隔一条街都听得见。附近的人都莫名其妙地望着，据说这是城里一个小沙龙，是摩登女人做得最漂亮的事了。

看了这几家，她想起某名士解释的，家就是枷，及家从"宀""豕"而得的滑稽字义，也不为无理了。

但是一个好好的人，为什么要给他带上一个枷？一个好好的人，为什么要给人像养猪一样养着？愈想愈无聊，她离开窗前，很重地倒在一张藤椅上。

对了，猪是该无聊的呵，它除了吃饱了就睡，睡足了又吃，还能有什么希望呢？猪，安安静静地在猪圈里歇歇吧！她心下念着，嘴边浮出苦笑，一会儿忽然跳起来走到写字桌前提起方才用开的笔。唉，天呵，楼下又嘭嘭地有人敲门了！

没有人声去开门，她只好又跑下去。

门开了，一个工人送回义生一封短简。他说中午不回来吃饭，明天三伯母请吃饭，原来是三伯父的生日，教如璧赶紧买一样礼明早带去。信上且说"礼要值钱而又易携带的东西方好"。

　　她看看手上的表已过十一点三刻了，这一个早晨又算白过了。午饭完已是一点，再过一趟江，便两点了。那多么烦腻呵，游魂似的一间间铺子去飘荡，想起便使她头痛。她时常听见太太小姐们眉飞色舞地讲道怎样买东西，哪一间铺子贵，哪一间贱，哪家有什么货色，哪家缺少，翻来覆去，像唱一只名曲那样有兴致，且记得却又那么丝毫不差，她只有张大眼深致敬意。

　　如璧到了汉口，已是下午两点了。天还涡堵着雨意，街道低凹处有一摊一摊的黑泥浆，马路旁边的暗沟透出又霉臭又腥膻的怪味儿。行人都似乎患着失眠症，脸上没有血色，连眼珠子都像是假的。

　　街上绸缎庄，钟表行，西药房，洋货店，参茸店，等等，差不多都贴着各色各样的大贱卖广告。还有两家绸缎庄，门口扎了灯彩，有两家洋货店楼上还有军乐队在窗口奏着乐，热闹极了。路上走过的人却像没有看见，没有听见，他们仍旧惘然走他们的路。世上事原来都是矛盾的，把这灯彩同军乐队，搬到乡村去，够他们怎样开心欣赏呢！

　　"恐怕只剩棺材店没有贴大贱卖的条子吧！"如璧同时想起一些爱买便宜货，什么物价都打听过的太太小姐们，如若棺材店大贱卖的话，不知她们要不要进去打听打听。

她一路看着窗口陈列的货物，却想不出什么好。忽然想到三伯母常说的'人要衣装，佛要金装'的话来，她便迈进一家门口没有扎彩的绸缎庄。

一个头发光亮，穿着淡灰华丝葛长衫的伙计迎上来，柔声问要什么料子。

"看一看再说。"如璧沿着玻璃柜一边走一边看。

谁说中国人不爱维新呢？只凭绸缎来说，老年间的梅兰竹菊、祥云如意或是什么松鹤长春等等花色，现在已是完全不见，玫瑰及紫罗兰都嫌有点西洋古董气，新的花色居然都是未来派的图案了。

真是花多眼乱，她绕了柜子看了一周都选不出一样合意的料子，看了看表已经快三点了。

忽然在柜的一角有一束虾青色的丝绸，花色却很幽雅，三伯父那样高大身子穿上这种料子多么合适呵。

"拿这料子我看看。"她决定之后，向伙计指着说。

伙计听到顾客的语气，脸上忽然罩了一层喜色，带笑说道："这是前天由上海到的新货，材料真好，没有一点人造丝掺杂在里面。价钱也公道，才一块五一尺，买的人多得很呢。昨天特税局长太太来剪了一件，交通银行的小老板也剪了两身。这是道地国货，现时大家正提倡国货，穿上这料子，恰恰应时。"伙计见顾客不作声，便把料子打开披在身上，洋洋地说道："您瞧，打开更好看，又大方，又贵气，穿起来同两三块钱一尺的双丝葛一般，谁也没猜到是一块来钱的货。剪一身吧？"

"等等再说。"如璧微微皱了眉，转身再向玻璃柜中细看。

"这是新生活呢，比方才的更好更便宜了，"伙计从柜中抽出一匹青灰的素绸出来道，"这料子只有我们一家有，别家做梦都没有想到呢。我瞧您也是知识阶级的新人物，"说着他很精明地瞟了如璧手上一卷报纸，"您一定也赞成这新生活运动。若不自己用，剪一两身送把人，也是一个纪念。您瞧，真好不是？"

如璧怕他又要打开，急说道："我出去看看再说。"

说完话她便走出铺门，伙计惊疑地望着她。

谁说中国人只重精神文明呢？你看，新生活运动发起没有一个月，就有新生活布匹给人穿了！如璧惘然在路上想着送礼东西还是没着落，可是她再不要进绸缎庄了。

走了半条街，也没有看见一样合意的东西。偶然隔着窗看见一两样精巧的摆饰物，但是想着进去细瞧了不合意，空手出来，要看伙计幽怨的眼色，就不肯造次了。她有时在小铺子买东西，听掌柜如怨如诉地道着不景气的凄凉情况，她会忽然买了一件比普通价钱定得高许多的货物，那天买的铜壶就是如此作成的，可是过后想起这种行为简直迂得可笑，她会红了脸偷偷把那只壶藏起来。买东西真是怄气呵！她想起不免又叹息了。

走到街的尽头，她仍然没有看见什么合意的礼物，其实也可以说她根本没有看。看过三四间铺面的玻璃窗，已经觉得累得很，有一两次，两三个行路人看见她停步向窗内望，他们也站住望，这使她更加烦腻。以后她匆匆地走着路。街上物事便像蒙上一层雾，看不清楚，她也不要看清了。

"烦死人了，回去，回去再说吧。再不出来当买办了！"她一边自道，一边走到人力车的前面叫道，"江汉关，一角钱？"

一个年轻人拉着一辆很整齐的车跑过来说："一角钱，我去。"

她坐上去。车夫拉起车如飞地跑。他的忙碌得意神气，仿佛车上坐了个了不得的大人物，路上车夫都啧啧地又羡又妒地望着他。

"这不是开玩笑吗！有什么事要人家这样飞跑呢？多么矛盾可笑，一个闲人叫人拼了命拉着飞跑。无缘无故耗这年轻人那样大力气，罪过，罪过！"她愈想愈不舒服，忽然身上好像有十几个虱子东钉一片，西钉一片的难过。想到绸缎庄伙计的话，她更加烦闷，难道她自己真像伙计所猜的人一样吗？

"给人当作阔人总比给人看作傻子强多了！"她叹了口气，想到自己平白地坐了一辆车飞跑，真有点傻气。傻子，小丑，愈来愈不堪了！

忽然车子碰了一个穿长袍的人，他提高声骂道："瞎了眼了吗？忙什么！"

如璧无意地回头望了一下，却遇到这骂人的正在投过一个轻侮的眼色。

"不错，忙什么？"如璧点头自道，"忙什么？坐在车上装忙样子给人看吗？"她想起从前在北京东四大街上，天天看见一辆洋车拉着一个直着眼衣服却平平常常的中年女人。头一天她出来，大家知道是疯子就追着看，往后每天出来，大家都不注意了，有人指着问，方有人说可怜是个疯子了。

"像我这样坐在车上，多少也同那个疯子差不多了。"她想到不知哭好还是笑好，最后她决定不坐在车上了。

"您买东西吗？我等一等。"车夫停下问。

"不，我不要坐车了。"

"不要车……"车夫是不愿意的声音。如璧明白，不等他再说上去，便把一角钱塞到他手里。车夫懒懒地伸手接着，很疑惑地盯了她一眼。不知为什么，她不敢抬眼回看车夫，她只觉得要赶紧走开才好。

她一边匆忙地走，一边却自问道："忙什么？"

过岭者 ‖ 沈从文

　　××向西约四十里，有个杀鸡岭，长岭尽头，连绵不绝罗列了十三个小阜。接近长岭第五与第六个小阜之间，一片毛竹林里，为××第七区的一个通信处。

　　那地方已去大路约三里，大路旁数日来每日可发生的游击战，却从不扰乱到这方来。

　　时间约下午五点左右，竹林旁有个××交通组的特务员，正在一束黍秸上坐下，卸除他那一只沾满泥浆的草鞋。草鞋卸去后，方明白先前一时脚掌所受的戳伤实在不小。便用手揉着，且随手采取蔓延地下的蛇莓草叶，送入口中咀嚼。待到那个东西被坚实的牙床磨碎后，就把它吐出，用手敷到脚心伤处去。他四下看望：意思似乎正想寻觅一片柔软的木叶，或是一片破布，把伤处包裹一下。但一种责任与职务上的自觉，却使他停止了寻觅，即刻依然又把那双草鞋套上了。

他还得走一大段山路。他从昨夜起即从长岭翻山走来，不久又还得再翻山从长岭走去。至于那个岭头的关隘，一礼拜前却已为××××占领去了。

天气燠热而沉闷，空中没有一丝儿微风。看情形一到晚上必有雨落；但现在呢，却去落雨的时间还早咧。远处近处除了一些新蝉干燥的嘶声外，只有草丛间青绿蚱蜢振翅嘈嘈的声音。对山山坳里，忽然来了一只杜鹃，急促地鸣着，过一会儿，那杜鹃却向毛竹林方面飞来，落在竹林旁边一株枫树上。但这只怪鸟，似乎知道这竹林里的秘密，即刻又飞去了。坐在黍秸上的那个年轻人，便睨着杜鹃飞去的一方，轻轻地喃喃地骂道："你娘××的，好乖觉，可以到××去做侦探！"

远处什么地方送来了一声枪响。在岭东呢，一只×完事了，在岭上呢，一个××同志完事了。这枪声似乎正从岭上送来，给年轻人心上加了一分重量。但年轻人却用微笑把这点分量挪开了。没有枪声，这长日太沉静了一点，伏在一片岩石后或藏身入土窟里，等到机缘过岭的人，这日子，打发它走去好像不容易的。

这年轻瘦个子的特务员，番号十九，为二十个特务中之一个，还刚从岭东×色第十区的宋家集子赶来，带来了一个紧要文件，时不多久，又还得捎一个新的报告向原来地方出发。

半月以来的战事，各方面得失不一。自从××××，与××七区政治局被毁、长岭被占领后，×方面原有的交通组织，大部分皆被破坏，因此全部情形转入混乱中。××总部与宋家集子及其他各地必须取得相当联络，各方面消息方能贯串集中，就选定了这样二十个精壮结实的家伙，各地来往奔走。正由于技术上的成就，得到非常的成功，故××与×××实力，比较起来虽为一与四，不但依然可以把防线维持原状，且从各种设计中，尚能用少数兵力的奇袭，使×××蒙受极大的损失……但一星期以来，自从向南那方面胜家堡与接近水道的龙头岨被人相继占领后，××总部与各区的联络，业已完全截断。做通信工作的，增加了工作危险与艰辛。番号第六、第七、第十三、第十五、第二十皆陆续牺牲了。番号第二、第四、第十皆失了踪，照情形看来或跌下悬崖摔坏了。番号第八被人捉去，在龙头岨一小庙前边枪决时，居然在枪响以前一刹那，蹿入庙前溪涧深箐中，从一种俨然奇迹里逃脱，仍回到十区，一只脚却已摔坏，再也不能继续工作了。对于通信特务的缺额，虽然××××即刻补充了预备员九人，但一些新来的家伙，就技术与性格而言，一切还皆需要训练与指导。因此一来，原于几个人工作的分量与责任，无形中便增加了不少。但这是××，各人皆得抿着嘴儿，在沉默里××下去！

小阜前边向长岭走去的大路，系由×色修路队改造过了的。这条路被某方面称为"魔鬼路"。路向日落处的西方伸出，一条蛇似的翻山而去，消失在两个小坡谷边不见了。向东呢，为越过长岭关隘的正路。×××将长岭占取时，所出的代价为实力两团。长岭关隘虽已被占领；然而这里那里尚每日发生游击战，便因为路被改造，某方面别动队在这种游击战中，一礼拜来损失了三个小队。

那只杜鹃又开始在远处一个林子里锐声地啼唤，坐在黍秸上的年轻人，似乎因为等候得太久了一点，心中有些烦躁了，突然站起身来。一只青色蚱蜢正停顿在他面前草地上，被惊动了一下，振翅飞去了。年轻人极其无聊地向那小生物逃走的一方望去，仿佛想说："好从容的游荡家伙，世界要你！"但他实在却什么也不想，只计算着回去的时节所应经过的几个山涧。

竹林旁一堆乱草里，有了索索的声音。原来那里是一个土窟。土窟中这时节已露出一个小小头颅来了。那人摇着小头颅轻轻地说："同志，你急了！预备好了，你来，你进来！"

年轻的一个，知道即刻又要走路了，微笑着，走过草堆边去，与小头颅一同消失到那草丛里的潮湿土窟中去了。

一会儿，他便又从土窟里钻去，在日光下立定了。他预备上路。

那个有着一颗小小头颅的从草丛间伸出头，望望天空，且伸举起一只黑手来向空中捞了一把，很阴郁地说："到了七点八点会落雨的，鬼天气！"

那一个却用着快乐的调子低低地说道："算什么呢？我还得让这阵雨落下来，方过得了大坡。这雨打湿了一切，也会蒙着那些狗眼睛！"

小头颅诙谐似的说："狗眼睛，羊眼睛，我告你，见了同志赵瑞，他明天若来，要他莫忘记为我带点盐，带点燕麦粉！"

"他为慰劳队的娘儿们弄疯了，他不同你说吗？"

"什么也不说。你呢？你是不是——"

"嗨……"年轻人做了一个不高兴的表示，不再作声了。

××××××

那小头颅也不再作声，却从土窟里抛掷出一个大红薯到年轻人脚边。

"同志，吃了再走，时间还早咧。"

年轻的却说："我不需要这个！"只一脚，把那红薯踢入草丛里不见了。

"你得等到落雨时过那个鬼坡，八点到三圃，今天十九，还可以赶得××热闹的晚会……晚会中不是有慰劳队唱歌吗？"

年轻的开玩笑似的说："自然呵！"

"你不想结婚吗？"

"我怎么不想结婚？你呢？"

"我呢，我今年四十三岁。这是二十三岁的人做的事情。"

"你不要……"

"我要的是盐！"因为年轻的那一个不说话，小头颅便接着又说，"可是你们晚会中一定有好些有趣味的事情……"

年轻的那一个忍不住了："什么晚会！那边每夜皆摸黑，

要命！……再见！"

"再见！"

那一个从竹林尽头蹿入山沟中，即刻就不见了，小头颅却尚在草丛中，向同伴所消失的方向茫然眺望着。

天边一角响了隐隐的雷声。天色已黑，地面开始动了微风，掠着草丛竹哨过去。

小头颅孤单沉默地守在这个潮湿土窟里，已到了第九个日子。每日除了把过岭特务员送来的秘密文件，或口头报告，简单记下，预备交给七区派来的特务带走，且或记录七区特务报告，交给第二次过岭捎回以外，就简直无事可做了。带着一点儿"受训练"的意义，被派到这土窟里来的他，九天以来除了在天色微明时数着遥遥的枪声，计算它的远近，且推测它的得失，是没有生活可言的。

日头匆匆地落下时，沿岭已酿了重云，小头颅估计那特务必已从山沟爬到了长岭脚下，伏在大石后等候落雨，或者正沿着山涧悬崖爬去，雷却在山谷中回环响着。忽然间，岭上响了枪声，一下两下，且接着又一连响了十来下，到后便沉默了。很显然的，那个年轻人已被某方面游动哨兵发现了，而且在一阵枪声中把那一个结果了。小头颅记起了先前一时年轻人口传来×部命令中一个字眼儿。"从××里方可见到一点光明。"

于是他来设想什么是光明，且计算向光明走去的一路上，可见到些什么景致。一串记忆爬进了这个小头颅中脑髓襞褶最深处。

×××××，×××××。

……围城，夜袭，五千人、一万人的农民大会，土劣的枪决，粮食分配的小组会议，AB团的解决，又是围城，夜袭……大刀，用黄色炸药作馅的手榴弹发疯似的抛掷，盒子，手提机关，连珠似的放，啪……一个翻了，訇……一堆土向上直卷，一截膀子一片肉在土墙上贴着。又是大会，粮食分配……于是，交通委员会的第七十一路命令，派熊喜做福建第七区第×通信处服务，先过××同志处弄明白职务上的一切。

××××，×××××，×××，×××，×××××××，×××××！

雷雨沿长岭自南而北，黄昏以前雨头已到了小阜附近，小头颅缩回土窟中时，借着微光尚看得见土窟角隅一堆红薯的轮廓。小头颅想起了那个被年轻人一脚踢到草丛里的红薯，便赶忙爬出土窟来搜索它。

××××，××，××，×××××。××××××，

××××。

大雨已来了，他想："倒下的，完事了，听他腐烂得了，×着的，好歹总还得硬朗结实地活下去！"他摸摸自己为雨点弄湿的光头，打了一个寒战，把捡收的红薯向土窟抛去，自己也消失到那个土窟里，不见了。

善举 ‖ 张天翼

漫天漫地刮着风，路灯的光一闪一闪的。

柴先生刚打余主任那儿回来，他把腮巴埋在大氅领子里，耸着肩膀走到了自己家的后门口。

他并没觉得冷，肚子里倒正在发烫。唔，他今天碰到了几桩得意的事：赢了余主任他们七十块钱不算，余主任还跟他特别要好——对他说了许许多多心腹话。是啊，余主任相信他。于是他一直微笑着，仿佛余主任在这后门口等着他似的，他鼻孔里还轻轻地哼着歌。他觉得世界上什么东西都怪可爱起来：胡同里这排房子似乎对他挺亲热，就是风也刮得叫人舒服。

厨房里那橘红色的灯光打铁栅窗里射出来，土敏土的路上就有一块方方的亮，照得见旁边一条槽——在流着腻腻的水。上面的煤味儿混着下面的霉味儿往柴先生鼻孔里冲，他觉得似乎并不难闻，没像往日那样要吐口唾沫。他还是微笑着，举起个右手来，很有礼貌地敲着门，那只皮手套撞在门板上，发出了一种挺温柔的声音。

"高妈。"他软着嗓子叫。嘴一张，牙齿就给冷气震得一阵酸。

忽然，墙边有个黑东西一动。

柴先生老实吓了一跳，退了一步——

"谁！"

"我……"那黑东西长高了点儿，哆嗦着声音，"我三天没有吃的，我……"

吓，一个花子！

他透了一口气，瞧那花子一眼。脸子当然瞧不明白，只看得见那个黑模糊的身子弯着驼着，哆嗦得站不住，嘴里嘘气也就像电铃声响似的那么颤着。

怎么，这有什么好玩儿的！这么个大冷天，三天不吃点儿东西，瘪着个肚子待在这儿光喝西北风！

"唉，真是！"

柴先生楞了会儿，就打定主意要同情他。

"进来！"——后门一开，他就喊那个花子。"你好好烘回火，吃点饭，我再给你几个钱。……高妈，还有饭吧？"

高妈瞅了那花子一眼。

"冷饭还有一点。"

"好，给他一点。"

说了就头也不回地往楼上走，可是到半路里又想到了一些什么，就停了步子。是啊，做好人总得做到底，那他今天就算又做了件得意的事了。他喊高妈。

"高妈，没热饭么？"

"只有冷的。"

"唉，冷的要吃坏肚子哩。去冲点开水来泡泡吧。"

舌子在嘴里咂了一下，啧的一声，他就很重地踏着步子到楼上。

楼上漆黑的。

"高妈，高妈……太太小姐呢？"

厨房里洋铁水壶锵锵地响了几下。

"太太带小姐上陈太太那里打牌去了，说今晚上恐怕不回来哩。"

柴先生一阵冷，刚才那些劲儿全都凝成了冰。

"怎么……哼！……"

他懒懒地拖着一双腿子又下了楼。

这成个什么模样！这所一楼一底的屋子，就只剩了他柴先生一个人，还带个花子在厨房里，于是柴先生向厨房那边瞅了一眼，那花子可动都没动，靠墙蹲着——缩作一团。

柴先生想叫他安心待一会儿，等高妈冲了开水来他就得有热饭吃。可是柴先生只张开一小半嘴——没发出声音来：他似乎提不起兴致来说这些话。

客厅里的电灯亮了起来。柴先生的右手刚离了开关就马上脱掉大氅，往沙发上一倒。

"哼，老是打牌！今晚恐怕不回来，今晚……"

外面的风尖叫着，仿佛这所屋子都给刮得一荡一荡的。

他打了个寒噤，跳起来去瞅瞅炉子：炉子里的火没了劲儿——成了紫红色。垫着炉子的铁盘里没剩一点煤。

"高……"

第二个字还没喊出口来，他就记起高妈不在家。于是他搓搓手，皱一皱眉毛。

一阵阵的冷气似乎从四面墙上透出来，他耸动一下肩膀。眼睛往地下扫一转，仿佛要想挖出一块煤来放到炉子里。可是只有高妈知道煤藏在什么地方，高妈可冲水去了——这真是个新奇玩意儿，吓，这全是为了那个花子！

“真奇怪！”柴先生皱着眉嘟哝着。他自己也摸不清——刚才怎么会有这么个好兴致把个花子引进门来，还叫冲开水给他泡饭吃。

打个呵欠咂咂嘴，他打算上楼去睡觉。可是他两腿没动一动：他一上楼去，这儿就只有那花子，那靠不住。

“这倒霉的花子！”他用拳头在沙发上搥一下，他自己的屁股就给震得一荡。接着他趁着这一弹的劲儿站起来把大氅披上身。

他老实想发一下脾气，可是咬一咬嘴唇又给忍住了。柴先生就是这一桩顶好：不到万不得已的时候可不使性子的。

“嗯，哼。”

鼻孔响了几下，就跨起腿子踱起来。皮鞋踹在红漆地板上，发出空洞的响声，在深山里似的。他定一定心，打算想些得意的事，譬如余主任……

一提到余主任——他嘴角就得拉开点儿来挂着微笑：这已经成了他的习惯。可是这回他没笑：嘴角硬得钢条似的怎么也拉不开。他只轻轻嘘了一口气，身子打转——一眼又瞅见厨房那边。

“麻烦！哼，真是……”

他又打了个呵欠，把两个膀子伸了一伸。他什么得意的事也想不上，顶好只要往床上一倒，拿本书看看，让自己睡觉。他就在客厅门口站了会儿，瞧着那个花子，接着把眉毛紧紧地皱了起来，右手在自己大腿上一拍。

"真倒霉！"

太太今晚不回来。还有呢，这花子待在厨房里叫他不放心上楼去……高妈怎么还没来？

那花子把脸埋在两只手里，似乎睡着了。可是柴先生的声音一响到客厅门口，他就抬起脑袋来，拿手撑在地下，哆嗦着站直了身子。

柴先生吃了一惊：不知道那花子要干什么。柴先生率性往前面走了两步，站到厨房门口。

花子颤着嘴角，柔柔地把身移前了几步，突然倒下去跪着。那张瘦得不成人样的脸子上滚着两条眼泪，嘴唇也哆嗦得厉害起来："活菩萨……活菩萨……老爷这么好心……"

这家伙显然是太激动，说得上气不接下气的。他刚才在外面给冻得脑筋都僵了，这会儿才记起世界上有柴先生这么个好人，他就趁这机会表白他的感激。

厨房里那盏电灯虽然只有十支光，柴先生到底也瞧明了那花子是怎么个模样。

那张瘦脸脏得发灰，许多皱纹打着结。身上那件衣破得像挂着流苏，还糊着许多黑东西，这件衣也许是夹的。腿上可只有一条单裤，开了几个大洞。露出灰色的腿肚子。头发有两寸来长，一根根直竖着，刺猬似的。有几根还沾着些黄东西，说不定是些脓血；他额头上正长着一颗什么疮。

柴先生退了一步，他怕那花子身上有虱子掉下来。并且额头上那颗什么疮——说不定是梅毒。

那个花子可爬了起来，往柴先生跟前进了一步。腿子站不直，膝踝是弯着的。背驼得像个猴子。两手微微向前伸着抖着，似乎想把柴先生搂抱起来。嘴里颤声说着，感动地哭着。

"我没有讨过饭……我找不到工……流氓不准我讨饭，打我……老爷真是活菩萨……"

"好了好了，别说了罢！"

柴先生一掉转身子就往客厅里走。他真的想发作一下，可是到底忍住了，只咬着嘴唇，鼻孔里猛地吹了一口气。然后把自己身子摔到沙发上——屁股给弹得跳了一跳。

"真讨厌！"

他皱着眉移动几下脸子。他想着觉得奇怪：世界上一些没用的家伙尽是来麻烦别人。三天没吃饭，哼！这种人还能养活老婆女儿么！这么活着有鸟用！嗯，可是这些家伙偏偏不肯死，倒拼着这条性命来犯法：土匪，强盗，还有就……

他站了起来，搓搓手，又把炉盖揭开来瞧了瞧：里面有气没力地映着红光，有几块煤已经成了白灰。

"高妈还不回来，还不回来！"

都是那个倒霉的花子！那家伙……那家伙……哼，他刚才躲在外面墙边，也许就不怀好意——想剥别人猪猡，再不然就，偷东西……

柴先生又坐了下来，眼睛盯着那个炉子。他想：布施这种人也许不算白费，不然的话——他家里说不定会被那花子抢走什么东西。这种家伙只要有点饭吃，就不至于去当土匪当强盗的。

"唔，怪不得有人提倡什么人道主义哩。"

于是他掏出一本小册，拿派克自来水笔记着日记。

"余今日做一善举……"

这么开始了一句，他就把笔抵在腮巴上想了会儿。接着就描写他遇见的那花子，于是——"令人酸鼻"。可是马上又把这句涂掉，改成"余见之不禁泫然泪下"。

风叫得吹哨似的，一会儿远去，一会儿又近来。门缝里也挤进了冷气，射在身上像刀子切着那么疼。

柴先生撑住劲儿把这桩善举写完，打算再发点议论——明天好给朋友们看。可是手冷得麻木起来，连笔也抓不住。

"混蛋，混蛋！"

他恨恨地把小册子一摔，又站了起来，不耐烦地踏着脚。他现在觉得人生唯一的乐趣只有一桩：上楼去把身子卷在鸭绒被里，好好睡一觉。可是他走不开：太太小姐不在家，高妈也老不回来，要是那个花子偷了什么……

忽然他有点怕起来：他待在客厅也不大稳当，要是那家伙摸去了厨房里的锅子饭碗……

柴先生马上又冲到了厨房门口。

那花子可趁机会驼着摇了过来，颤着嗓子。

"闭嘴……你这你这……"

"老爷真是活菩萨……老爷真……"

可是那个总想说几句才舒服：他从没遇见过这么一位活菩萨——对穷人这么体贴，还怕冷饭吃坏肚子，叫老妈子去冲开水。他流着泪水，两手莫名其妙地动着，不知道要怎样才好；似乎想对这老爷磕头，又似乎想跟这位老爷结实亲热一下。

"我找不到工……要饿死了……我一辈子没见过老爷这样的好人，这样……这样……"

这位老爷咬着牙，压着嗓子叫："混蛋！混蛋！混蛋！"

只好又往客厅里走！

那花子可移着那双走不稳的腿子跟了上来。

"老爷真……老爷真……"

柴先生——那可怪不得谁，他真耐不住了。怎么，竟跑到这客厅里来！让满身的虱子掉到这红漆地板上，让额头上那颗杨梅疮传染给他么！这么一来——这客厅就只能放一把火烧掉！也许还烧不干净哩！

于是他咆哮起来："混蛋！混蛋！……你竟敢……你竟敢……混蛋！……滚出去！"

那家伙退了两步，他不知道要怎么说。活菩萨这么布施他，这么周到，他一辈子也报答不了。

"我……我……"花子又滚着眼泪，"我简直……我简直……"

柴先生感到脑袋都要爆破了。他冷得手脚麻木起来不住地要打寒噤。他瞌睡得眼皮也睁不起——像有百来斤重似的。可是……可是……混蛋！叫他滚还不滚！竟敢违抗！

"滚出去，滚出去！你这……这这这！"

他四面瞧瞧想找个武器，于是一把抓起那个煤铲子来。他发疯地弄着煤铲子，眼珠差点没突出眼眶来。

"滚蛋！强盗！流氓！……滚！……叫巡捕来抓你！……"

他把那个花子赶出客厅，赶出过道里，一直赶到厨房的后门口。他一手开了后门——阵冷风冲了进来。

花子张大着眼，张大着嘴，正要想想这位活菩萨是怎么回事，那把煤铲子抵着他的驼背，把他推到了门外。接着后门猛地一关——訇！

柴先生又坐到客厅的沙发上，他还是不能够就上楼去，得等高妈回来。他鼻孔里还嘘嘘嘘地喘着气，眼球上涂着红丝。

"要是那个花子……"他忽然又想到一些倒霉的事。

那个花子没了吃的，也许来抢他的东西。他刚才承认过——布施别人并不是贴本的事。

他打了个寒噤，想起那个驼着背颤着腿的模样。他马上就放了心：那么个鬼样儿，饿了三天没吃东西，站都站不稳，还有力气去犯法么！于是他嘴里啧的一声，全身都似乎松了劲。

　　可是高妈一回来就吃了一惊："咦，花子呢？"

　　"混蛋！你管什么花子不花子！……怎么冲水这久不回来！混蛋！冲到爪哇国去了么？"

　　"那里倒没有去过。"

　　柴先生横了她一眼，预备走上楼去。在楼梯口站住了叫："开水冲来了就去泡一壶铁观音！——送到楼上来！"

小　蒋　‖　萧乾

　　送羊奶的伙计小蒋，像个仆仆风尘的北极翁，背着那条白袋子，沿着后海刚上冻的溪沟向厂里踱。坡上过路的人很稀，且还没见一个体面人影儿。因为在这天刚发亮的时节，正是多数穿长褂儿人的午夜呢！时间太早了些，连那些被生活管束着，每早照例得由热巴巴被筒儿里抽出来的买卖生意人，也还见不着多少出了门。小蒋却不问季节，成天照老规矩，按时到厂。他的神气真很难引起人的注意，那样子也不讨厌，也不惊人，一切皆极其平凡。

　　这人身体小小的，两手粗大异常，说话时常常把眼眉聚拢起来，忽然放开，既不能从那上面发现什么好处，也很不容易寻觅出多少坏处。

　　得了点零钱时也喝点酒，拈一支香烟逗在嘴巴边。精神不爽利，遇事发生争持，撞了车，就花二十个大铜子，过后门杨半仙处去测个字，看看本月份命根同什么有了冲犯。与同伴说笑话过分了时，便相互骂着，有时且揪打成一团，过不久，一切又像完全忘却，什么恩仇也不在意了。

他记得当天庙会的地方，还能拿起《群强报》，依稀认得出"冯玉祥""张作霖"那些名字。他同许多人一样，就是那么活下来，也不用谁来分派，也不用自己去选择，做了一个羊奶厂的工人后，就在他自己的名分上活下来了。

在厂中谁也不大看得起他，他毫不在意。他想：气运不好，谁认识英雄好汉；气运来时，一切自然就不同了。

他寄居在一个卖豆腐的舅舅家里，每天到了上工时候，就走到厂里去。先到带点儿红色的消毒药水的盆里去洗洗手，然后挽起袖子，提了小小白磁桶，过奶棚去挤奶。把并归自己名分下节制的十二条羊，排只拉到身边小架子上去，挤出羊身上的精华，够了数，又把奶送过管事处去检查，再一一装上瓶子，送到各个订户家中去。

挤奶时，他便常常想："是谁出的主意，想得出把这白汁儿弄出来喂那些先生少爷们呢？"骑车上了街，街上还是那么静静的，巡警阁子的红灯还不灭，他又想："公家的电，不花钱的！"后门第×路电车空空的，匆匆忙忙地跑过去，只见那司机人手把着放光的铜把儿，他便说："干吗呢？谁见你这种傻相，管机器！"汽车从身后赶过，咯咯咯地走向前去了，车上有什么女人，他就会说："韩家潭的货，卖一回罢了。"

路上若有骑车人同他斗气，催车赶过他前面去，他高兴时就把车踏快些，不高兴时便只轻轻地自言自语："摔死你这东西，赶丧事也不那么忙！"

这时节他正刚去上工，走过后海沿，对湖给红日国旗保护着的宣统岳家公馆，长长围墙下，正簇聚着黑团团的一摊人，他明白那是黑货交易的晓市。那些人还用小洋灯，小红灯笼，湖面浮着一层烟雾，那些灯放着淡薄的光，在雾中看去，使人记起七月的荷灯。

他想起荷灯，在放荷灯时，他看见一个奶头大脸子宽眉毛长的女人。谁知是什么人家的媳妇？他舅舅告诉他：存一百块工钱，就为他去安定门看媳妇。他似乎已为女人捉定了，似乎正在挣扎逃亡："谁要媳妇？天桥娘儿们，老虎豹子花绿绿的，妈你个……"

但谁要他尽记着放荷灯那个人？

使他好像生了点小气。

湖面还浮着烟雾，鼓楼角已画上了一笔白日序曲的银红。天上则印着一饼淡白的失了光芒的月。

这仿佛是每天一样，他若手脚快一些，骑车出门时还能够见着这一切。他记起了昨天一件事情：××胡同那家永远有煮咖啡味儿的房子，那个永远系着白围裙势利眼的洋厨子，那条专咬黄脸皮的狼种狗。把铃一按，狗吠了，白围裙来了，咖啡味儿也溢出来了。"老爷还不起来，要你轻按一点！""你老爷又不是我老爷！我从不见过洋人称老爷！""汪汪汪"狗叫着，老爷在楼上叫人。他会说中国话咧，毛子直脚杆，好威风，动不动威胁："抓到区里去！""你不要奶了吧，就正合适……"他把凡是昨天说的，听的，想的，皆温习了一番。末了他想："要不是让你一手儿，上区里就上区里，我怕你毛子！"

他赶过土坡尽头的小桥时，离厂屋只百十来步。桥上有从清河进城的鸡蛋挑子，和三辆出城的粪军，一来一往，相互让路，慢慢地推着。从缝子里穿过去，不慌不忙的，是住在后海一带大户人家的厨子，和提鸟笼的老头儿。

一过了这个横桥，他心情就不同了。他快同一个朋友见面了，那是一只母羊，麻黄色的，美利奴种的宝贝。他喜欢那么一只羊，为它取了一个名字："鹿儿。"

上了桥头，向北拐去，嵌在枯芦岸上的是一带写了斗大黑字的白墙，他再不必去注意那些字，那正是消磨他的时光他的精力的刘氏牧场。

踏进了高门坎儿的车门，他把袋子卸在东厢房，噘着嘴就走到后院儿去了。

这儿是他的王土：广漠的人间，那么宽，各处皆冻了冰，只这儿藏着他一点点慰藉。一拐阴背，便是一个崭新的世界。空间会变成匈奴的地域，时间会装成苏武年代。雁塞的腥膻味，缠绵的咪咪，飘满了这块给粪润成焦红了的羊圈。圈里几只有了儿孙的老羊，在刻满了图案画似的蹄迹的地上，正散步似的走着，且低了头闻嗅着，永远作着想从自己黑枣般的粪球中寻求些残余的食料的神气。年轻的羊们，则多数挤在一处，有些或侧着头撞着那两条吕布似的小犄角，静聆着那点足以冲破这沉寂空气的脆响。

小蒋刚走近栅门，二十多只羊就风一般地赶到门边把门堵住了。一个个摇动短小的尾巴，由心坎上挤出连珠的颤声："咩……"他明白，他懂，这一群小东西，有的最欢迎这朋友的到来，有的却只希望趁他进来的当儿，跑出这闷圈子去到外边玩玩。他不能使每一只羊皆心满意足。

他并不开门。他的视线呆得像栅栏上的棍子。一手把定扣在钉子上头的锁链，一手就抚着一只前脚业已搭上栅门的羔子，全身的毛像是披了一条紫鹿皮。小蒋揉着它脖下绵软的肉铃铛，盯着对面那双嵌了黄边的大大的碧蓝的眸子发怔，像个骑士和村女在晚风中残墙上的幽会。栅栏底下站的是十多只仰着头颅的羊，也是那样的黄边，大大碧蓝的眸子，眈眈地看着他，像是怀满了嫉妒。

小蒋在向那双凝视他的同情的眼色里寻找足以融化他心下这冰块似的委屈的温热。在那眼睛里他发现了一种友谊。

这就是小蒋的鹿儿了。也就是做活儿的成天骂小蒋偏心的那只。说他喂就喂得特别饱，黑豆放得也分外多。等到挤奶的时候，别的羊，他托着那有斑点的奶囊吃吃地挤，挤，一直把个球挤成了饼还不心痛。该到鹿儿了，看着那雪白的奶，针一般地向外射，他觉得对鹿儿不起。他照例总不把那奶汁挤完，常常一半儿就拉回圈里去了。等会儿李头儿看见，叫他重新挤他就老大不高兴。便因此他和李头儿成了死对头。

小蒋哗啦地脱开了锁链，迈进圈里了。他蹲在鹿儿面前，像用一种熟悉的方言对谈似的由鼻子里哼出同样颤动，同样缠绵的咩咩。一面用指甲梳着鹿儿的皮，把一团团脱下的毛撒在地上，心下不胜怜惜。他用手擦去那僵直腿部的泥，又抚摩着那跪秃了皮的膝盖。这皮毛，在小蒋看来美得胜于一幅山水图。他闭上眼都能摸得出那绛紫的山脉怎么由脊部蜿蜒到雪白的下肚。他想着夏天他赶牲口出德胜门放草时，归途在暮色里，怎样抬头看着天边的火烧云。他的鹿儿帮助他温习回忆，增加幻想。

鹿儿只眨着眼，像蛇一样地吐缩着那娇小嫣红的舌头，任凭抚摸。有君子风度的缄默的嘴下，飘动着几根像三观庙土地爷的胡须。小蒋是死尽了亲人的孩子。如果那双大大碧蓝的眸子填上他心下对女性的需求时，这几根稀须就应该有着父亲之类的感觉。

"小蒋！"前院儿喊起来了。他故意不答应，可是还不敢不去。鹿儿闭闭眼，又由心坎上挤出一串连珠的哼声，而且还招惹了散在圈内各个角隅羊类的反响。小蒋就又在一簇腥膻朋友的欢送中，倒扣了锁链，赌气到前院儿去了。

"不愿意干他妈滚！谁该替你刷瓶子呀！"小蒋刚上台阶，屋里的李头儿就绷着一脸横肉，指着甩在破桌子上的口袋说。

小蒋也不言语，硬着脖子迈了进去，打开口袋，把一个个炮弹似的空瓶子粗重地顿在桌上，一面表示他在做事，一面却表示他正在做无可奈何的反抗。

"别哓，脑袋掉了碗大的疤！"小蒋咬定了下唇，狠狠地顶了这么一句，然后就开始换铅盆里的水。把六只空瓶子鸭子似的放下去，稀里哗啦地洗了起来。

冻麻木了的手，给这新的温热一烫，就刺一样地痛了起来。他洗出一只瓶子，照例要用那赤鬃刷子通通，迎着窗户外的一点亮光照这瓶子肚上的一块亮光。这亮光常像座仙井似的映给他看许多勒住他眼泪的景象。除了自己的面靥之外，他还看见了许多他想见的亲人，和他耕过的田亩。

当干净放亮的瓶子已经摆满了两只桌子的时候，李头儿又凶凶地进来了。这回脸上那些条横肉上又添了点如大仇将报时候得意的笑。用着对即将执行枪毙的囚犯的口吻说："掌柜的请！"

这"请"字落在小蒋的心上，是"叫你滚"。

"差你几天钱呀，小蒋？"一到账房，掌柜的就用这么破例和蔼的口气说。

"干吗呀？"小蒋不服气地反问。心下在算计着纵这碗饭吃不长久，也不能叫他辞我，更不能为这事被辞。

"你活动活动罢！这儿柜上用不开你。"装出来的和蔼本来就有限，酸尖的味儿露出了。

掌柜的伸手就去开抽屉，满打算块儿八七把这乡下佬打发走，明儿给人赔赔礼，买卖也就更稳当了。

小蒋不敢回头，因为不必回头，他也已仿佛看到李头儿嘴角上的笑纹了，李头儿原是跟在身后的。

昨天和今天两个早晨使人气厥的情形，又在他眼前重现。他看见这掌柜就是那洋厨子神气、派头，说话把手摊开又合拢去的种种恰是一类的货！他突然点亮了眼睛，用他素日储蓄起来的声音说："不成！我得问问凭什么！"小蒋这时恨不得放一把火，由刘氏牧场烧到那几座洋房子，烧死这些黄毛和黑毛的混账东西。

"没听说过送奶子的偷吃的！你那几家又都是洋人，都是我最好的主顾。洋人不比中国人，我跟这些人得讲信用。你——你安着什么心眼儿呀！"掌柜的恶狠狠地指着小蒋，一嘴黄牙咬得成了铁壁。

小蒋没想到把他委屈到这地步。

"谁——谁偷！"小蒋平常不多说话。一说话就多是有了点什么事情。他又有个小脾气儿，一急时便不能说话，愈急就愈结巴。"他瞎扯！昨天道儿滑，天又黑得路也——路也看不清。才过龙头井脚底一跌，把——把四号的那一磅洒了一点儿。那——那洋厨子瞪眼叫——叫我赔，我哪儿得赔？凭——凭什么赔？他说：'好小子，给你点戏法儿瞧罢！'我说……"

"你别说了。人家信上这层也提啦，说你还跟那洋人大师傅吵嘴，弄得人家洋少爷睡不了早觉儿！"

"谁吵！"小蒋把那份乡下佬的牛脖子拿出来了。把手在胸前一盘："我不能走！"

"顺子！"是李头儿的声音。

一个脑袋长满秃疮的孩子，正背着白菽秧子赶门儿进来，如闻圣旨地放下他的工作，蹬蹬地跑了进来。

"打小蒋的铺盖卷儿！"

厂里做活儿的都知道出事了，各人皆知道不关自己的分儿，不必担心，皆偷偷地伏在窗缝边或堵在账房门口看，像西湖十景就在眼前似的。

房后头羊还在咩咩地叫。偶尔还有犄角如地震似的撞在后墙上，撞在小蒋的心坎上。他的心飞到鹿儿身上。他感到走得不该了。他不能离开那幅绛紫的山水，那大大碧蓝的眼睛，那长者的胡须。他不能离开鹿儿，和它的同伴。

小蒋看看掌柜那尖削的脸，上面画着李头儿编造的无从推臆的坏话，和洋人袋里铛唧唧的诱惑。再看看晃在门口儿那些参观的脑袋，都用神色说着"谁叫你不乖"！

情势仅余的结论是：走！但是鹿儿呢？

他把声音落低了恳求地说："给我鹿儿，折了工钱好吗？"他倔强的手放下了。面前的黑圈子好像有了一道白缝子，虽然自己也担心这突兀的要求。

"嘿嘻——"不等掌柜回答，门口儿的人给这痴呆的乡下佬招得忍不住笑了。笑得小蒋恨不得咬下他们的耳朵。

小蒋眼前飞着无数的火星，由愤怒，由焦躁的团里迸了出来。

"呵，凭什么？拿你妈来换！"李头儿先替掌柜的回答了。

"你——你说什么？"小蒋眼前迸着的火星结成火团了，烧着他全身！他的耳朵在嗡嗡地乱响。一股不能抑制的气串到他的腿上，腾地一下就踢了出来。

脚落在对方人的掌心里了。俘虏听到的是连声的冷笑。

"造反了！你——赶他出去！"是掌柜和李头儿混起来的声音。

咩……

小蒋就在多少只趁愿、愤怒、嘻笑的眼睛下，给堵到门口外头去了。

十一月十八日海甸

黎　明　‖ 威深

夜里，人们就用树枝和蒿草烘起火来。

初春的阴湿的清冷的夜。树枝是从毗近村庄的一个小丛林里折来的，不十分干，加上蒿草，就烘烘地燃着了。草粒在火焰里噼噼啪啪地发着爆裂的声音。有时火焰冒得太高了，几乎要舐着那用秫稭铺成的污黑的屋顶；火焰渐渐地削弱了的时候，大的不容易燃着的树枝就嗞嗞地冒出烟来。蒿草烘完了，烟也跟着多了，浓了，有几个声音同时禁不住地咳嗽起来。

接着是一阵悄然的沉静。在朦胧的烟雾里，一星微弱的灯火喘息着，照出了围坐在屋里人们的脸和身体的轮廓，大的黑的影子映在四边的墙上。

……炕角里坐着那个老年的长工，嘴里叼着烟袋，他的脸被别人的脑袋遮在黑暗里，就是在谈话最激烈的时候，也听不见他的声音，好像那已经发生和将要发生的事情与他丝毫无关似的，在他的眼睛里世界是一个无终息的沉默，可是又好像无论什么事情在人家说出来以前他就已经懂得了；也许就是由于这个原因，他让他们藏在他的小屋里……

背靠着墙，懒散地伸直了腿，坐着那个新从都市里回家来的学生。他有一对大的阴郁的眼睛，因为烟气的侵袭，已经湿漉漉的了，他用手背拼命地在两个眼睛上揉了几下，打了一个呵欠，想睡觉，一片都市的夜色从他的脑袋里闪过去，他的思路便像一匹撒掉缰绳有翅的马腾空起来了，他急力想把它按住，却失败了，有一分钟的工夫他忘掉自己为什么要坐在这里，一切都像一个梦，偶然他的眼睛落在对面坐着的那人的脸上，四只眼睛一秒间的对射，像有一个蓦地冲来的东西把他猛力地撞倒在尘埃里，从刚才的沉思中惊醒，他把右手向着那坐在炕角里的老年的长工摆了摆，做出一个拉门的姿势。

"门开一开，放烟出去。"

……

那是一顶光了板的皮帽，因为补缀上了几块大的不合适的兔皮，护耳的两边翻开吊上去，戴在头上，就显得特别大了。这是他很仓促地从一个被枪弹打躺在地下的乡绅头上扯下来的，套在了自己的脑袋上，可是却忘掉把那手枪同弹袋也抢过来，戴着这大的皮帽子，他抓着一棵树，登着树疤，他爬上一个短墙去，这时，枪弹的响声已经密集到关帝庙前的街心去，他向着那边张望，在淫湿的稀薄的黎明的灰光里，只能瞧见那高耸的关帝庙顶，和那因为被惊吓的老鸦的碰撞簌簌颤抖着的白杨树梢。他把不定那枪声密集的地方是敌人还是自己的伙伴，他手里的枪却连着响了两下，弹丸便穿过摇湿的稀薄的黎明的灰光，穿过稀疏的树丛，向着那枪声密集的地方飞过去了。

在那短墙上站了约莫两分钟的功夫，他从一个堆满了废烂的篱笆的角落里跳下去，不知在什么时候，同他一起的几个伙伴已经不见了。绕过一堆乱柴，他走到一个天井里，一间屋子的窗口发出来一个老妇人的惊骇的嘶声，他便一直冲向那通着街道的栅栏去。

当他沿着街道旁的墙脚走到一个胡同口的时候，枪声渐渐稀少了，最后两枪是向着天空发的，大约是示威，又是凯旋的意思吧，但在他，一切都完了。他站着的地方，离关帝庙仅仅隔着一个荒废的枣园，他听得那古庙的廊下有人在粗暴地骂着，这该是保卫团的队长之类的人物罢。突然，他像明白了一切似的，转过身来，一直向着村外的大道上跑去。至于，他怎样被敌人和伙伴丢在了战线以外的事一点儿都没有想到。

　　他越过了一个坡冈，在那上面，他才感到白昼的光芒渐渐从荒漠的平野上泛起来了；那曾经在黎明之前爆发了一场恶斗的村庄，已经像一只熟睡的猫儿似的，蜷伏在低洼的田陇的尽头，不见一个老鸦盘旋的黑点，也不见一个人形在村外的大道上闪动，于是那没有人会再来追赶他的估量，重新在他的脑袋里显得清楚而鲜明了。在他觉察到自己的前额被那大的皮帽蒸出了汗的同时，发现了困倦和疲乏像大得奇特的蛛网紧紧地裹住了他的全身，几夜没有好好地睡过一觉的回忆，也跟着那一切涌进他的记忆里了。

　　当他要打一个呵欠的时候，他发现了手枪还捏在手里。其实，他并没有忘掉那东西是在他的手里的，可是，一个人捏着手枪走路是什么样子呢？他必须装作一个通常的走路的人，于是，他明白自己要越过坡冈从那干涸的苇塘穿行过去的打算，是完全错误的了。

　　他回到大道上去。朝日铺在平野上的辉光软绵绵地厚起来了。他向着西走，瞧着自己倒在大道当中的拉长的影子，心头上又被一种蓬勃的欢欣浸透了。他感着自己全身的血流里充溢了力量，把刚才所觉到的困倦和疲乏赶掉了，一切都待要继续下去，一切都待要从新开始。

一片丛林遮住了他的形影的时候，他把脚步放慢了。对于刚才发生过了的事变，无论怎样镇定自己，在他的记忆里，也像是做过了一次奇迹中的人物。他很明白，在实际里是没有什么奇迹的，但却禁不住要这样想；因为那一切发生得是那样迅速，当他听到最初的枪声时，他从那只铺了一层干草的屋地上跳起，冲出门去，摔倒在一个坏了底的蜂箱上，爬起来，再跑，他要寻找火线的暴发点，但因为失掉了思辨的能力，结果成了战场上一个畸零，直到站在那短墙上，向着枪声密集的地方开了两枪以后，才发现同自己一块儿冲出来的伙伴一个也不在了。

他从一度追想里恢复过来。初春的阴湿的道路在他的脚下轻轻地发着"蹋蹋"的声响，阳光爬在旷野的田陇上，偶尔有几滴融雪凝成的水珠和半埋在泥土里的破磁片闪灼着反光，他的睡眠不足的困倦的眼睛便感到一阵轻微的刺痛，一群灰色的鸽子悬空绕了一个圆圈，啪啪地响着翅膀落在荒坟上，匆忙地争着找寻草根里的柏籽；一只麻黄色的瘦削的野犬肆意在道旁打了个滚，飞快地冲向那群找食的鸽子。一辆远道来的货车在前面辘辘地驰行。在丛林的边际上，一个矮小的老人露出来，胡须和头发都是挂了霜似的灰白，左臂上缠着粗厚的布片，一只猛鹰静静地站在上面；一切都埋在悠久的平静里，外面是闲散，内部又是铅般的灰暗，生活是用了一种迟钝的锯齿横生的步态爬着，这就会使他觉到刚才经过的那由春荒的饥饿燎起来的一场恶斗像是奇迹了。他还没有明白这一点：要完成一个新的他，不仅仅要在火线上（他却失掉了思辨的能力，而成了战场上一个畸零），更困难的还要在灰色的鸽子、瘦削的野犬、辘辘驰行的货车和架着猛鹰的老人的面前牢牢地把住自己。因为那根旧的过去的线时时刻刻都准备套住他的脖子把他拉回。

　　一声山羊的嗥叫从丛林里飘出来，他抬起了头向远处眺望，在前面，约有半里路的距离，一条小河横着，大道随着河身的曲折向着西南蜿蜒开去……

　　他一个人孤单单地在沙滩上行走……

荤烟划子 ‖ 刘祖春

入夜了，桃源县城外的河街，城墙一面已是暗暗的。河边停着几只长梢子空船，同十来只小小渔船。从船只后梢升起的大朵大朵云似的炊烟，弥漫河面。临着河边一排矮矮瓦屋，门前大大小小黄色绿色的瓦罐，被对岸林丛里将落的太阳照耀着，闪起炫目的光辉。码头边，有几个女人正蹲在水旁搥捣衣服，响着木然的哑声。这声音，在空廓中继续战斗着。一切静静的。

这时节，从上游驳来了五六只辰州乌篷船，急流的河水，载着它们渐渐移近河岸，叶子似的滑行着。有节拍的橹歌声，大桨激水声，青年水手们的赤脚踏着舱板嘭嘭的响声，与一阵吆喝之声，在空中荡漾起来。整个桃源城外的河面，忽然活动起来，城中某处响了一声锣，码头上一些小贩子，皆从小屋里钻出来计数来船，许多心同时也活动起来。

这些船，不久便靠了岸，停下了。

在这些船中，载的是各种土货、桐油、石碱、朱砂、梧子，同一群一钱不名毛脚毛手的粗人，还有几个土头土脑的有钱的搭客们，押货的小商人，坐白船的跑差兵士。他们前一天从辰州地方开头，冒险驶过了恶浪汹汹的横石滩，穿出了危险的青浪滩，才驶到这离常德不远的平安的桃源来。每个人都轻轻松了口气，感谢天，因为这一次总算逃出了险滩凶水，不至于做水鬼了。

他们在船上正显得十分忙碌。残余的阳光将一切镀上一层金色，这些人在金光眩目中收橹呀，抬桨呀，扒蒿子呀，大声地骂野话呀，望着踞在岸边洗衣洗菜的女人，口中轻轻地哼曲子呀……错乱的影子，涂抹在船上。过不久，一切就归一了。

一些极脏的极褴褛的小孩子们，像疯了一样都兜进了这些船，其中一两个顽皮大胆的，便从跳板上走到船头站着。

"吸香烟不，吃芝麻糖不？"

这些小小贩子们，天真地站在那些刚憩下来的水手们的身旁，向那些只穿着布袜踏在舱板上出来眺望两岸晚景的搭客，不断地喊着。在他们手腕上挂着的那个小小竹篮子内，很齐整地陈着各样小吃食，芝麻饼子啦，哈德门香烟啦，黄黄的芝麻糖啦，黑色的五香牛肉啦，篮边还插着一根正燃着的用来代替火柴的长料香，袅袅的清烟子飘着。客人正躬腰选一支芝麻糖的时候，小孩子却被一个水手在腿上打了一掌，几乎蹲了下去。因为水手见到禁烟局的人上了船，要开舱预备检查鸦片了。小孩子回头望了水手一下，又望着正上船来检查的人，明白生意做不成，怯怯被叱下船，把篮子顶在头上走了。

"开舱开舱！"

两个稽察员的声音同时喊着。跟着这两个声音后面的便是两个扛长枪的兵士。两枝电筒的光，向黑黑的篷内闪着，两根铁签子，咚咚地敲着舱板。舵舱里的老板，矮矮的，秃着个大头，老老实实沿了护板走过来。于是船上又忙碌起来。

在察验时老板立在一旁，看伙计们流着汗搬动舱中一切货物，一些成包的货物被打散了，一些易碎的货物改变了形，这人却一句话不敢说，只心里发痛，想到商店主人的辱骂。这样子一直到二更，月亮出来了，检察员废然走了，他们才吃饭。河岸又同往日一样寂静起来。

当这些船只刚拢岸时，一切热闹声还惊动了另外两个人。这两个人在文昌阁下面的小划子上望到上面来的大船，有希望地微笑着。

夜既静了，月亮也高高地出来了，桃源河面异常静寂。这时节，从河下游文昌阁那里划出了一只小小的船，乘着月光，向大船所在处划着。尾梢上有一个人把持一匹长桨，激着水逆流而上，小小的波浪打着船头，抚着船舷，向两旁滑去。一个身材中等的男子，头低着，背向着月亮，一只右脚踏在船舷上，一只左脚蹬在后梢横木上，两只脚做成一个"人"字形，上身依着桨柄前后俯仰起来。他虽如此很用力认真地划着，那只船却并没有照他的意志，还是那么慢慢地移动。河水是逆流，且到上游水速快了一点，船上行便更慢了。远远望去，就仿佛不动似的。

这男子，这时在忧愁的心上盖上一层希望。他眼望着上游大船上的火光，且听着火光附近的人语声，他费尽力气划着那匹小桨。额上已流着汗，这时这只小船似乎特别迟缓，他真要发脾气了。

"鬼！×你个娘，快点！"

他怪脚下的船走得不快，轻轻骂着，却不责备自己的力量，越用越不行。他忘记今夜自己的肚子只吃了一片白糕。

他忘记自己的身子，在这半年来，因为常常吃不饱睡不足的缘故，渐渐消瘦下去，有了虚弱病的情形。他只怪脚下的小船走得不快。

他同许多划船人一样，是从乡下出来的。原本耕了几亩田，刨了几个山头种红薯。财产中有个妻子，一匹狗，一头小而壮实的水牛。前年时节天旱了，缺少收成，禾苗同枯草一样在龟坼的田里摇着。那几亩田既从一个富人庄上领来耕种的，临时缴不出谷子，庄上人便把田取回去了。两口子于是自己只好种起杂粮来，穷穷苦苦过日子。天知道，过了冬天，开春驻防军又打了仗。他这头牛，同家中其余许多东西，一次便全给粮子上的副爷们掠跑了。若不是两口子早早地跑到竹林子土窟中躲藏起来，本身也许还得被捉去做伙夫，黄脸婆也许早被大兵弄死了。兵走后回去一看，什么全光了。两口子坐在地上大哭。到后他心里想，前三世作孽，天在收我们这些人回阴间去呀！

人既穷得精光了，在那时，自己寨子里的黄大婆恰好从城里来了，见到他们，就劝两口子进城去找机会。进了城妻子帮人做妈子去了，自己便请黄大婆作保向船总处租了只小船开始干这个水上生意，一切东西皆用印子钱三九翻算账。

每晚上若有辰州货船泊岸，有肥主顾同他做那么一次生意，运气差来个一吊八百，运气好得个三吊两吊，他就可以送印子钱，少在旧债上被对翻。

到后来看看这债务越累越多，身体越来越坏。每月做妻子的把那一块帮工钱拿来贴补也无济于事。两人只好打新主意，听从船总的意见，做妻子的辞了城中公馆的事情，到船上来打杂，陪客烧烟，生意也兴旺些。

但人有一算天有十算，这是什么年头，洞庭溪的白脸小腰妇人还不能用头发系住油客，一个乡下大脚宽脸婆子有多大迷人本领！水上人什么不见过，天下有几个人不打算盘！

"菩萨保佑！这么多船，总不该再像昨夜见鬼吧！"

望着快要划近的大船，这汉子想起昨夜来的四只麻阳船，没有跟他做一笔生意的倒霉情形，便暗暗地在心里喊菩萨。这汉子是极相信观音娘娘的。

月光太美了。不知是谁见到这美的夜景，这时在吹着一管洞箫。河面上，静静地飘着幽幽凄凄的箫声。这汉子可不管这些。怀着一种近乎走好运的心情，这汉子终于把自己的小划子驶近这一帮新到的油船，他伸了伸腰，用手揩着头上的汗，提高自己的喉咙响着："客人，吸荤烟不？吸荤烟不？——荤烟呵？保来回贵州土，文明脚婆娘烧烟呵！"

声音是那么充满了欢喜，那么有劲，把船上人的头都移过来了。他们中有一个还在吃着饭，蹲在火舱边。他们望着这只小小的船，同这小船舱里闪着明晃晃的灯光，又望立在船尾的汉子，面上飞过了一层鄙夷的微笑，头立刻又掉转去，继续他们的谈话。他们常走这条河，都清楚这小船做的是什么生意，只鼻子里哼了一声就是了。年老的不爱这个把戏，年轻的没有钱，怎么吸荤烟呢？

这一边，汉子手还握着桨柄，大船旁等着，且轻轻地摇着桨。他对于这些一声不响的水手们，心中感到一种莫名的失望。他以为也许这些船上有些老乡憨子，不懂得"荤烟"是什么东西。一手无意识地推了一下木桨，他又大声喊了："荤烟呵！吸荤烟呵！……"

上面一点那只船，这时也有人在说话，还大声发笑，夹上一种轻轻的山歌声音。小船上的汉子不得已舍了身边的这只船，把自己小船再向上游移去，一面继续用很动情的口吻招呼着船上人，一面心中却想着："一个乡老七百四，三盒烟带灰……"

果然有人出来了。这个人身躯很大，从那一张乌油篷里伸出个头，四面望望，俨然像是被河中的喊声所引诱，整个身体便浸在月光下了。这人回转了头，向篷内一个年轻伙计说："老三老三！"

"什么呀！"

"老三，荤烟划子来了，吸荤烟去，你不听那王八说：'文明脚婆娘烧烟'吗？"说完接着就大笑起来。

"吴大哥，你做东道么？婊子的烟，比 × 还贵！"

说这话的年轻水手爬出来了。看看头上的月，又看看对面的树林，他站在吴大哥的身旁。

小船与大船并排地停下来。小船上的汉子说："客，吸口么？"声音是轻轻的，他用手抓住大船的舷。

"喂，几百钱一盒？"说着年轻那个蹲下去，他伸头望小船内的情形。舱里一盏灯，灯下坐着一位妇人，宽宽的脸子，年纪约莫二十四五岁，额前覆着一绺刘海短发，贴颈窝一饼大髻子。一双小小的眼睛上面还画着两笔粗粗的眉，样子并不怎么动人倒是壮实年轻。伙计又在向立在船尾的汉子问："几百钱一盒呢？"

"大方的客人，大胆下船来，吸了不会多要你的——你把几百是几百！你就把三百，好不好？"

年轻人的眼光又转移到舱内去时，坐在烟盘旁那个宽脸妇人，便做了个媚眼望着他，嘴角含着一种荡人的笑容。仿佛说："情哥，跳下来，吸口吧，妹妹为你打三口火！"年轻人明白那是什么意思，心想下船去，但他立起身来时，却很野地说着："三百钱！三百钱睡一夜行么？哈！"他又同那个吴大哥说："好块肥肉，好只水牛呀，大哥，你去我去？"

那王八却学嘴说着"好块肥肉，好只水牛……请下船来"！

坐在小舱内的妇人，又听到说出这种难听的话，生意可没有做成。心中却茫然不知所措，一点做人的羞耻还并没有完全失去，她打算着：肥肉，水牛，你不出钱不稀罕你钱！她想走出舱去骂他几句。但是她并没有动身，却在那里发呆。一双眼睛望着身边的长方形的烟盘子，同那一盏灯，像要从这些东西中瞧出什么似的。这灯是洋铁做成的一寸来高的座子，圆圆的，罩上一个满是水泡的单料玻璃灯罩，一撇长长的火焰从灯口伸出来，有时还颤动几下。另外还有三根铁签子，一把挖烟斗的小刀，一根短短的烟枪，同一个黑色烟盒子。这一套家具都是从河岸上田家烟馆借来的。那烟馆主人算是同他们要好，每夜只收两百钱的租钱。若今夜没有做成生意，这租钱到明天就还三百。若照通常规矩呢，每天就应当出五百钱。

她转了身子，爬向后舱去，髻子挂在舱口篾条上，拉散了，她对那还在央求客人吸一两口荤烟的丈夫，蠢蠢地低低地说："划上去吧，还有四只呢。"

划船的那一个停口了。把那只抓着大船船舷的瘦手，怯怯地放下，掬起短桨来，一种清脆的激水声又开响来。他口中喊了一句："吸荤烟不？荤烟呵！"便望了一下舱口的妇人。

"今夜还有船来的，你听……"

远远的果然有摇橹歌声，明明白白是大帮船下滩时催橹歌。

妇人不作声，一面整理发髻一面望着月亮。月亮这时节已比先前更高了，皎皎的像一个盘子浮在空中。它也望着她。河面上是静静的凉风忽过，稍微有了点冷意。时间已到七月末，不久就是秋天了。河街吊楼上有几处灯光照耀，有人拉琴唱戏，声音虽大，却凄凉得有些秋意。一排瓦屋，沿着河拖下去，屋背上闪着光。城里外商店大概皆关门了。远远的有一只狗在叫，一会儿又寂然了。除了上滩鱼梁的水声，在这样夜空里，就只有那个男子仿佛自己开着自己玩笑似的喊着："荤烟呵，客人，客人，吸荤烟么？——文明脚婆娘，黄牛水牛，好一块肥肉！"

一只船过去了，又是一只……

妇人看看全无希望了，吁了一口气，缩身进到船舱里去了。

小船还是那么慢慢地划，一声声喊，掉回头挨着今晚才到的几只船一只只留心看去。乌篷虽然盖上了，仍然有人在说话呢，还有人在吸旱烟，用烟杆敲船舷呢！火舱内还闪着火光，难道无一个人想吸口洋烟提提精神么？难道真无人想黄牛水牛吗？

这永远看不清面庞的汉子还是划上去，又一边喊着——挨着每只大船的舷，他几乎把每一只船皆问过了五遍。

"客人，二十岁标致姑娘打火哩，不加钱，称心玩，试一试！"

大船上的人都听到了，并且听得很清楚。还望了一下。他们都知道有女人打火的洋烟是一个什么味儿。往几年，这些人，在这种地方，这个时节，是全不放松这种机会的。但如今这些人却静静地坐着，一动也不动。让小船上的人喊过了，口中只不住轻轻地骂着："臭婊子，臭王八。"

　　小船重新傍着原来有人问价钱的船傍时，那王八挑逗似的喊着："吴大爷，吴大爷，你老花个一吊八百试试不会上当！"

　　一切显然完全绝望了。当他正想把船身掉转向下游划去时，船挨了一只大船的尾梢，桨一滑，身子向前一伏，差点儿撇下水中去。只听到大船上人骂着："臭王八，你小心点，碰坏了我的舵，老子要你命！"且听到有人起身。于是汉子一面连声说着"不碍事，不碍事"，一面赶忙把船退出去。

　　大船上人推了篷露出一个头来，且继续把篷拉开，大声辱骂着："× 你个三代的桃源老，× 没个卖处，半夜里来这里吵人！"接着拉开裤裆就哗哗的撒起尿来了。

　　妇人在舱里哭着声音说："老老，划回去，别让人白辱没！"小船掉了头开始向下游划去。

　　月亮还在中天，夜正长哩！

　　　　　　　　　　　　　一九三五年一月十三夜，西老胡同

道 傍 ‖ 萧乾

在一条悠长的路上，我的影子愈显得孤单了。

这里，我挺直了伏案办公的腰节，苏醒了被产煤吨数窒息住的心灵，呼出一口生活的郁气来。虽然稍一回身，矿务局红砖大楼的庞硕屋顶就威胁地遥遥在望，但只要背着它走，而且知道是离它远了，我毕竟感到逃遁者的松释。记起那屋顶下盖着怎样令人头晕的一叠叠的账本，我的脚在这飘满黛绿的原野上更极自然地向前迈进了。

由矿务局门口坐上十分钟的公共汽车，便可以到赖飞路的北端。每天吃过晚饭我就锁上房门，兀自走出局里专为单身汉雇员设备的宿舍，站在一个钉有红牌的墙角下等候汽车了。

都市像一个疲倦的舞客，在午夜酒意阑珊时，由窗口伸出一只胳臂，想探试一下微凉的太空。这路便是都市的一只胳臂。它由繁华的街市直通过绿色的田野。虽然往来车辆还免不了带些俗尘，它却仍能保持整洁和肃穆，作为它的灵魂。在宽敞平舒的沥青路中心，栽有一列短矮针松，和路一样，那么齐整，那么漫长。耸矗在短松丛中的是一列水门汀的路灯杆，每根细长的杆顶各垂着四只白色圆灯，看去也那么齐整，那么漫长。每晚它们都眨着眼，俯视着我孤单的影子，倾听我踟蹰的脚步。

衔接着城里最华贵的住宅区，这路成为全市居民的瞭望线。道旁散栽着颀长多言的白杨，地上蔓长着各种无名野草。远远地，东面剪平的一块草坪是洋商自建的跑马场，白白的栏杆划着距离码数的标识。邻近看台的一带花墙是万寿公墓，里面依次睡着生存疲倦了的陈人：有患肺痨的小学教师，得心脏病的银行行员，或惨遭没顶的轮船二副。嵌在绿原西边的是一家毛织厂，摩托澎波鼓动如大地的心脏，高大的烟囱日夜有黑雾突出。它染暗了晨曦，染暗了晚霞，也染暗了许多人的脸。学校的罗马式建筑如一个胖子的肚囊，仰天满足地舒卧着。介在这中间的是全市规模最大的一家洗染公司和教堂哥特式尖拱的钟楼。它的职务是黄昏时供给铿铿的晚祷钟声。但毗邻教堂的却是一座兵营。于是，好像要镇吓住和平祈祷者的玄梦，黄昏里又常传来雄赳赳的军号声。

赖飞路却永如一条巨蛇，一道小河，蜿蜒、漫长、平静地躺在中央。

我曾看见过许多种晚霞，渤海的，鼓岭的，但朱红霞晖上面渲染着一层灰色煤烟，又反映出原野黛绿的，却只有这里才见到。我没法形容那颜色的奇妙，因为那是自然美丽与工业文明混合的结果。我也说不清那些衣裳的名目：也许是什么教授的衬衫，或是某舞女的睡衣，恐怕还短不了商人的长裤或小孩的尿布。但想想看，每一排晾衣架要飘起十几种颜色不同的衣衫，像千军列阵的旌旗，数十排衣架一起分布在绿野上，受着晚风的抚弄，雪白的，粉红的，豆青的，浅紫的，迎风飘动，啪啪作响，谁能捺住那欣喜呢！

于是，每天下午约莫五点以后，这条路用稀有的景色吸来许多游人。时常当我习惯地低着头用手撩触着松针，感受着那刺痛的愉快，或痴望着远方一匹棕色骏马的奔腾姿势时，就有一阵冷风飕地由我肩头擦过。等到我迅速地掉过头来时，一辆姜黄色的摩托车留给我的早已剩个尾影了。车里少不了无线电放送的爵士音乐，间或背后方块玻璃上还露着一只粗大多毛的臂，围拢在细白肌肤上，金黄的丝发，如春郊麦穗，迎风飘拂着。这里也常有衣饰富古典风味的西人夫妇，挈着长耳狼犬，用极潇洒的派头漫步着。高贵人说话照例是很低微的，才显得安闲。黄昏为大地普遍加了层灰罩，贵妇人的脸上却另外带一具珠丝面罩。那高贵种族的畜牲，在男主人的管驭下，也越显得骄傲了。

因为阔人来得多，道旁就难免有乞丐出现。他们多半是赤着污黑胸脯的中年妇人，怀里喂着个泥鳅似的婴儿，地下又跑着一个十岁左右面色焦黄的孩子。看到洋人走近，就一起匍匐道旁，频频叩头，伸出一只肮脏的手来嚷着："孟内！孟内！"

在这条路上，我还有个熟人，便是黄昏时分，那推一车红马蹄灯的老人。每天散步都有机会遇到他。多么可羡慕的差使呵！天将黑时，他便把三十几盏红灯燃着，轻轻放在一架小手车上，沿着赖飞道缓缓推来。好似创造者散布星颗，他把满车红灯按照上峰交通计划，一一分配到路旁各个需要驶车人注意的地方。我时常跟在他后面，守着他把一盏盏红灯安置妥当。车空了后，回身一望，顺着暗绿的矮松，路旁遍布着星星点点的红光，映着老人畅意的微笑。我像是也分享了那欣悦。

路的北端，贴近住宅区，还有些建筑，排列得极其稀疏，像是担心遮去了邻舍的阳光，和观赏绿原的眼路。它们多是洋东、买办，在野政客的公馆或别墅，都是很讲究的房子。我很骄傲，因为我每天必擦着它们跟前走过。面着那些堡垒式的建筑，我追忆起阿泽王及许多中古骑士的轰烈事迹了。我也不讨厌那些坚实修整的立体建筑，只要它们不用薄层门面欺骗我。但我极厌烦有些立体方屋里无线电放送的古怪声音。那真活像一只尖尖的漆皮高跟鞋在我神经系上反复搓揉。我虽然从没见过发那怪声音的女人，但那尖到使人昏晕的声音每次都给我一种极为难堪的反感。何必要枪毙人呢，我想，用这样不愉快的声音堵满一个人的耳朵不是文明对我们更残酷的刑具吗？何况夹杂在那中间还常有哗哗的骨牌相碰声。

因此，由于趣味的不同，有些住宅我是用极不迟疑的步子快快走开的。我不稀罕那尖尖的高跟鞋和那些寄托私心的骨牌！我赶快逃到另一住宅的屋角。在那里，除了门环，虽没有可让人理会的存在，我却感到"家"的亲切味了。

我爱那晚餐时柔和的灯光，纵使隔着窗帘，我也会感觉到那刀叉的铿铿和闪亮。我垫着脚跟，翘着颈项，想法不遗落室里任何一个犄角。熏鸡咽到他们肚里，那没有关系，我却闻到那脂油的厚味了。宝蓝色的胖胖沙发他们坐着，也不碍事，那松软舒适我感觉着了。我引颈端详悬在壁炉上的油画，我断定那白须老人一定是他们的祖父。他的坟墓也许就在道旁，他的灵魂却在这里守护着围在桌边的儿孙了。

我守着他们念完祷词（壁炉中央摆设有一座金属熠亮的十字架），守着他们打开折叠的洁白食巾，守着他们欣喜地活动起嘴部来。我感到满意了，因为我知道这样明天他们又可以生气活泼。我守着，守着，直到女家主催促孩子们上楼预备睡觉。在最末一个孩子闪出饭厅之后，向我这面的灯光突然关灭了。顿时，黑暗使我感到冰冷。适才的幻景随即迅速地向后退，退到不见了。我还听到孩子们在甬道跳跃的节拍，吹着细锐的哨子。那曲调必是他们新由学堂里学来的。

黑暗使我重新感到孤单。我方明白那温暖柔和原没我的份儿。我就垂丧着头，摸索着向前走去。

远方有叮当沉重的金属声穿过墨色天空。它像敲着了我的灵魂。这引起我的好奇。我抬头，一只类乎枭鸟的飞禽在怪啸着。白杨响亮地抖擞着它的闪光战衣。瞥见短松，我担心果真有仙魔隐在这宽平绿野。蝙蝠用极轻薄的姿势倏忽环在我身畔飘舞着。不自禁地我的脚向着叮当的声音走去了，像是着了魔，踏着愚呆的脚步，寻找一个灾祸。

秋天的星空是和地上的森林一般神秘不测呵。流星如顽童在青石板上任性抹画似的在深蓝色的天空乱划着银亮的线条，一瞬间，便坠向不可知的方向去了。远处跑马厂似有马在嘶嘶长鸣。我镇定耳朵去搜索，又像是消沉了。似是而非的荒唐的夜呵！毛织厂这时正赶着工，轧轧的机声像是夹杂着"活下去呵"的呼喊。那细高的烟囱正向深蓝色天空纤吐着乌黑的气。是生存的郁闷之气呵！一阵钟声响后，我仿佛听见了低微的诵经声。黑袍僧侣用中古的国际语为人类祈求着幸福。这时，夜掩起学堂罗马式建筑的秃亮脑瓢，方方小窗户里正辉煌着黄澄澄的灯光。那必是自修室，多少勤读的脑袋借着灯光，装载起各世纪秃顶学究遗留下来的聪明了。

我终于摸索到那叮当声音的跟前。那是靠路中腰的左边。道旁的草地已被挖成沟渠，旁边横竖躺着许多木料。在一盏明亮炫目的水月电灯下，几十只筋条高耸的手在忙碌着。

我蹑着脚步走近圆滚的木料。忽然，一声示威的咳嗽，一个黑影半支起身子向我看过来了。我细一端详，他穿着一套不齐整的西装，嘴里叼着一只烟斗。身子掉过闪亮的方向，灯光把他的脸照得很红润。可是看年纪他总有四十了。

"喂，来干吗？"他突然拉长了脸防御地问。

"我是个走路的人。"我索性走近他身边，环视一刻，便猜问着："忙着盖房吧？"我搭讪地坐到他身旁了。

我看着他的动静。毛茸茸的耳叶上夹了一管铅笔，两只细小如鼠的眼睛总凝视着前方出神。两个赤背汉子各挥着一柄大锤，在轮流敲打一根钢筋。火星迸发得那样灿烂，我竟凑近他身边坐下了。

他拔出烟斗，搔搔耳腮，又瞅了瞅我，就仍掉过头去了。

我为他这点冷静所窘。我守着由烟斗里袅袅飘起的白烟，在灯光下变成连环小圈，团团盘绕着。我淘气地遥望着远处的大烟囱。但是没用，我的一切行动似乎都不为这专注的监工所理会。他好像只关心一只钉子可曾锤到尽头，或一块木料有没有锯错了尺寸。他并不曾觉得身畔我这人的存在。为了这个，我不舒服。我推着他的袖子说："唉，告诉我，干吗这么忙哇？"

"呐，你这人！"似乎怕我会扯碎他的袖头，赶忙抽回胳臂说，"新来的洋鬼子么——快到了，一对——哼，年轻的。"话语间，他似乎有点鄙夷这房子未来的主人，又似乎是厌烦我再问下去，索性一气说个干净。随后，干巴巴地吐了口唾沫，就又用烟斗堵上嘴巴了。

从那以后，我把散步的距离拖长了。每天黄昏我都走近那房子跟前，好像那就是我的房子。我守着他们砸地基，守着他们立梁柱，还守到他们把赭色的方砖一块块地堆积起来。那监工的可老那么缄默。他抽着烟斗，搔着耳腮，肚里时刻老那么盘算着：卧房的门应朝哪方，厨房怎样和客厅连接将来待客时递菜好方便。谁也不知道明天该干么，可是到明天，经他一指点，一块土竟凸起了一层洁白石阶，或一道长墙添了一个犄角。

　　这中间，有一个时期局里派我到六十里外的矿山去调查工人生活状况。这是我任事后第一次的外差。在那里，我过着极为异样的生活。天天矗立在我面前的不再是摩天大楼了，却是比那个更巍峨的矿山。我住在一座山坳里，门前便是纵横细窄的铁轨，上面日夜狂奔着运煤车。虽然是躺在一张极其难得的铁床上，我却不曾安宁地睡过一夜。我像走进一个古怪偏僻的国度，比非洲莽丛都还奇异。他们的脸似是炭块制成的，上面滴着液体的黑珠。他们终日瞪着狰狞的眼，总像是天将坠下来那么紧张。从来很少听到他们安稳地说一句话。不缄口沉默，他们就大声嚷叫着。为我们所习惯的文明就没吹到这里过，他们似乎把灵魂与礼貌一并遗失在漆黑的矿井里了。初到的那一晚，我始终没合上眼。我总担心门口会钻进一张尴尬的黑脸。出入矿务局的人是系着那么洁白的硬领，说着那样恭逊的商业用语，谁想矿局的生产者是这样迥乎不同的动物呢！

我们矿局一共有五个井口，可是实际开采的只有四个，另一个被封了口，休息着。第一次我偕工头下井的经验只有乍入地狱的恐怖可以形容我那时的心情。在黑洞阴森的地狱里，人的头顶上各伸着一盏如鹤颈的油灯。一辆辆的煤车在铁轨上滚着，隆隆震响。那些被巴比塞称为"马"的拉煤车者是用吓人的声音嚷着，曳着一辆辆堆满煤块的铁车。工钱既是按着车数计算，他们只拼命地喊着向前拖，直到工头手里的电筒一晃，并随口骂了一句，为首的才缓慢下来，嘴里嚷着难懂的话。

我们是按着一张蓝底白线的地图走着。工头每过一拐角必报告说："离井口八十尺了！"走到一百七十几尺的一个垛口时，几个矿工正用巨斧敲着一面黑壁。每敲一下，必有一大片坚硬物体轰然坠下，落在矿工赤裸的肩背上，然后滚到地上。我们走近，工头似乎也有点怕，就脱口："嗨，孙子，等等开！"那举斧将落的工人听到这声音即刻松缓了腕力，吁喘着，可还规规矩矩地站到一旁。

工头解释给我说：这里采不得了，再有半里就是水道，而且，因为采得太苦，上面随时可能陷落的。他叮嘱我回去据情报告上司，请他们快筹个妥善办法。

两个星期后，我又乘着那辆局里特派的汽车回到都市来了。乍离开山地，来到平坦坦的城里，我还有些不惯呢。我耳边时刻还有噜噜地震响，梦中高峨的矿山常巍立在我的床前。朋友们说我脸色晒得黝黑，但我不相信世界上有人能把自己染得比一个矿工更黑的了。我似乎还留恋那些缺乏人性的粗黑的脸，因为那是十足诚实的语言。

休息了一夜，第二天我又挥着钢笔登录起产煤的吨数来了。不同的是那些圈儿都变成狰狞的眼珠。时常我好像觉得那面黑壁轰然陷塌，卷埋了那些举重斧的矿工，掩埋了工头和我自己。即刻，我的肩膀耸起，浑身战栗，直着眼睛，掌心冒着湿漉漉滚热的虚汗。

坐在对面的同事看到我呆呆的神气便玩笑地说："怎样，思凡了吧？"（"思凡"是局里为"想女人"公拟的一个术语）我即刻恍然微笑了，像是推开了压在脊背上的一摊厚土，朦胧地回到现实来。

我喘出一口闷窒的气，顿时感觉清醒了许多。扶着桌沿，我想往外走。我一点儿没察觉同事皆在注目看着我。他们觉得我这呆相有点异常。

"哎，干吗去？"一位同事好意地扶着我盘问。

"不行，我得去见经理。第三矿井险得很。"我挣扎着往外走。

"得了，规规矩矩记你的账吧！"另外一个叫常克明的同事用巧妙的姿势捏着烟蒂，耸了耸肩膀，徐徐吐出口烟雾，轻率地拦着我。我不知道他是同情还是解恨，只听他说："矿井早请好人了，不用你操心。刚由伦敦到的，一对洋团团。哼，蜜月，甜不了几天就得乖乖下苦井！"

黄昏时分，好像温习一种将忘却的课程，或寻找遗失了的什么似的，我搭了汽车，怀着无限鲜奇的心情，重访赖飞路，这都市的那只胳臂。

方块房子里仍有着那尖尖的漆皮高跟鞋在搓揉着。我赶忙避开了。毛织厂的高大烟囱也还安分地冒着那永冒不尽的气。大学的楼窗已燃起灯光了，可是我最关切的是"我"那所房子。我跟跄地向前扑奔着。

呵，伟大、玄妙的劳动！仅仅才两个礼拜么，立在我眼前的已不是一些横竖的木架和半堵短墙了，却是一座西洋风景画里常见到的平屋，高耸尖锐的屋顶上面铺着齐整的青色薄石片，那些赭色的方砖已透出微微的灯光了。如果再有些蔓生植物攀在上面，我们简直可以疑为某田园诗人的故居。我遥遥地感到莫名的骄傲，因我曾守着这古雅房屋的长成。

我用极羞怯迟疑的步子趋近，生怕这熟悉的影子会惊动了平房幽静的灵魂。我撩触着道旁的针松，嗅着周遭的草香。我亲眼看着叠起的那四层洁白石阶上面，这时已有一个铁纱门了，门里透出被绢罩滤成淡绿色的灯光。我倚着离门五六码的一株白杨，静观着灯下的动作。

咦，没有，什么也没有，除了一张小圆桌，桌上齐整地摆着金属和磁制的家具，中间放着一只细长的绿花瓶。但主人呢？没有影儿了！前些日子我眼看砌成的墙，这时已涂上了淡咖啡色的漆。主人似乎对这颜色有特殊的爱好，连那些新制木器也无一不是这颜色的。镶在壁上的是两幅油画，朦胧地我在辨识着上面依稀的景物。

忽然有咯咯的脚步声由身后传来，夹杂着还有口哨和笑声。一对青年男女向我这边走过来了，我忙闪过身去。黄昏盖住了一切的细物，但那窈窕的身腰，那挽臂的亲昵我是可以辨认得出的。我想，他们必是一对走路的人。

但是，突然他们驻足了，男的打了一阵尖锐但颇悦耳的呼哨，就向房里喊了一声"仆爱！"

——呵，幸福的人们！

男的轻轻地推开了门，扶着让女的先走进去。然后，一个白衣侍者由里面迎了出来。女的随手把一束小野花插到桌上的花瓶里，返过身来；我猜得出，那是一个适意的微笑。

暖暖的热气由侍者手托的盘子里腾上时，纤细的手指忙用黄油果酱涂抹起面包。好像那片黄油便是爱情的醴泉似的，两个争举着自己抹好的递给对方。两颗金黄黄的戒指闪亮着。面包结果是互相交换了，两人都似成就了一件惬心事。我看到了女人的脸，白皙椭圆的，好像生来就是为笑的。她有一头金黄的美发。她时常把银亮的叉子横在唇边，眼睛便凝看着对面的丈夫妩媚地笑。

饭后，在侍者收拾食具时，忽然有了留声机的声音。那调子我极熟悉，那是最富青春幻境的《丁香花下》。随后，留在窗口的只剩一对头颅了。靠墙准是一张只容得两人的沙发，我猜得出。随了留声机，有了男女低微的合唱声。唱到"我俩携手遁迹人间，躲避到谁也寻不见的地方"时，另一个头颅由窗口沉没下去了。我知道那金黄头发该贴近一具坚硬的胸脯领受一番温情抚眷了。然后，男的用极柔和的中音低唱："你我偕老终生，爱情美梦永不沉沦。"

室内过分的温暖却变成一股冷气向我扑来。我没有勇气再听了。我转过身，垂着头，撩触着松针，兀自踱了回来。

可是次日黄昏，我又立在那棵杨树旁边了。我有一种病，我喜欢让别人享受那实体，我贪爱那感觉。于是，无形中我又把这平屋当作我精神中的家了。仆仆地由闹市里走过一条悠长的路，来看"我"这新家。我知道，走过每根灯柱，上面都有四颗白白眼睛讥笑我的痴愚。它们散乱地摇曳着我孤单的影子，要我省悟。远处传来闹市一阵阵喧嚣，起伏如涛波，也像是在指指掇掇地讽刺我，但我仍梗着脖颈，不自禁地我又走近了那平屋。

平屋阶下有一个人在修剪适才为暮霭抚遍过的草。他伛偻着腰，像是吃多了两盅，嘴里低哼着不三不四的调子。也许为我的脚步声所惊动，他忽然抬起了头。在暮色苍茫中，我模糊地认出那不是一张生疏的脸。

"哦，先生！"他伸直起腰来。那黄瘦高颧的脸即刻使我联想起热腾腾的茶碗和手巾，随后我才忆起这是矿务局里的一个听差。

"怎么，老冯，你来这儿干吗？"

"是——总务司派我过来的。您不知道这是新来的工程师，海先生的家？"

海先生？难道就是前天同事谈过的技师？不会那么巧，但老冯偏一口咬定这海先生夫妇是新打外洋来的。我没想到这使人嫉妒的家便是他的。幸福的人呵！我叮嘱老冯不许声张。我不愿扰动别人的安静，我要默默地守着他们领取幸福。

回到局里，我又后悔起还不曾报告上司矿山不稳的事。我的工作虽说是调查工人生活状况，但工人性命所系的事我怎能漠视呢！唉，我这人真不中用！补报呢，又自露马脚，找经理责备，记恨。我咬着下唇在房里用紊乱的步子量着地板。我不晓得该怎么办！隆隆的铁车又在我耳畔响起来了，那些黧黑的鬼脸似乎呲了一排排白牙向我狠狠地指骂"你这人——你这该杀的人哪"！

——如果去呈报……

我这样试着想，即刻上司一张难看的脸色摆在我幻象中了。也许是撤职，也许——横竖结果是不会好的。

已经快一个星期了，你睡觉了么？（多难听的话！）

那天黄昏，倚着道傍的白杨我看见绿灯光下有女人在嘤嘤地哭着呐。她倚在男人的怀里。

"你不能去说说么？刚到一个星期就下矿！而且是在蜜月里！"女人紧紧地抓住丈夫的领带，呜咽着，絮絮地求着。她那副玲珑的脸蛋这时已沾满了泪渍，浑身还不时抽搐着。

"贞妮，这是没办法的事。"男人把手掌沿着那柔蓬的头发滑着。他仰了头，心里像在打仗。他凝视着灯光，手却仍在轻拍怀中战栗着的肩膀，呓语似的自己嗫嚅着："世界是一整个，我们没法子脱离它，另盖一座乐园。它嫉妒，它不准。它将动手拆毁——"

那一夕是凄凉到令人不忍卒睹的话别。我直守到两人进房里收拾什物去，才怀了一颗沉重的心，踱了回来。

走过那方方的建筑时，我听到一阵阵疾速的音乐，夹着悉索的衣裙相触和脚步杂沓的声音。窗口露着许多只胳臂，上面闪烁着许多亮光，如流星。几个孩子堵在三楼的窗口，托着小腮帮在数着往来的汽车。他们是被妈妈驱到卧房里去的吧！和一切孩子一样，跳舞会对我也是无趣的。我快快走开了。

自那天以后，我没有勇气把散步的路程延长到那平屋了，因为遥遥地，我已由楼下的漆黑，想象出楼上靠东南角那盏残灯下是有着怎样狼狈的泪面了。推红灯的老人感到奇怪。我常常在他未把红灯散尽时就兀自折回去。

"先生，你张望些什么？你的路比我的应该还长呢！"他扶着车把关切地问我。半车红光把他苍老的脸照得不知年轻了多少。

"你去吧，我不能再走。"我倚着细长灯杆，无心地拈着松针。

"我不懂得你们年轻小伙。"红灯老人似乎不甘费力猜测，就重新撑起车把，缓缓向前推去。一盏盏红灯随着他的足迹，散在道旁。

谁也未料到灾难如一机杼压根儿在不停息地制作着呐。星期五的下午，局里连连接到矿井管理处几次紧急长途电话，报告井势不稳的消息。呵，没有人再比我那时痛苦了！我深悔不曾报告上司。几次我抓住头发想用凶犯自首的勇气跑去报告一声，但另一个狡谲的声音总在我里面问：

——那样有什么用呢？

星期六一大早，我还没起床时，宿舍甬道就有嘈杂的谈论了。在我们这通行睡早觉的宿舍里，这不是常有的。平日，这时分茶役提着热水壶由门口走过都蹑着脚尖，今早，骚动代替了原有的平静。我侧着身，听到许多扇门开了，一定有许多只脑袋由门缝伸了出来，因为随即听到许多人问：

"喂，老马，怎么回事呀？"声音里都带着充分的惊怖。

我忍不住了。我踢开被盖，裸着脚奔了出来。

"什么事情呀？"我一把扯住茶役的袖口，睁了大眼问。

"矿井出乱子了，活埋了三十四十！"

呵，三十四十地活埋，我头昏了。这些人全是我埋的！

我草草穿上衣服，也顾不得洗脸就走出房门了。同事看我那般慌张，以为有我什么人死在里面了。

"嘿，你干吗着慌呵，死的都是工人。除了一个鬼子工程师。"

鬼子工程师？这是梦呵！一切我担虑的就全为噩运成全了吗？我直瞪着凶凶的眼睛，闯进那个拦我去报告上司的同事房中。他还在安闲地刷牙，看到我，就由嘴里拔出涂满膏沫的牙刷。

"老常！"我嚷着，"糟了！全是我，全是我，这个凶犯！"

他愕然了。他仔细端详一下我颤抖着的脸，就若有机密地赶忙关上房门。

"老常，都是你，拦我，拦我。瞧，这下我们拿什么脸活下去！你说说——"我似乎在表白自己，又像推诿着杀人的罪名，向他懑怨着。

听完我的一片良心发现后，他一脸的紧张严肃倒松开了。他重新拾起牙刷。他甚而微微有点嘻笑了。他告诉我矿

山不稳是人所共知的。这么快会陷落虽然没有料到，可是早晚也是得陷的。一年六回，谁去调查，那边工头也那么嘱咐。这回聘请新工程师就正为勘察新井，好补偿必然的损失。

这话能作为大赦令吗？不，不，可是我觉得肩膀轻松多了。我开始了悟自己只是个小职员，把偌大惨剧的责任都拉到自己背上有些可笑。

但心上总还有点什么在绞缠着，使我洗不掉脸上犯罪者的形貌。我什么都敢想，就怕想起赖飞道上的一切景物。

上午，公事房里的电话铃不息地响着。工人戚友殷切的探问，新闻记者好奇的探问……但经理有话，关于这事不准泄露，只准用"真相尚未明了"来搪塞。

但这事终于被证实了，因为廿七具尸体已经挖了出来。许多哭成泪人的家属用笨重的车辆来领取一张五十块钱的支票和一具装殓了尸首的薄木棺材。

年轻工程师的黑漆棺材，用扎了白绸的汽车一直载到赖飞路道旁的万寿公墓去了。

同事们商量送花圈，我也茫然地随了一份。但追悼会和葬礼我都不曾去。我不敢去。他们一回来便学说灵柩入土前，教堂牧师祝祷声的沉痛宏朗，并连声夸奖那女人多么年轻、美丽。

他们比较英美女人身材的特点，又研究起一个美丽女人呜咽时的妙态。他们每个人似乎都很关心这小孀妇，讨论了许久。

我不曾说什么。

过好些日子，一个黄昏，我为试试自己的勇气，才又登上了停在红牌下面的公共汽车。赖飞路虽仍奔驰着载了爵士音乐的摩托车，但细长杆柱上的灯光可昏暗多了，像哭肿了的眼睛。沿着赖飞道，我拖了沉重的脚步，撩触着松针，麻木的手指再也感不到针尖的刺痛了。烟囱那傻家伙依然纡吐着无名的浓黑怨气，烟雾弥漫四周空际。学堂圆形建筑仍如一尊弥陀那么仰天晾肚。晚祷钟声响彻原野，永像叮嘱着路人一件事。

平屋已不再有那柔和的灯光，连楼角的残光也永灭了。我好像听到远方有沉重的金属声穿过这墨色天空，即刻有无数星花在我眼前迸发。狂诞的夜，现实的装帧者，我再不敢向前迈一步了。

尖尖的漆皮高跟鞋又开始搓揉起听众的神经，许多只手又响朗地划乱起骨牌来。我木然地呆立一下，就匆匆地逃了回来。

廿四年九月十三日天津